D1935907

VERLAG ANTJE
KUNSTMANN

Moritz Hürtgen

DER BOULEVARD DES SCHRECKENS

Roman

Verlag Antje Kunstmann

Man kann die größten Buchstaben, aber nicht die kleinste Lüge verantworten.

AXEL CÄSAR SPRINGER

PROLOG

»Moretti, dieser Versager!«, brüllte Oliver Michels über den Konferenztisch. »Diese absolute Null, dieser Gutmensch, dieser uninspirierte Dauerstudent, diese nervige Lyrikschwuchtel!«

Alle lachten.

»Olli, Schwuchtel als Schimpfwort?«

Linda Hellwig, Leiterin des Feuilletons und Michels' Stellvertreterin, war die Einzige, die den Chefredakteur unterbrechen durfte.

»Schwuchtel, Schwuchtel, Schwuchtel. Linda, du weißt genau, wie ich es mein! Ich liebe alle Schwulen, aber Moretti, diesem Trottel, dem gehört es besorgt – und zwar von uns.«

Wieder lachten alle. Das Dutzend Redakteurinnen und Redakteure war bester Stimmung. Alle wussten, dass Michels vor den Konferenzen kokste. Und zwar nicht heimlich auf dem Klo, sondern mitten im grell ausgeleuchteten Newsroom, direkt auf dem großen weißen Tisch, teilweise noch während seine Kollegen Platz nahmen. Der aufgepeitschte Chefredakteur war redaktionsintern Kult, niemand störte sich an seinem Pulverkonsum. Die meisten waren ohnehin »auf Linie« und zogen regelmäßig mit. Michels, der mit einem Arm auf den Tisch gestützt stand, nahm jetzt ein Blatt in die Hand und las mit künstlich gequälter Stimme vor.

»Beschwörungen – ein zweitägiges Performance-Festival, ein Crossover aus Lyrik und elektronischer Musik, veranstaltet von Lukas Moretti, unterstützt unter anderem von der Stadt München, blablabla ... alle Einnahmen kommen der Flüchtlingshilfe zugute! Wem auch sonst? Natürlich, natürlich ...«

Michels wollte anscheinend eine Kunstpause einlegen, hielt es aber selbst nicht aus und fuhr unmittelbar fort.

»What! the! fuck! Was für ein opportunistischer Dreck, was für eine kulturpolitische Bankrotterklärung, was für eine künstlerische Vollblamage!«

Er zeigte auf Hellwig. »Linda, du schickst da noch heute wen hin, der sich die ganze Scheiße ab Freitag anguckt, und am Montag versenkt ihr diesen Trottel und sein übersubventioniertes Wohlfahrtsfestival in vier Spalten!« Michels ließ sich sportlich in seinen Stuhl fallen.

»Können wir machen, Olli. Aber dann wirken doch wir verzweifelt! Du weißt genau, dass ...«

Michels sprang wieder auf.

»Jaa, ich weiß, Linda, ich weiß. Feature in der *New York Times* vor zwei Wochen, ich hab's gelesen.«

Er zog einen weiteren Zettel hervor und las genervt näselnd davon ab: »Lukas Moretti, a young german artist, is pioneering by combining electronical music and spoken word elements into a radical mix that is starting to attract attention of producers in California as well as in Tokyo.«

Martin Kreutzer, Ende zwanzig, Volontär in Linda Hellwigs Kulturteil, räusperte sich. Die Konferenzrunde ignorierte ihn. Nur Hellwig, die links neben ihm saß, blickte ihn kurz irritiert an. Sie hatte Martin mitgenommen zur großen Konferenz, an der sonst nur Ressortleiter und deren Stellvertreter teilnehmen durften.

Michels schritt nun langsam um den ovalen Tisch.

»Tokio, Kalifornien, ich lache mich kaputt!«

Wie bestellt lachten ein paar der Anwesenden auf.

»Dass die *New York Times* so einem gefühlslinken Schwachmaten auf den Leim geht, wäre vor ein paar Jahren auch noch nicht vorstellbar gewesen. Aber es wird ja alles immer …« Michels tippte sich mit dem Zeigefinger an die Stirn und winkte danach ab. »Linda, hilf mir! Was machen wir?«

Hellwig blickte kurz steil an die hohe unverkleidete Betondecke des mehrere Turnhallen großen Newsrooms, beugte sich dann vor und ächzte.

»Ein kritisch geführtes, für Moretti unbequemes Interview wäre gut. Aber der Kerl will ja nicht mit uns sprechen, ich hab's versucht.«

Sie zog ihren Laptop hervor und las vom Bildschirm ab.

»Liebe Frau Hellwig, bei allem Respekt vor Ihrem Kulturteil kommt ein Gespräch mit Ihrer Tageszeitung für mich nicht infrage. Die Äußerungen Ihres Chefredakteurs zur Immigration, zu Abschiebungen und sozialen Fragen verorte ich am rechten Rand. Und mit diesem möchte ich als Künstler nicht assoziiert werden. Viele Grüße, Lukas Moretti«.

Michels lachte laut auf, rieb sich hektisch unter der Nase und warf einen Kugelschreiber über den Tisch tief in den Raum. Bis zu den Schreibtischen des Sportressorts flog er, das waren gewiss zwanzig Meter.

»Willkommen am rechten Rand der Reichshauptstadt!«, rief Michels und rollte dabei das r. »Meine Befehle sind ab sofort mit ›Jawohl, mein Führer‹ zu beantworten! Verstanden?«

Aus der Sportredaktion hörte man jemanden »Heil!« rufen, der Tisch brach prustend in Gelächter aus. Michels feixte und drehte eine halbe Runde im Stechschritt.

»Es wird das Beste sein, wenn wir den Vogel einfach ignorieren«, sagte Hellwig, als sich die totale Heiterkeit wieder etwas gelegt hatte. »Jede Zeile von uns macht Morettis Unfug nur relevanter.«

Michels setzte sich wieder an den Kopf der Tafel und sah einen Stapel Papiere durch.

»Thema erledigt, jetzt Politik. Heute wird in Nordrhein-Westfalen die Ministerpräsidentin vereidigt und …«

Martin Kreutzer räusperte sich erneut. Diesmal so laut, dass man ihn aus der Runde sofort teils belustigt, teils fragend anblickte.

Michels hingegen wartete ein paar Sekunden, bevor er seinen Kopf hob und Hellwig anguckte.

»Linda, was will dein Volontär? Ist er krank?«

Hellwig versetzte Martin unterm Tisch einen Tritt gegen das Schienbein.

»Nein, Olli, der weiß ganz genau, dass er nur zum Zuhören hier ist. Mach weiter!«

Natürlich wusste Martin, dass jeder Volontär nur ein oder zwei Mal mit in die große Konferenz durfte und dort zum Schweigen verdammt war. Aber er hatte sich fest vorgenommen, sich nicht daran zu halten. Martin musste Eindruck hinterlassen und hatte auf den richtigen Moment dafür gewartet. Jetzt war er gekommen.

»Ich bekomme ein Interview mit Moretti, ich kenne ihn persönlich vom Studium.«

Martin bemühte sich um eine feste Stimme.

»Schicken Sie mich nach München, ich liefere Ihnen das Gespräch!«

Hellwig legte kopfschüttelnd ihre Stirn in die Hand, Michels starrte Martin mit einem irren Grinsen an.

»Du kennst den Moretti, was? Habt eine Studentenzeitschrift zusammen gemacht, oder? Habt in eurer WG bis spätabends Flaschendrehen gespielt, wie?«

Die Konferenzrunde kicherte pflichtbewusst.

»Wir haben ein paar Seminare gemeinsam besucht und ich hatte einen guten Draht zu ihm. Ein künstlerischer Aufschneider war er schon damals, nur noch nicht mit internationalem Erfolg.«

Die eine Hälfte von dem, was er da sagte, dachte Martin, war glatt gelogen, und die andere entsprach auch nicht gerade der Wahrheit. Ja, den gleichen Studiengang hatten sie besucht vor ein paar Jahren in München: Germanistik im Hauptfach. Von gemeinsamen Seminaren oder gar persönlicher Bekanntschaft konnte aber keine Rede sein. Es war eine einzige Vorlesung gewesen, in der Martin ein paar Sitzreihen vor sich Moretti erkannt hatte. Den künstlerisch erfolgreichen und stadtbekannten DJ in Münchner Szeneklubs und Abräumer bei Poetry Slams. Für eine Studentenzeitschrift hingegen war nur Martin tätig gewesen, und zwar als Autor von Glossen, an die er sich zum Glück nicht einmal selbst gut erinnern konnte. Aber all das musste Michels ja nicht wissen. Er durfte es sogar auf keinen Fall erfahren, dachte Martin am Konferenztisch. Das wäre das Ende einer glorreichen Journalistenkarriere, die noch gar nicht richtig begonnen hatte.

»Und dann triffst du deinen Lukas Moretti und ihr plaudert heiter darüber, wo ihr zuletzt im Urlaub wart und wie schlecht das Essen in der Mensa war, was?«

Michels stand wieder mit Schwung auf und behielt Martin wie ein Turner, der die Balance halten will, als Fixpunkt im Blick.

Auf Martins Stirn bildeten sich ein paar Schweißperlen. Hellwig seufzte.

»Olli, lass gut sein, der Junge weiß nicht, was er redet, und geht jetzt mal lieber zurück an seinen Schreibtisch.«

Von wegen! Der Chef forderte ihn heraus, dachte Martin, jetzt musste er liefern.

»Ich kenne den Typen, ich kenne Morettis Schwächen, seine Eitelkeiten. Ich führe ihn im Interview vor, ohne dass er es merkt.«

Michels schlug mit der flachen Hand auf den Tisch.

»Grandioser Auftritt, fantastisch! Wie heißt dein Volontär, Linda?«

»Martin Kreutzer«, sagte Hellwig und rollte die Augen.

»Kreutzer! Du fährst nach München, du machst das, na klar! Und wenn du uns Moretti bis Sonntagabend nicht komplett zerhackt lieferst, kannst du dir eine Lederhose kaufen und für immer in diesem Provinznest bleiben und Brezeln backen oder was! Zugtickets sind Spesen, aber zweite Klasse! Keine teuren Hotels! Und jetzt verzieh dich ins Bayernland, husch, husch!«

Martin nickte, stand auf und ging, ohne noch einmal in die Konferenzrunde zu blicken, zu seinem Schreibtisch, der ungefähr dreißig Meter entfernt stand. Bis zum Sportressort waren es diagonal durch den Raum gut fünfzig Meter Luftlinie. Wahnsinn! Wie hatte er es in so eine Kathedrale des Journalismus geschafft, fragte sich Martin manchmal. Im Moment dachte er aber: Lieber schnell weg hier. Er wollte es unbedingt vermeiden, Hellwig vor seiner Abreise nach München noch einmal zu begegnen. Dass er sich ihrem Schweigegebot nicht gefügt hatte, konnte sie eigentlich nicht auf sich sitzen lassen.

Keine drei Stunden später saß Martin im Zug. Schreibzeug, Handy, Klamotten für ein langes Wochenende. Es war Mittwoch, der 20. Juni. Am frühen Abend würde er in München eintreffen. Martin hatte die Stadt mit Abschluss seines Studiums verlassen – und war seitdem nicht zurückgekehrt. Wenn von den Berliner Kollegen jemand nach seiner Zeit in München fragte, antwortete er stets etwas wie »War alles richtig scheiße«, was zwar im Grunde aufrichtig, aber auch ausweichend war. Er wollte schlicht nicht dran erinnert werden: nicht an seine halbklugen Wortmeldungen in Seminaren, nicht an seine schrecklichen Texte für die Studentenzeitschrift *Unifarben* und eigentlich auch nicht an Lukas Moretti. Er hatte ihn viele Semester lang beneidet um seinen Erfolg in der studentischen Szene, wo es zumindest unter den Geisteswissenschaftlern niemanden gegeben hatte, der Moretti nicht kannte. Es würde schwierig werden, dachte Martin, Moretti davon zu überzeugen, dass er, Moretti, ihn, Martin, vom Studium her kannte, wo er ihn in Wahrheit eben nicht kannte. Sie hatten noch nie ein Wort gewechselt, und jetzt sollte es gleich ein ganzes Interview werden für eine Tageszeitung, die Moretti verachtete. Der Kerl hatte den Auftritt in Martins Blatt nicht mal nötig, wenn inzwischen sogar die verdammte *New York Times* hinter ihm her war.

Kurz nach Nürnberg erreichte Martin eine Kurznachricht von Hellwig. »Wir reden morgen«, schrieb sie unheilvoll. Bis dahin musste er einen ersten Erfolg nachweisen können, im besten Falle einen Gesprächstermin mit Moretti. Doch nicht einmal Gott wusste, wie er das anstellen sollte, dachte Martin.

Nach kurzer Überlegung suchte er den Pressekontakt des »Beschwörungen«-Festivals, wenige Minuten später hatte er eine Nummer. Ein erster Rechercheerfolg, dachte Martin.

»Hallo, Büro Beschwörungen!«

Die Frauenstimme klang jung und sehr gelangweilt. Martin nannte seinen Arbeitgeber und bat darum, dass man ihm eine Pressekarte hinterlegen möge.

»Ne, sorry, Anmeldung war bis letzte Woche! Wir sind supervoll.«

Martin nannte zur Sicherheit noch einmal den Namen der Tageszeitung, die er vertrat.

Die Frauenstimme sagte: »Da kann ich nichts machen.«

»Ich will Ihnen jetzt hier nicht mit unserer Auflage kommen, aber nur der Boulevard verkauft mehr«, sagte Martin und blickte sich um. Nicht dass andere Fahrgäste mithörten.

»Ja, da kann ich trotzdem nichts machen, verstehen Sie?«

Martin beteuerte, zu verstehen. Er schlug der Frauenstimme vor, seine Nummer zu notieren.

»Und dann sagen Sie Moretti, ein Freund aus Studienzeiten bittet um Rückruf.«

»Kann ich nicht machen, Lukas möchte bei den Proben nicht gestört werden.«

Das Büro Beschwörungen legte grußlos auf. Martin wünschte sich, dass sein Zug entgleist. Um sich zu beruhigen, antwortete er auf die Nachricht Linda Hellwigs: »Entschuldigen Sie meinen Auftritt bei der Konferenz. Mit Moretti läuft alles wie am Schnürchen, melde mich morgen mit Details.«

Wenig später trat Martin in München auf den Bahnsteig. Die Suche nach einem Hotel war schnell erledigt. Er fand der Vorgabe seines Chefredakteurs entsprechend ein günstiges direkt am Hauptbahnhof und konnte sogar noch aushandeln, dass der Aufpreis für das Frühstück nicht extra auf der Rechnung ausgewiesen wurde. Um 22 Uhr schlief Martin zwar besorgt, aber ohne jede dunkle Vorahnung ein.

Es sei nicht die Aufgabe von Journalisten, mit der Glaskugel in die Zukunft zu schauen, hatte ihm ein Kollege aus dem Politikressort an einem seiner ersten Arbeitstage eingebläut. Und hätte Martin Kreutzer an diesem Abend einen Blick riskiert, er hätte selbst nicht geglaubt, was da zu sehen gewesen wäre.

1. KAPITEL

24 Stunden vor Beginn des »Beschwörungen«-Festivals nieselte es, ein kühler Mittag im nördlichen München. Martin hatte den Presseeingang zur Kunsthalle »Monolith« schnell gefunden. Dass über der Tür direkt neben dem Haupteingang groß PRESSE stand, war hilfreich gewesen. Am Morgen hatte er gar nicht mehr versucht, eine Freikarte für das »Beschwörungen«-Festival zu bekommen, sondern beschlossen, einfach zum Veranstaltungsort zu fahren und sich zu Lukas Moretti durchzuschlagen. Er würde den fragwürdigen Künstler geschickt überrumpeln und ihn wie ein routinierter Profi in die Mangel nehmen, dachte Martin und bemerkte, dass sich seine innere Stimme ein bisschen wie die seines stets aufgekratzten Chefredakteurs Michels anhörte. Er war auf einem guten Weg.

In seinem Geldbeutel hatte er den Presseausweis in das kleine Fenster geschoben, das weniger ambitionierte Menschen für Fotos ihrer Liebsten nutzten. Sollte sich ihm auf seinem Weg zu Moretti irgendeine vorwitzige Sicherheitsperson in den Weg stellen, würde er die Lederbörse effektvoll aufschnappen lassen und dann flink passieren. Was sollte da noch schiefgehen!

Martin visierte die Tür mit dem **PRESSE**-Schriftzug und schritt los über den tristen Parkplatz. Auf halben Weg bemerkte er, dass von links mit noch eiligerem Tritt eine große Frau im gelben Friesennerz zur Tür hetzte. Als sie dort anklopfte, stockte er und entschied sich, lieber doch noch eine Runde um die Kunsthalle zu drehen.

»'s Mono«, so nannten die Münchner das »Monolith«, eine ausgediente Eisenbahnhalle, in der jetzt »die Kultur zum Zug kommen« sollte, wie der Oberbürgermeister einst in seiner Rede vor dem Eröffnungskonzert gescherzt hatte.

Die riesige Halle war grau wie ein Felsen, der Name passte ganz gut. Nur der Anbau, in dem die Büroräume des Veranstalters, der Backstage-Bereich und noch ein paar Kämmerchen und Klos beherbergt waren, war mit Graffiti besprüht. Bestimmt, damit jeder sehen konnte, wie progressiv man hier mit junger Kunst umging, dachte Martin.

Hinter dem Parkplatz wurde ein geschlossener Bierstand mit zwei Stehtischen als »Lounge Area« ausgewiesen, und dahinter, an der Kopfseite der Halle, fand Martin Gestrüpp und ein paar rostige Baumulden vor. Auf dem matschigen Boden lagen Bierflaschen, platt getretene Dosen und sogar zwei oder drei benutzte Kondome. Richtiger Rock'n'Roll, dachte Martin. Vielleicht hatte ja ein international erfolgreicher schwedischer Rockstar eines der Präservative getragen, dann war es für Fans bestimmt eine beträchtliche Summe wert. Aber so am dreckigen Boden und ganz ohne Zertifikat blieb es ein Schatz, den Martin nicht heben wollte.

Er entdeckte eine Stahltür, die einen Spalt offen stand. Als er sich näherte, sah er, wie drinnen Tausende kleine grüne und rote Punkte durch die Dunkelheit huschten. Das musste von der Lichtmaschine kommen, offensichtlich waren die Proben in vollem Gange. Womöglich übte Moretti gerade seine Sperenzchen und konnte direkt auf der Bühne für ein spontanes Interview gestellt werden! Martin nahm die Klinke in die Hand und zog an der schwergängigen Tür, als von innen plötzlich in wahnsinniger Lautstärke ein so monströs tiefer Ton erklang, dass er vor Schreck zurückstolperte, dabei die Tür ganz aufriss und mit den Armen rudernd auf den Rücken fiel.

»Scheiße«, fluchte Martin. Seine Ohren fiepten, obwohl er mit dem Kopf weich gelandet war. Hoffentlich nicht auf einem der Rockstar-Pariser! Zu seiner Erleichterung ertastete er nur feuchte Erde und stellte außerdem fest, dass seine Ohren doch nicht fiepten. Der hohe Ton kam aus dem Mono, wo nun, wie er durch die weit geöffnete Tür sehen konnte, ein Blitzlichtgewitter herrschte, dessen Frequenz sich steigerte. Das Fiepen wurde immer stärker, die Blitze heller und schneller. Martin blinzelte und erkannte im Türrahmen die schlanken schwarzen Silhouetten zweier Personen. Starr und, wie er irritiert feststellte, von exakt gleicher Statur. Martin richtete den Oberkörper auf und wollte dem Impuls folgen, auf allen vieren rückwärts von der Tür wegzukrabbeln, da bewegte sich langsam ein dürrer Arm heraus. Martin versteinerte. Als Tageslicht auf die bleiche Hand fiel, fasste sie in einer schnellen Bewegung nach der Klinke. Für einen Moment sah Martin einen fast kahl rasierten Kopf, dann wurde die schwere Tür mit einem kraftvollen Ruck zugezogen.

Martin lauschte. Das Fiepen hatte aufgehört, es herrschte Stille. Oder war da ein albernes Kichern, das von hinter der Tür kam? Jedenfalls pochte sein Herz stark. Schnell rappelte er sich auf und setzte seinen Weg um das Mono fort. Auf keinen Fall wollte er sich die Blöße geben, zu rennen, aber er ging so schnell, wie es ihm eben möglich war. Immer ein Fuß am Boden, bloß weg von dieser Tür!

Die hintere Längsseite der Konzerthalle grenzte an einen Fußballplatz, auf dem eine Mädchenmannschaft trainierte. Martin schlug sich durch Büsche und Gestrüpp an einem Drahtzaun entlang. Die Trainerin trug zwei gelbe Spieler-Dummys auf den Platz und rammte sie ins Gras. Die Attrappen hatten beinahe die Umrisse der beiden Gestalten in der Tür, Martin schauderte es. Er blieb stehen und starrte hinüber. Durch die Zaunmaschen traf ihn bald ein missbilligender Blick der Übungsleiterin, ein Grüppchen Spielerinnen hinter ihr spielte Ballhochhalten und lachte sorglos. Er nahm wieder Tempo auf und schoss im Gehsprint zwischen Halle und Rasen entlang.

Die Straße, die vorne an Kunsthalle und Sportplatz vorbeiführte, war leer. Aus dem Mono drangen wieder Töne: ein tiefes Grollen und metallische Schläge. Martin atmete ein paar Mal durch – und lachte dann erleichtert in sich hinein. Was plante Moretti da nur für einen Quatsch? Höllengeräusche, Lichteffekte und wahrscheinlich ein paar okkulte Geisterbahntricks? Dazu moderne Lyrik, die garantiert so sehr im Ungefähren schweben würde, dass wirklich jeder irgendetwas hineininterpretieren könnte. Und das Ganze noch mit elektronischen Beats unterlegt. Martin konnte es nicht abwarten, sich von Moretti das brillante Konzept erklären zu lassen. Nur warum hatten ihn diese beiden Gestalten gerade so erschreckt? Die Angst, die er für einen Moment gespürt hatte – so etwas hatte er seit Kindheitstagen nicht mehr gefühlt. Hatte er sich ernsthaft gegruselt vor Gestalten, die wahrscheinlich Kabelträger oder Lichttechniker waren? Es musste eher der berufliche Stress sein, der ihn nervös machte. Denn wen er im Moment wirklich fürchten musste, das war Linda Hellwig, die noch heute Ergebnisse von ihm erwartete. Er konnte also nicht weiter um die Halle laufen, nein, er würde sich jetzt auf direktem Weg zur Tür, über der groß PRESSE stand, begeben und nicht anklopfen, sondern so krachend einfallen, als käme er vom Boulevard.

Zwei Minuten später klopfte Martin doch lieber zurückhaltend an die Tür. So könnte er sich direkt als Pressevertreter ausweisen und hätte alle Hürden auf dem Weg zu Moretti genommen. Und die Kollegen vom Boulevard, das waren ja ohnehin mehr wilde Tiere als zivilisierte Reporter, dachte Martin. Nichts tat sich. Er klopfte erneut, hörte Schritte, die Tür wurde geöffnet, und ihm gegenüber stand die große Frau im gelben Friesennerz. Sie trug einen beeindruckenden Helm aus lockigem braunem Haar und musste etwa Mitte, Ende dreißig sein.

»Na, auch zu dem Elektro-Lyrik-Genie?«, fragte sie und rollte mit den Augen.

»Äh ja.«

Martin blieb bei der Wahrheit.

»Sofia Costa vom *Spiegel.* Und Sie?«

»Kreutzer, Martin, von der … äh, sagen Sie, ist Moretti noch drinnen?«

»Boah, ja. Wollen Sie sich das wirklich antun? Der Typ ist kaum auszuhalten.«

Sie zog ein Diktiergerät aus der Jackentasche und fuchtelte damit dramatisch in der Luft herum.

»Kann ich alles wegwerfen, kann man nicht drucken. Nur Künstlerplattitüden und Marketing, vergessen Sie's!«

»Ach, ich krieg aus dem Kerl schon was raus«, hörte Martin sich etwas nassforsch sagen.

Costa lachte vergnügt auf und warf die gelbe Kapuze über ihre Locken.

»Na dann gutes Gelingen!«

Martin sah noch einmal hoch zum PRESSE-Schild über der Tür und trat endlich ein. Ein schmaler Flur, an der Seite führte eine Metalltreppe in den ersten Stock. An der Wand zeigte ein Pfeil nach oben: »Zum Künstlerbüro«. Warum nicht gleich »Zur goldenen Kunst«, dachte Martin und stieg hinauf. Auf halbem Weg erlosch das Deckenlicht. Martin stand im Dunkeln und hielt inne. Gewiss gab es einen Bewegungsmelder. Er wedelte mit den Armen überm Kopf und nahm weitere Stufen. Aus dem Inneren der Halle tat es erneut zwei laute metallische Schläge, bevor es über ihm leise klickte. Das Licht ging wieder an. Martin sah auf – und blickte direkt auf eine silberne Totenkopf-Gürtelschnalle. Ein Herr in schwarzer Hose und schwarzem T-Shirt mit »Beschwörungen«-Schriftzug stand drei Stufen über ihm am Ende der Treppe.

»Und Sie sind? Haben Sie einen Termin?«

Martins Gegenüber verschränkte die Arme überm Bierbauch.

»Kreutzer, äh ja, Termin ... Moretti hat bei meiner Zeitung ein Interview angefragt«, nuschelte Martin.

»Alles klar! Presseausweis?«

Martin führte die Hand mit lässigem Schwung zur Gesäßtasche und griff ins Leere. Er tastete die anderen Hosentaschen ab – nichts. In der Jacke fand er Handy und Notizblock, aber keine Geldbörse, die er in die Höhe recken und auf Brusthöhe des Treppenwächters hätte aufschnappen lassen können.

»Moment«, keuchte er verlegen, der Festivalgesandte nickte gütig.

Martin klopfte sich, wohl wissend, dass er nichts finden würde, noch einmal ab, kratzte sich wie überlegend am Kopf und lachte auf.

»Im Auto vergessen, na klar! Bin gleich wieder da.«

Er machte kehrt, und der Treppenmann, der ja nicht wissen konnte, dass Martin mit der U-Bahn gekommen war, brummte zustimmend. Als er hinabstieg, hörte Martin, wie oben der Lichtschalter betätigt wurde. Fürsorglich, dachte er. Draußen schüttete es nun in Strömen. Er lief über den Parkplatz. Der Geldbeutel musste ihm hinter der Halle abhandengekommen sein, als er zwischen Bierbüchsen und Verhütungsmitteln gestürzt war. Durch die Wände des Monos wummerten jetzt Beats und darüber klopfte jemand zum Test auf ein Mikrofon. Martin hatte den Jackenkragen von hinten über den Kopf gezogen. Zu seiner Beruhigung war die Stahltür an der Rückseite des Monos noch immer geschlossen. Hastig lief er zu der Stelle, an der er vorhin aufgeschlagen war. Er fand den Geldbeutel, entfernte mit seinem Stift den Rockstar-Pariser, der daran klebte, kontrollierte den Inhalt und machte sich leicht angeekelt, aber beruhigt wieder auf den Weg zum Presseeingang. Nach ein paar Schritten hörte er die Klinke der Stahltür. Martin schreckte herum und sah, wie sie sich langsam und unheilvoll quietschend aufschob. Instinktiv sprang er zur Seite, um sich hinter einer Baumulde zu verstecken. Nachdem er sich kurz die Lächerlichkeit dieser Handlung bewusst gemacht hatte, lehnte er sich zur Seite und lugte hinter dem Container hervor. Die Tür stand nun sperrangelweit offen. Und heraus trat mit einer selbst gedrehten Zigarette im Mund: Lukas Moretti.

Martin erkannte ihn sofort. Moretti sah noch immer so aus, wie er ihn aus Studienzeiten in Erinnerung hatte. Ein hochgewachsener Schlaks in weiter Hose und Longsleeve, auf dem Kopf eine Mütze. Neu waren eine Brille und etwas Bart. Moretti rauchte, wie es nur einer fertigbrachte, der Festivals mit elektronischer Musik und moderner Lyrik auf die Beine stellte. Dass er in der linken Hand witterungsbedingt einen Regenschirm halten musste, hinderte ihn zwar, eine allzu lässige Pose einzunehmen, aber auch so war es eine echte Performance: wie er die Kippe hielt, wie er zog, wie er innehielt und mit dem Blick wanderte, bevor er den Rauch entweichen ließ. Natürlich nur durch den Mund. Durch die Nase blasen den Rauch nur Bauarbeiter aus und gehetzte Vertriebler, während sie mit 180 über die Autobahn schießen, dachte Martin, als er sich hinter der Mulde ducken musste, weil Moretti sich in seine Richtung gedreht hatte.

Was nun? Martin konnte sich beim besten Willen keinen günstigen Gesprächsverlauf vorstellen, wenn er jetzt mit dem

Jackenkragen überm Kopf aus seinem Versteck trat, um sich vorzustellen. Moretti würde ihn für verrückt halten und hier im Regen stehen lassen. Nein, er musste sich Morettis Rauchtheater heimlich zu Ende anschauen und dann mit etwas Abstand hinter ihm in die Halle schlüpfen. Den Umweg über den offiziellen Eingang wollte er sich sparen. Die PRESSE-Tür war zwar weniger unheimlich, aber bis er dort ankäme, wäre er vollkommen durchnässt.

Moretti ließ sich Zeit und rauchte die Zigarette fast bis auf den Filter runter, was äußerst negative Gefühle in Martin auslöste. Er ärgerte sich immer stärker über die affektierte Art, mit der Moretti rauchte, obwohl er ja nicht mal Zuschauer hatte. Zumindest keine, von denen er wissen konnte, dachte Martin. Zum Glück hatte er nicht ansehen müssen, wie dieser Kerl die Kippe zuvor gedreht hatte. Endlich schnippte Moretti den Filter weg, schüttelte den Regenschirm aus und schlurfte lässig in die Halle. Die Tür ließ er offen.

Martin wartete eine Minute und kam dann hinter der Mulde hervor. Er nahm sich vor, sich nicht noch einmal erschrecken zu lassen, und ging ohne sich umzusehen in die Halle. Gleich hinter der Tür konnte er zwischen zwei schwarzen Vorhängen von hinten auf die leicht erhöhte, in schwaches rotes Licht getauchte Bühne gucken, zu beiden Seiten gingen spärlich beleuchtete Gänge ab. Auf einem Pfeil am Boden stand »Künstler/Artists«, Martin folgte ihm. Die beiden Silhouetten ließen sich nicht blicken, sicherheitshalber warf Martin alle paar Meter einen Blick über die Schulter. Sein Weg führte ihn in eine dunkle Ecke des Monos. Dort angekommen, hörte er Morettis Stimme.

»Yooo, ihr macht noch mal den Séance-Part und guckt,

ob Licht und Ton passen. Ich komm nach dem nächsten Pressetermin zu euch.«

»Okay, Lukas!«

»Na klar, Lukas!«

Die zwei Stimmen hörten sich sehr ähnlich an: kindlich, ein bisschen überdreht und heiser.

Martin wagte es nicht, sich zu nähern. Er wollte noch ein paar Sekunden ausharren und Moretti dann unauffällig weiter nachstellen. An der Hallenwand hing ein Veranstaltungsposter des »Beschwörungen«-Festivals. Es wurde von einer Fluchtwegleuchte darüber grün-weiß angestrahlt. »Beschwörungen – Poetry – House Music – Arts Show«, schlanke schwarze Buchstaben auf weinrotem Grund. Darunter waren zahlreiche Künstler angeführt, »**LUKAS MORETTI**« stand fett an erster Stelle. Es folgte ein internationales Lineup mit Namen, die jeweils mit Herkunftsstädten wie »Tokyo«, »San Diego«, »Stockholm« oder »Cape Town« und Berufsbezeichnungen wie »DJ« oder »Spoken Word Artist« ausgewiesen waren. Ganz unten am Rand des Plakats prangten Sponsorenlogos: eine Bank, die Stadt München und deren Verkehrsbetriebe, ein Immobilienfonds, eine Automarke und eine Limonadenfirma. Für die *New York Times* war da wohl kein Platz mehr gewesen, dachte Martin und grinste ins Dunkel.

Er streckte seinen Kopf um die Ecke – und erkannte die beiden Gestalten sofort wieder. Sie standen auf Höhe der Bühne, von der rotes Licht auf ihre knochigen Hinterköpfe fiel. Martin fiel auf, dass beide ungewöhnlich breite Schultern für ihre schlanke Statur hatten. Sie stiegen ein paar Stufen hinauf und verschwanden hinterm Bühnenvorhang.

Jetzt musste der Séance-Part geprobt werden, dachte Martin. Was auch immer das sein sollte.

Er schlich weiter, das Licht erlosch und eine Sekunde später setzten die Blitzlichter ein. Vorsichtig riskierte er einen Blick auf die Bühne. Die beiden Silhouetten mussten um die zwanzig sein. Eine Frau, ein Mann, aber Martin war sich nicht ganz sicher. Sie trugen dunkle Stiefeletten, enge schwarze Hosen, weiße Hemden und drüber je ein dunkles Nadelstreifenjackett mit auffälligen Schulterpolstern. Still standen sie einander gegenüber und die Frau winkte auffordernd in Richtung des Mischpultes in der Mitte der Halle, wo Martin zwei oder drei weitere Personen ausmachte. Aus den Boxen erklangen ein wabernder, unheimlicher Ton und in unregelmäßigen Abständen erneut die metallischen Schläge, die Martin bereits von draußen gehört hatte. Die beiden Gestalten auf der Bühne gingen langsam auf einen Mikrofonständer zu, der zwischen ihnen stand. Während sich die Blitzlichter erneut zu einem Stroboskopeffekt steigerten, sprachen sie gemeinsam ins Mikro.

»Séance als Chance, Séance als Chance.«

Ihre Stimmen klangen im Chor noch kindlicher. Immer wieder wiederholten sie ihren Reimspruch und wurden dabei lauter.

»Séance als Chance, Séance als Chance, Séance als Chance!«

Unter ihren Sprechgesang mischte sich ein dumpfer Beat, und nachdem sie »Séance als Chance!« ein paar Mal aus vollem, heiseren Hals geschrien hatten, liefen sie hurtig auseinander und stellten sich vor zwei Mikrofone, die an den Bühnenrändern platziert waren.

»Wer ist da? Ist da wer?«, schrie die Person, die Martin für eine junge Frau hielt.

Sie lief herüber zu dem mutmaßlichen jungen Mann und schüttelte an ihm.

»Was sagen sie dir? Was sagen sie dir?«

»Marter! … Tinnitus!«, schrie der junge Mann mit geschlossenen Augen zur Antwort und Martin dachte, dass das eine zutreffende Beschreibung dieser Aufführung war.

»Fanal! … Nibelungen!«, japste der Künstler. »Komplikationen! … Menschenopfer!«

Er schien frei zu assoziieren und führte zuckende Bewegungen mit seinem Oberkörper durch.

»Anwesenheit, Anwesenheit!«, rief seine Bühnenpartnerin.

Mit einem Mal verstummten Beat und Soundeffekte, es blitzte nicht mehr, sondern schimmerte grün auf die Bühne. Eine entspannte, tiefe Männerstimme meldete sich über die Anlange.

»Maike, Paul, sorry! Wir haben den Lichtwechsel verbockt und setzen zurück. Szene von vorne, Strobo kommt gleich.«

»Ohhh Mann, okay, noch mal«, krächzte die Figur, die Maike sein musste.

»Noch mal, noch mal«, japste Paul.

Wieder setzten Blitze ein.

»Okay, okay, wir sind bereit«, sagte Maike und legte sich auf den Boden.

Paul tat es ihr gleich.

»Gleich geht's los!«, meldete der Mann vom Mischpult.

Martin dachte, dass er sich über das, was er gerade gesehen hatte, später unbedingt eine Meinung bilden, aber vorerst lieber darauf verzichten sollte, »Séance als Chance« ein zweites Mal anzuschauen. Er musste zu Moretti.

Als der wabernde Ton erneut einsetzte, lief er zu der Tür, durch die Moretti den Saal zuvor verlassen hatte. Dass Maike, Paul oder jemand vom Mischpult ihn entdecken könnte, sorgte ihn nicht. Einmal hörte er Maike und Paul noch »Séance als Chance« sagen, dann verließ er die dunkle Halle.

Ein Gang mit weiß gefliestem Boden und grellem Licht empfing ihn, Martin war kurz wie geblendet. Er folgte einigen Pfeilen eine Treppe hinauf. Oben stand direkt an der ersten Tür auf einem Zettel: »Backstage – Lukas Moretti – Head of Beschwörungen-Festival«. Die Gedankenstriche ärgerten Martin. Sie passten zum Bild des prätentiösen Künstlers, das er von Moretti hatte. Martin schwor sich, ohne Anklopfen einzutreten. Zu seiner eigenen Überraschung gelang es ihm.

Lukas Moretti saß mit übereinandergeschlagenen Beinen tief in einem alten Sofa, in einer Hand hielt er eine Limonade des Festivalsponsors. Im Backstageraum waren die Wände schwarz gestrichen. Als Martin die Tür hinter sich geschlossen hatte, herrschte nur noch ein schummriges Halbdunkel, Fenster gab es keine.

»Ahhh, welcome! Tony Miller from the *New York Times*? You're early!«

Moretti blickte nicht auf, bedeutete Martin aber mit einer Armbewegung, auf einer Bierbank Platz zu nehmen, die seiner Couch gegenüberstand. Martin hatte keine Zeit, nachzudenken.

»Yes, thank you.«

Erfreut blickte Moretti auf und musterte Martin wohlwollend.

»How was your flight?«

»It was okay, we had some, äh, turbulences.«

Martin improvisierte. Sein Englisch ließ zu wünschen übrig, das wusste er. Lange würde er diesen Identitätsdiebstahl nicht aufrechterhalten können. Und was, wenn gleich ein echter Miller von der echten *New York Times* hereinspazierte? Moretti schien einen solchen ja zu erwarten. Er entschloss sich zur Flucht nach vorne.

»Actually, I'm not Tony Miller from the *New York Times*.«

Sofort wirkte Moretti genervt.

»Well, who the hell are you then?«

»Wir können Deutsch reden. Kreutzer ist mein Name, ich komme aus Berlin von der …«

Wie zur Rettung flog die Tür auf. Herein fielen drei Mittzwanziger, und Martins erster Gedanke bei deren Anblick war, dass Moretti sich von seinesgleichen zum Herumlungern bestellt hatte. Der schälte sich aus seinem Sofa und fiel nacheinander zwei jungen Frauen und einem jungen Mann um den Hals. Eine der Frauen bat Martin, auf der Bierbank ein Stück zu rutschen, alle vier setzten sich.

»Können wir rauchen?«, fragte die andere Frau.

»Eigentlich nicht, aber was soll's!«

Moretti schnappte sich von der Seite eine Ledertasche und klaubte nacheinander Tabak, Blättchen und Filter heraus.

Jetzt musste er das doch noch mitansehen, dachte Martin, während er Moretti dabei beobachtete, wie er sich mit flinken Fingern eine Zigarette drehte. Bevor der Künstler den Rand des Papiers anleckte, legte er eine Pause ein und sah gewinnend in die Runde, aber an Martin vorbei.

»Und Leute, wie geht's so beim Magazin?«

Die vier steckten sich ihre Kippen an und ein heiteres und für Martin als fünftes Rad im Backstage unangenehm vertrautes Gespräch kam in Gang. Er saß am Ende der Bank und verstand kein Wort. Bald kam die Runde auf das »Beschwörungen«-Festival zu sprechen.

»Die Beschwörungen sollen gewissermaßen Verstörungen beim Publikum hervorrufen«, erklärte Moretti zwischen zwei Zügen von seiner Zigarette.

Seine drei Gäste nickten eifrig.

»Es geht um die Ermöglichung einer Ich-Erfahrung, die so intensiv ist, dass sie wie lyrisch verdichtet in sich selbst zusammenfällt«, sagte Moretti betont nachdenklich. »Und in diesen leeren Raum soll das Unvorstellbare beschwört werden.«

»War die Supernova-Performance letztes Jahr quasi eine experimentelle Vorstufe zu den Beschwörungen?«, wollte eine der Frauen wissen.

Moretti bejahte es wie ein zufriedener Lehrer.

Martin sah, dass die andere Frau sich Notizen machte und der eher schweigsame Dritte an einer Spiegelreflexkamera herumfummelte. Endlich dämmerte ihm, was vor sich ging. Da fand vor seinen Augen ein Interview statt, wo eigentlich er eines führen wollte. Er musste sich in Erinnerung rufen.

»Entschuldigung, dass ich die intime Runde störe, aber

Herr Moretti und ich hatten gerade ein Gespräch begonnen. Für welches Medium arbeiten Sie denn?«

Er blickte abwechselnd in drei Gesichter mit belustigten Mienen.

»Das sind Freunde, und sie kommen vom Magazin *Unifarben*«, sagte Moretti und sah Martin abschätzig in die Augen.

Martin erstarrte. *Unifarben*? Das war eben jene Studentenzeitschrift, für die er damals vermeintlich kunstvolle Glossen geschrieben hatte. Hoch peinliche Texte, die er gerne nachträglich aus seiner Vita streichen würde. Und jetzt kreuzte die aktuelle Redaktion dieses Blättchens hier auf und stahl ihm sein Interview. Das durfte doch alles nicht wahr sein!

»Und wer schickt Sie?«, riss Moretti ihn aus seinen Gedanken.

Martin nannte seinen Arbeitgeber. Sofort brach die Runde in Gelächter aus.

»Eben hat er noch behauptet, er sei von der *New York Times*. Auf Englisch!«, gluckste Moretti.

Die *Unifarben*-Abordnung kicherte albern, Moretti wurde schnell wieder ernst.

»Kreuzmann oder wie Sie heißen! Ich habe Ihrer Redaktion schon mitgeteilt, dass ich kein Interesse habe, mit einer neoliberalen Zeitung zu sprechen, die politisch rechts außen fischt. Was wollen Sie hier?«

Martin spürte, dass er in die Offensive gehen musste.

»Also führen Sie lieber ein Gespräch mit einem studentischen Käseblatt als mit einer der reichweitenstärksten Tageszeitungen des Landes?«

Moretti schien nicht ins Wanken zu geraten.

»Ja schon, Mann! Und wir wissen doch alle, wie die Auflage deines Blattes seit Jahren abschmiert.«

Die drei Nachwuchsjournalisten feixten. Martin war alles so unangenehm, dass er in einiger Erregung Worte wählte, die er schon beim Aussprechen bereute.

»Da du mich hier duzt, Lukas, sag mal: Wir kennen uns doch vom Studium früher. Erinnerst du dich nicht? Du kannst mich doch hier nicht so abblitzen lassen!«

Moretti blickte ihn beinahe mitleidig an, drückte seine Zigarette aus und kniff die Augen zusammen.

»Ne, sorry, ich erinnere mich null. Ich muss mal weiter!«

»Peinliiiiich!«, quietschte die Frau mit dem Notizbuch.

Moretti stand auf und animierte seine drei Freunde mit einer Geste, ihm zu folgen.

»Kommt ihr? Maike und Paul proben gerade die Séance. Das müsst ihr sehen!«

»Die beiden von der Schauspielschule?«

»Genau!«

Weil sich die *Unifarben*-Leute gleichzeitig von der Bierbank erhoben, kippte sie unter Martins Gewicht. Er rutschte vom Rand ab und landete auf dem Boden. Niemand drehte sich nach ihm um. Als Letzter verließ der Fotograf den Raum. Er knipste das Licht aus und zog die Tür hinter sich zu. Martin saß im Dunkeln.

Vorsichtig kroch er in Richtung der Tür und hörte dabei leise er den Beat der Séance. Als er eine Weile vergeblich nach dem Lichtschalter getastet hatte, fiel ihm ein, dass er ja mit seinem Handy leuchten konnte. Er wurde fündig, knipste die Deckenlampe an und erwischte sich dabei, wie er die Bierbank wieder ordentlich hinstellte. Von wegen! Martin warf sie wieder um, ging zum Sofa, auf dem Moretti gesessen hatte, und gab dessen halb voller Limonadenflasche einen kleinen Stups. Sie fiel von der Lehne und leerte sich über die Sitzfläche. Ich war's nicht, dachte Martin, sondern Tony Miller von der *New York Times*.

Er ging zurück in die Konzerthalle. Sie war wieder in schwaches rotes Licht getaucht, die Soundanlage verstummt. Die Gruppe um Moretti schlurfte gerade hinter die Bühne. Am Mischpult stand niemand mehr. Martin hatte wenig Lust, der Crew aus dem Backstageraum noch einmal zu begegnen, und entschied sich, die Halle durch den Haupteingang zu verlassen.

Je weiter er sich von der Bühne entfernte, desto dunkler wurde es. Und finster sah es jetzt auch für Martin aus. Dass er sich eben vor Moretti blamiert hatte – geschenkt. Sein wahres Problem hieß Linda Hellwig. Und der Satan hieß Michels und war Chefredakteur. Was sollte er jetzt tun? Unmöglich, noch ein Interview mit Moretti zu bekommen. Er konnte ihn schließlich nicht unter Drogen setzen. Womöglich war Moretti vorhin schon high gewesen – Speed oder was auch immer so einer nimmt –, und Martin hatte ihn trotzdem nicht überlisten können. Blamabel. Musste er jetzt für immer in München bleiben und Brezeln backen, wie Michels es ihm angedroht hatte?

In der Ecke, wo sich der Ausgang befinden musste, war es stockfinster. Martin leuchtete wieder mit seinem Handy, fand die große Stahltür, schickte ein Stoßgebet nach oben – hoffentlich war nicht abgesperrt – und griff nach der Klinke.

Als die Tür sich öffnete, atmete er erleichtert auf. Grelles Licht fiel in die Halle. Es hatte aufgehört zu regnen. Martin wollte gerade nach draußen treten, da entdeckte er an der Wand zwei schwere Metallfässer, die vom Sonnenlicht direkt angestrahlt wurden. Sie waren dunkelrot, im Deckel je einen Schlitz wie bei Wahlurnen, daneben lagen weiße Zettel und Kugelschreiber. An Holzlatten, die hinten an den Fässern nach oben ragten, waren zwei Schilder mit identischer Aufschrift befestigt. Unter einem »Beschwörungen«-Logo stand:

Werde Teil der Schlussperformance!
Deine Lyrik auf der Beschwörungen-Bühne!
Verse aufschreiben und einwerfen!
Auswahl erfolgt durch Lukas Moretti persönlich!

Das war doch eine schöne Möglichkeit, Moretti einen Abschiedsgruß zukommen zu lassen! Seit Schulzeiten hatte er kein Gedicht mehr geschrieben oder gelesen, von Jambus, Daktylus und Kreuzreimen keinen Schimmer – aber Morettis Wummer-Poesie schwebte auch frei, ganz ohne jede Regel oder Begrenzung. Ein Konzept hatte Martin bereits zur Hand: Wüste Beleidigungen für Moretti. Er stellte sich an eine Tonne, schloss nach Maike und Pauls Vorbild die Augen und schrieb dann alles hin, was ihm in Assoziation mit Moretti durch den Kopf schoss:

Verwünschungen
für Lukas Moretti

Lulatsch, Kastrat, Nachmacher, House-Depp,
Angeber, Fangschrecke, Sprichwortschreiber, Auswurf,
Wehrdienstverweigerer, Vortäuscher, Meldehund, Kannibale,
Zündler, Edmund, Wasserkopf, Angeber,

Fischkopf, Inzestler, Derblecker, Zuchthäusler,
Totgeburt, Aufschneider, Derwisch, Fluchtverdächtiger,
Vorgaukler, Ordnungsstörer, Gesinnungstäter, Trendtrottel,
Zwillenschießer, Linksradikaler, Partypoet, Rentnerschreck,

Fantast, Niete, Simulant, Weißwurst,
Feudel, Erfolgsautor, Soziopath, Heißsporn,
Entenbrust, Denkerstirn, Wirtshausdichter, Erstsemester –

Martin wollte den Kuli gerade ansetzen, um den letzten Vers zu schreiben, da hörte er hinter sich Schritte.

»Was macht er denn da?«

»Ja was macht er denn da?«

Zwei kindliche, heisere Stimmen.

Martin fuhr erschrocken halb um die eigene Achse, als hätte ihn der Blitz getroffen. Maike und Paul kamen langsam näher. Ihre Gesichter glichen einander stark. Schmale Nasen, blasse Wangen, volle, aber farblose Lippen und graue Augen.

»Was wird denn das?«

»Darf er das denn?«

Ihre Augen waren tatsächlich grau, ohne jeden Farbstich, und die Köpfe rasiert. Da stand je vielleicht noch ein Millimeter Haar, und der war weißblond gefärbt. Diese doppelte Erscheinung wäre selbst in Berlin auffällig, das mussten zweieiige Zwillinge sein, dachte Martin. Er versuchte, seinen Puls durch einen tiefen Atemzug zu beruhigen.

»Na, Séance erfolgreich? Besteht Kontakt zur Geisterwelt?«, scherzte er.

»Das ist kein Witz!«

»Das ist alles kein Witz.«

Die Zwillinge kamen immer näher, rückten ihm geradezu auf die Pelle. Martin zog sich in Richtung Ausgang zurück. Maike ging an die Tonnen und nahm Martins Zettel in die Hand.

»Ein Gedicht, ein Gedicht.«

»Dürfen wir's lesen?«

»Äh nein, da fehlt noch eine Zeile. Könnte ich das bitte wiederhaben?«

Die Zwillinge schüttelten die Köpfe.

»Das behalten wir als Beweis! Vielleicht gefällt es uns.«

»Unbefugter Eindringling! Verschwinde!«

Martin hatte keine Nerven mehr für eine weitere Auseinandersetzung mit diesen seltsamen Gestalten, er floh ins Freie. Als er sich zügigen Schrittes von der Halle entfernte, hörte er hinter sich die Tür zuknallen. Was für eine unheimliche Begegnung, dachte er.

Draußen war nun mehr los, die Straße gut befahren. Warum hatte er gerade wieder Angst bekommen? Martin rätselte. Diese kindliche, natürliche Angst wie im Albtraum – oder was war das für ein Gefühl? Er musste jetzt in jedem Fall weg vom Monolith. Vorerst oder vielleicht auch für immer, er war sich nicht sicher. Ihm fiel die letzte Zeile seines Gedichts für Moretti ein, das er durch Maike und Pauls Störung nicht mehr hatte vollenden können. Ein unergründliches Gefühl sagte ihm, dass er den Vers aufschreiben sollte. Schnell zückte er seinen Notizblock und blätterte bis zur ersten freien Seite.

Ein paar Minuten später, am Gleis des U-Bahnhofs, grübelte Martin immer noch. Was war da vorhin vom Zwillingsspuk abgesehen alles geschehen? Ihm war die ganze Nummer entglitten, das stand fest. Wie hatte er so töricht sein können, in der Redaktionskonferenz einen auf Superreporter zu machen? Seit Michels ihn – »Husch, husch!« – auf die Reise geschickt hatte, schlitterte er immer tiefer ins Verderben. Wo sollte das nur enden? Seine journalistische Laufbahn war aktuell eigentlich vorbei, dachte Martin. Wenn Hellwig ihn jetzt anriefe, er hätte nichts zu berichten außer seine Niederlage. Irgendwie musste er die Kontrolle zurückgewinnen und dann ein Wunder wirken. Irgendetwas aus dem Hut zaubern. Oder gleich etwas beschwören. Aber wie Beschwörungen funktionieren, das wussten nur Moretti und seine Zwillingsfreaks. Und die wollte er nicht fragen. Ihm fiel die Frau im gelben Friesennerz ein, Sofia Costa vom *Spiegel*. Sie hatte mit Moretti gesprochen, wollte dessen Phrasen aber nicht verwenden. Ob er sich ihren Mitschnitt borgen könnte? Aber mit Material, das selbst dem *Spiegel* zu flach war, brauchte er weder Hellwig noch Michels kommen, dachte Martin.

Eine Bahn Richtung Innenstadt fuhr ein, die Türen öffneten sich. Martin wollte gerade zusteigen, da klingelte sein Handy. Auf dem Display las er »Linda Hellwig«. Er blieb am Bahnsteig stehen und nahm, als der Zug ohne ihn abfuhr, das Gespräch an.

»Kreutzer, haben Sie ausgeschlafen? Hab ich Sie geweckt? Verzeihen Sie, ich bin manchmal furchtbar ungeduldig. Es ist ja erst 16 Uhr. Soll ich später noch mal anrufen?«

Martin setzte zu einer Entschuldigung an, wurde von Hellwig aber jäh unterbrochen.

»Ich will von Ihnen nur eines wissen, Kreutzer. Haben Sie Moretti – oder haben Sie ihn nicht?«

Die Kontrolle zurückgewinnen, dachte Martin.

»Ich hab ihn, Frau Hellwig, ich hab ihn.«

Martin klang, als hätte er einen international gesuchten Terroristen ausgeschaltet.

»Was heißt das? Haben Sie mit ihm gesprochen? Dann schicken Sie mir das Transkript!«

»Heute Abend. Wir sind in einer Bar verabredet«, log Martin.

Endlich hatte er eine Idee. Sie war verwegen, aber gut.

»Schön, dass Sie ein Date haben, Kreutzer. Jetzt sagen Sie mir einfach, was Sache ist.«

»Moretti gibt mir ein Interview, er macht eine Ausnahme. Er denkt, ich komme in guter Absicht, als ehemaliger Kommilitone. Wir trinken was, und dann hau ich ihn in die Pfanne!«

War Hellwig beeindruckt? Kurz herrschte Stille in der Leitung.

»Aha. Na, dann machen Sie das mal! Und morgen früh melden Sie sich, nicht ich. Verstanden?«

Martin versicherte zu verstehen, Hellwig legte auf.

Martin schob sein Handy in die Jackentasche, reckte die Arme in die Höhe und streckte sich. Er fühlte sich, als hätte er einen schweren Rucksack abgelegt, den er ohne Not für viele Kilometer getragen hatte. Es ging auch ohne Ballast, warum hatte er das nicht früher sehen können!

Der Plan war so simpel wie genial: Er würde auf direktem Weg ins Hotel fahren, sich an den kleinen Schreibtisch in seinem Zimmer setzen und sich das Interview mit Moretti einfach ausdenken. Morgen früh schon könnte er es mit dem Vermerk »Autorisierung erfolgt« an Hellwig schicken. Und selbst wenn Moretti später bestreiten würde, dass er mit ihm, Martin, gesprochen und das Transkript freigegeben habe – dann stünde halt Aussage gegen Aussage. Und wie sähe das überhaupt aus, wenn ein international erfolgreicher, politisch stets korrekter Künstler gegen die freie Presse vorginge? Nur weil er in einem Interview keine besonders gute Figur gemacht hatte? Nicht gut, Moretti, gar nicht gut, dachte Martin, freute sich diebisch und wunderte sich ein bisschen über sich selbst. Ein solcher Betrug wäre ihm bis vor Kurzem nicht im Traum eingefallen. Aber er würde sich jetzt nicht in einer Ecke verkriechen und seine Karrierepläne beerdigen. Irgendetwas war im Monolith mit ihm geschehen, dachte Martin. Es war, als hätte ein ruchloser Geist von ihm Besitz ergriffen.

Zurück im Hotel, wollte Martin als Vorgeschmack auf seinen Triumph fünfe gerade sein lassen und sich ein möglichst teures Abendessen aufs Zimmer bestellen. Er hatte den ganzen Tag über nur ein paar Schlucke Wasser und Kaffee gehabt – und so ließ sich kein Interview des Jahres führen. Angesichts der sensationellen Erledigung Morettis würde Michels ihm das opulente Hoteldinner gewiss mit Vergnügen aus eigener Tasche spendieren. Ein Anruf an der

Rezeption ergab jedoch, dass sein Hotel über keinen Room Service verfügte.

»Schauen S'«, sagte der Mann vom Empfang, »mir ham nur drei Sterne oder genau genommen sogar nur zwei.«

Martin fragte ihn nach dem besten Restaurant in der Nähe und bekam einen China-Imbiss im Hauptbahnhof empfohlen. Er nahm den kurzen Weg über die Straße auf sich, ließ sich gebratene Nudeln einpacken und kehrte in sein Zimmer zurück. Es juckte ihn in den Fingern. Den ganzen Abend über packte er die Tüte mit der »Mekong Express«-Aufschrift nicht aus. Sie blieb auf dem Schreibtisch neben Martins Laptop stehen, auf dem er tippte und tippte und tippte.

Ein Interview zu fälschen, das hatte er sich einfacher vorgestellt. Bis Mitternacht hatte Martin zwei Versionen geschrieben und wieder verworfen. Die Fragen fielen ihm leicht:

Herr Moretti, wollen Sie sich durch Ihr soziales Engagement vor Kritik immunisieren? Herr Moretti, wie passt es da ins Bild, dass ein großer Autokonzern Ihr Festival sponsert? Herr Moretti, kommen die Leute nicht eher in Scharen, weil ein paar international erfolgreiche DJs auf den Plakaten stehen? Herr Moretti, wie viel Subventionierung kann radikale Kunst aushalten? Herr Moretti, Ihre lyrischen Versuche schweben so im Ungefähren – können Sie unseren Lesern Ihr künstlerisches Konzept in wenigen, klar verständlichen Worten erklären? Herr Moretti, für einige Zeit lehnten Sie es aus politischen Gründen ab, dieser Zeitung ein Interview zu geben. Ist die freie Presse für Sie kein schützenswertes Gut? Herr Moretti, die Münchner *Abendzeitung* berichtete über polizeiliche Drogenkontrollen in Zusammenhang mit den Proben zum »Beschwörungen«-Festival. Was sagen Sie dazu?

Nein, die Fragen waren nicht das Problem. Aber sich die Antworten auszudenken stellte Martin vor eine echte Herausforderung. Er durfte Moretti nicht zu unbeholfen klingen lassen, das wäre unglaubwürdig und sofort verdächtig. Martin musste sich immer wieder zurückhalten und zügeln, Moretti nicht allzu dümmliche Antworten in den Mund zu legen. Die Leser des Gesprächs sollten bei der Lektüre selbst zum Urteil kommen, dass Moretti kein großer Künstler, sondern maßlos überschätzt war. Und gleichzeitig sollten sie Bewunderung spüren für den gewieften Fragensteller. Ganz am Ende würde schließlich »Das Gespräch führte Martin Kreutzer« stehen. Eigentlich, dachte Martin gegen ein Uhr nachts, war das, was er gerade tat, nicht einmal verwerflich. Moretti war ein Aufschneider, der sich geschickt hinter seinem Saubermann-Image und seinen Plattitüden versteckte; einer, der es verdient hatte, bloßgestellt zu werden. Und das ging anscheinend nur auf diesem Wege. Eine gefälschte Wahrheit war schließlich irgendwie auch: wahr.

Erst um drei Uhr morgens fand Martin eine Methode, die ihn weiterbrachte. Er versetzte sich zurück in den Backstageraum, nahm in Gedanken auf der Bierbank gegenüber Moretti Platz. Die *Unifarben*-Leute verdrängte er und stellte sich vor, wie Moretti tief im Sofa lungerte, Martins Fragen zuerst spöttisch und arrogant beantwortete, und schließlich mehr und mehr ins Schwimmen geriet.

Um halb vier sprang Lukas Moretti in Kirching, einem Münchner Vorort, am S-Bahnhof auf die Gleise. Mit weit aufgerissenen Augen rannte er panisch mal auf, mal neben den Schienen in Richtung München. Nach ein paar Hundert Metern wurde er von der letzten S-Bahn stadtauswärts seitlich erfasst und mit großer Wucht über das andere Gleis hinweg in einen Busch geschleudert. Der Zug fuhr ungestört in den Kirchinger Bahnhof ein. Es hatte keinen besonders lauten Schlag getan und der Lokführer hatte Moretti nicht von der Seite kommen sehen.

Um halb sechs hatte Martin das Interview fertiggestellt. Er las es noch mehrmals durch und fand es mit jedem Mal besser. Er legte sich ins Bett, merkte, dass er vor Aufregung nicht schlafen konnte, verließ sein Zimmer und lief um den Hauptbahnhof. Um acht würde er das Gespräch an Hellwig senden. Die ganze Nacht durchgearbeitet, um am frühen Morgen zu liefern – das musste Eindruck machen.

Um kurz nach sechs entdeckte ein Jogger Morettis leblosen Körper. In Kirching gab es keine Polizeistation, also ging der Anruf im Nachbarort, eine Station weiter in Richtung München, ein. Als die Beamten eintrafen, wunderten sie sich zuerst über Morettis rußschwarze Hände und die verkohlten Ärmel seines Longsleeves.

Um Viertel nach sieben schickte Martin sein Interview an Linda Hellwig. Er hielt es nicht aus, noch länger zu warten.

2. Kapitel

Knapp zwei Stunden lang hatte Martin im Sessel neben seinem Hotelbett vor sich hin gedämmert, da trieb ihn der Hunger wieder hoch. Er war zwar hundemüde, aber er musste jetzt wirklich etwas essen. Weißwürste und Brezeln, dachte er benebelt, das war doch, was die Menschen hier in München täglich noch vor dem ersten Kaffee zu sich nahmen. Aber wo sollte er jetzt so richtig authentisch bayerisch frühstücken? Aus dem Hotel raus und sich am Hauptbahnhof nach einem urigen Wirtshaus durchfragen? Das würde viel zu lange dauern und ihn außerdem die letzte Kraft kosten. Er hatte zwar für ein paar Jahre in München studiert, aber er wusste, wo er mal drüber nachdachte, eigentlich überhaupt nichts über diese Stadt und kannte sich kaum aus.

Martin setzte sich an den Schreibtisch, knotete die Plastiktüte vom Mekong-Express auf und schnupperte kalten Wok-Geruch. Es schmeckte überraschend gut, aber Martin hatte doch das Bedürfnis, sich die Zähne zu putzen. Danach begab er sich in die Dusche. Während er Shampoo in seinen Haaren verteilte, stellte er sich vor, wie die Silhouetten Maike und Pauls hinter der beschlagenen Kabinentür auftauchten.

»Da duscht sich wer!«

»Der seift sich ein.«

So etwas in der Art würden sie wohl sagen und ihre Hände mit gespreizten Fingern an die Plexiglasscheibe legen.

Martin drehte das Wasser ab und griff nach dem Hotelbademantel. Natürlich gab es keinen. Drei oder genau genommen sogar nur zwei Sterne, dachte er und trocknete sich mit dem Handtuch vom Waschbecken ab. Aus dem Zimmer hörte er sein Handy klingeln. Anruf aus der Redaktion! Was sonst? Er flitzte nackt zum Bett, sprang bäuchlings drauf und griff nach dem Handy auf dem Nachtkästchen. Eingehender Anruf von: Linda Hellwig.

»Kreutzer! Haben Sie es schon gehört?«

Die stets professionelle Feuilleton-Chefin klang aufgeregt. So hatte Martin sie noch nie erlebt, und das machte ihn selbst noch nervöser.

»Nein, Frau Hellwig, was meinen Sie?«

Was sollte er auch gehört haben? War sein Schwindelinterview direkt aufgeflogen?

»Tot, Kreutzer. Moretti ist tot!«

»Wie tot?«

»Tot-tot, Kreutzer, tot. Vor eine S-Bahn gerannt. Ob mit Absicht oder aus Versehen weiß man noch nicht.«

Sie brachte ihn auf den Stand der Dinge. Toter Künstler, irgendwann am frühen Morgen kurz vor Kirching von einem Zug erwischt, der aus der Innenstadt kam. Leiche wenige Stunden später entdeckt. Viel war nicht bekannt.

»Woher wissen Sie das jetzt schon?«

»Ein alter Freund bei der Münchner *Abendzeitung* ... Das ist alles noch nicht publik!«

Martin schwieg. Musste ihm jetzt nicht eigentlich schlecht werden? Vor ein paar Stunden hatte er Moretti noch gegenübergesessen.

»Kreutzer, sind Sie noch da?«

»Das Interview, Frau Hellwig, ich habe es ...«

Er setzte zur Beichte an.

»Das Interview ist klasse, Kreutzer!«

Plötzlich brüllte Chefredakteur Oliver Michels begeistert in den Apparat.

»Wir bringen es, aber beizeiten. Wenn alles bekannt und geklärt ist. Das letzte Interview vor dem Tod! Das ist, als hätten wir Cobain im Gespräch.«

Martin suchte nach Worten, er wollte dem Chef nicht direkt Zynismus vorwerfen.

»Cobain? Ist das nicht ein bisschen übertrieben bei Moretti?«, fragte er vorsichtig.

»Kreutzer, Sie verstehen schon, was ich meine. Das braucht natürlich einen würdigen Rahmen, wenn wir das direkt nach dem Tod als Aufmacher bringen. Dann ist das ein echter Coup! Kreutzer, hören Sie?«

Er bejahte. Was kam jetzt?

»Wer weiß von Ihrem Treffen mit Moretti gestern Abend?«

»Niemand, nicht mal Moretti.«

Das war tatsächlich die Wahrheit, dachte Martin.

»Sehr witzig, Kreutzer, jetzt werden Sie mal nicht zynisch. Natürlich weiß ein Toter nichts mehr!«

Martin entschuldigte sich.

»Sie erzählen das niemandem!«, rief der Chefredakteur. »Wir brauchen Sie jetzt als Reporter, nicht als Zeugen bei der Polizei!«

Michels verabschiedete sich wieder und Hellwig erklärte Martin, dass er jetzt sofort in den Münchner Vorort Kirching fahren müsse, um die Todesumstände Morettis und überhaupt dessen ganzes Leben zu recherchieren. Denn in Kirching sei der Künstler im Übrigen auch aufgewachsen und bis zum Abitur zur Schule gegangen, dort habe er sogar noch Familie, aber das wisse Martin als alter Studienfreund ja alles. Und aus dieser Recherche möge er dann besagten würdigen Rahmen um das letzte Interview mit dem Künstler stricken.

»Das ist übrigens Michels' Idee, nicht meine, Kreutzer! Jetzt fahren Sie los, checken Sie da irgendwo ein, fangen Sie an.«

»Ich alleine?«

Martin fühlte sich hilflos.

»Natürlich Sie alleine! Wer den sonst? Ein Volontär, der noch vorwitziger ist? Das haben Sie sich mit Ihrem Auftritt auf der Konferenz selbst eingebrockt! Also ziehen Sie sich die Hosen jetzt auch an. Ich melde mich wieder.«

Martin saß am Bettrand, die Stirn in die Hände gelegt. Jetzt kam die Übelkeit. In der Gewissheit, dass gleich der Mekong-Express aus ihm fahren würde, hastete er zur Kloschüssel. Nachdem er sich erbrochen hatte, stellte er sich erneut unter die Dusche. Das wurde wirklich alles ein bisschen viel. Zu viel, dachte er, aber er hatte keine Wahl. Schon seit der Redaktionskonferenz nicht mehr. Er schlüpfte in seine Hose und verließ das Zimmer.

»Nach Kirching kommen S' ganz einfach«, erklärte ihm der alte Rezeptionist. »Pfeilgrad rüber zum Hauptbahnhof, nunter in den S-Bahn-Tunnel, Gleis eins, und dann fahr'n S' mit der türkisen Linie, S4 oder S5 oder so, einfach durch d' Innenstadt, Stachus, Marienplatz und so weiter, und dann geht's in den Süden. Zwanz'g Minuten insgesamt und scho san S' am Ziel!«

»Wie sagt man hier danke?«, fragte Martin und hoffte, dass in Kirching nicht alle so sprechen würden.

»Bei uns sag'n S' dankschee oder merci! Keine Ursach'n, junger Mann. San Sie in Kirching auf eine Unterkunft ang'wies'n?«

Martin bejahte.

»Dann geh'n S' am S-Bahnhof in Fahrtrichtung links nunter. Net rechts! Und dann fragen S' sich durch zum Gasthof Keiler in der Ortsmitt'n, meine Empfehlung. Ich ruf gleich an und reserviere Ihnen ein Zimmer!«

Er packte Martin am Arm.

»Sie kommen nicht von hier, gell? Kirching, des müssen S' vorher unbedingt wissen, ist ein geteilter Ort. Sie geh'n links runter vom Bahnhof, wo die schönen oiden Häuser stehen. Also die alten Häuser, nicht wahr? Es gibt eine Unterführung. Links! Nicht rechts, wo diese Plattenbauten … viele Probleme, ganz andere Menschen … g'fährlich! Versprechen S' mir bitte, direkt links nunter auf die gute Seite.«

Martin löste sich aus dem Griff des Alten und verabschiedete sich.

»In Fahrtrichtung links!«, hörte er den Hotelangestellten noch besorgt rufen.

In der S-Bahn hatte sich Martin einen Platz am Fenster gesucht, von dem er bei Einfahrt in Kirching auf jene rechte Seite blicken konnte, vor der er gewarnt worden war. Nachdem die Bahn aber aus dem Innenstadttunnel an die Oberfläche gefahren und am Münchner Ostbahnhof einige Minuten haltgemacht hatte, fuhr sie rückwärts wieder los. Allerdings nicht zurück in den Tunnel, sondern daran vorbei und nach Süden in Richtung Stadtgrenze. Martin stand auf, um sich wieder in Fahrtrichtung rechts zu setzen.

»Ich muss nach vorne gucken, mir wird sonst übel«, entschuldigte er sich bei einem Mann, der zuvor neben ihm gesessen hatte.

Die Grenze zum Landkreis München hatte Martin durchs Fenster nicht ausmachen können, aber nach ein paar Minuten sah er erst Wiesen zwischen den Gebäuden und dann Felder zwischen den Ortschaften.

»Nächste Station: Kirching.«

Zur Rechten ein Acker, dann Lagerhallen, weiter hinten ein Baumarkt. Die S-Bahn begann zu bremsen, Lagerhallen, eine Brücke, darunter eine Straße, die zu einer Reihe Plattenbauten führte – dann: der Bahnsteig Kirchings.

Wo lag Morettis Leiche, schoss es Martin beim Aussteigen durch den Kopf. Die Bahn musste doch gerade eben an der Stelle vorbeigefahren sein, an der am frühen Morgen das Unglück geschehen war. Hatte er zur falschen Seite rausgeguckt? War Moretti auf der Seite der Schienen gestorben, auf welcher, wenn man dem Rezeptionisten glaubte, auch der gute Teil Kirchings lag? Als das Gleis wieder frei war, hielt Martin Richtung Innenstadt Ausschau nach einer Polizeiabsperrung. Nichts war zu sehen. Kurz vor eins am Mittag, und alles schon wieder aufgeräumt. Martin stellte sich vor, wie Morettis sterbliche Überreste in eine dieser Edelstahlschubladen der Pathologie gesteckt wurden, die man aus Fernsehkrimis kannte.

Die wenigen anderen Leute, die aus der S-Bahn gestiegen waren, gingen den Bahnsteig in Fahrtrichtung entlang und bogen am Ende nach rechts ab. Martin folgte ihnen.

Was war eigentlich mit dem »Beschwörungen«-Festival? In einer Stunde sollte es anfangen. Es war bestimmt schon abgesagt, er würde sich später erkundigen müssen. Maike und Paul konnten Moretti schlecht per Séance auf die Bühne zaubern, der war derzeit gewiss noch im Fegefeuer und nicht bereits bequem eingerichtet im Totenreich. Das war Sarkasmus, dachte Martin. Michels hatte ihm am Telefon Zynismus vorgeworfen, wo er doch nur sarkastisch gewesen war. Und das auch noch unabsichtlich. Für Zynismus musste man länger im Geschäft sein. Ihm blieb nur Sarkasmus.

Am Ende des Bahnsteigs führte ein Weg zwischen überdachten Fahrradständern und einem Parkplatz zu einer Bushaltestelle. Dahinter öffnete sich eine grau gepflasterte Fußgängerzone mit Geschäftsgebäuden auf beiden Seiten, ein Stück dahinter standen mächtige Plattenbauten. Sechziger-, Siebzigerjahre, war sich Martin sicher, obwohl er von Architektur keinen Schimmer hatte. Geschäftig ging es nicht zu für einen Freitag. Am Parkplatz standen ein paar Jugendliche um einen offenen Kofferraum herum, tranken Softdrinks aus Büchsen und hörten Hip-Hop. Der Mann vom Hotel hatte ihn gewarnt.

Zur Seite schlängelte sich ein Weg zu einer Unterführung herab. Martin sagte sich, dass er die Warnung des Rezeptionisten gewiss nicht ernst nahm, aber jetzt dennoch erst einmal rüber auf die »gute Seite« gehen wollte, um seine Sachen in den Gasthof zu bringen. Er brauchte einen Kaffee und musste überlegen, wie er seine Recherche überhaupt angehen wollte. Später konnte er sich immer noch davon überzeugen, wie »g'fährlich« der andere Ortsteil wirklich war. Wahrscheinlich überhaupt nicht, dachte Martin, der Empfangsherr fantasierte sich gewiss etwas zusammen.

Unter den Gleisen waren die Tunnelwände angesprüht, nicht bunt, sondern größtenteils mit schwarzen Buchstabenkürzeln. In einem Aushang wurde ein Volksfest mit Blaskapelle auf der »Festwiese Kirching« beworben. Auf die Glasscheibe davor hatte jemand mit Edding »Krchng West« geschrieben. Im Westen lagen die Plattenbauten, dachte Martin und wollte wetten, dass die Festwiese östlich der Gleise lag. In der Unterführung saß eine Frau auf einem Klapphocker, auf ihren Knien lag ein kleines Keyboard für Kinder, aus dem ein Walzer dudelte. Sie blickte Martin aus ihrem ramponierten Mantel heraus freundlich an und tat mit den Händen so, als würde sie auf den Tasten spielen. Martin ging weiter, und als er auf der anderen Seite oben ankam, las er: Bahnhofstraße.

Leicht abfallend führte sie von den Gleisen weg. Ein altes Auto kam gemütlich hochgezuckelt. Auf beiden Straßenseiten hingen große Laubbäume über den Bürgersteig. Niedrige Gartenzäune, dahinter Vorgärten, teils urig mit alten Holzrädern, die an den Wänden der Häuser neben Bänken lehnten, teils modern mit Buddha-Figuren aus Stein oder sogar Springbrunnen. Martin hatte keine zehn Häuser passiert, da war er bereits an drei Vorgärten vorbeigelaufen, in denen Männer mit Gartenschläuchen standen und wässerten. Es war ein sommerlicher Mittag, in ein oder zwei Stunden würde es richtig heiß sein. Martin sah ein paar Dutzend Zaunlatten die Straße runter einen weiteren Herrn mit Schlauch stehen. Ihn wollte er ansprechen und nach dem Weg fragen.

»Zum Gasthof Keiler?«, fragte der Mann im Vorgarten verdutzt, drehte den Hahn ab und musterte Martin.

»Wurde mir empfohlen, ich hab da ein Zimmer!«

»Da kommt doch schon seit Jahrzehnten niemand mehr unter.«

Es gab in Kirching anscheinend Leute, die Hochdeutsch sprachen, dachte Martin erleichtert.

»Keine gute Adresse?«

Hatte ihn der Rezeptionist etwa in einen heruntergekommenen Gasthof einquartiert?

»Nein, beziehungsweise doch!«

Der Mann runzelte die Stirn.

»Sagen wir so: Beim Keiler ist es sehr rustikal, wie aus der Zeit gefallen. In der Schankstube unten wird noch Karten gespielt, aber die Gästezimmer oben … Ich hab jedenfalls schon lang nicht mehr gehört, dass jemand dort eingecheckt wäre.«

Martin ließ sich den Weg erklären. Die Bahnhofstraße noch ein Stück weiter, am Kreisverkehr rechts, dann die Starnberger Straße entlang durch die Ortsmitte, bis er neben der Metzgerei den Gasthof vorfinden würde.

»Eines noch …«

Martin kam ein Gedanke.

»Was hat es mit Westkirching auf sich? Was ist da so anders als hier drüben?«

»Westkirching? Nein, nein. Hier sagt man Neukirching.«

Der Mann lachte und gestikulierte mit der Spritze des Gartenschlauchs.

»Drüben in Neukirching wohnen 12 000 Menschen, und hier bei uns in Altkirching 5000. Drüben ist es wuselig, hier aufgeräumt. Bei uns in Altkirching lebt die Tradition. Von daher sind Sie beim Keiler schon goldrichtig.«

»Neukirching wurde dem Namen nach also später errichtet?«, fragte Martin im Ton eines Investigativreporters.

»Ja, größtenteils! Vor dreißig Jahren oder wann. Ich bin erst seit zwanzig Jahren hier. Siemens, ich bin Siemensler! Also Ingenieur von Beruf. Aus Hannover komme ich.«

Er drehte den Hahn an der Hauswand wieder auf.

»Gehen Sie ruhig mal rüber nach Neukirching und schauen Sie sich alles an. Keine Angst!«

Nachdem Martin einige Doppelhaushälften hinter sich gelassen hatte, bog er in die Starnberger Straße. Sie war stärker befahren und schien der wichtigste Verkehrsweg durch den Ort zu sein. Als Erstes kam er an einem Hotel vorbei, das fast edel wirkte. Martin sah Limousinen auf dem Parkplatz des Hotels »Kirching Suites« stehen. Vier oder sogar fünf Sterne, dachte er und ging weiter. Neben der Straße floss ein Bach, dahinter erst Häuser, dann ein Feld, gegenüber eine Videothek und eine Eisdiele. Alles war begrünt und machte einen äußerst gepflegten Eindruck. Er folgte einer lang gezogenen Kurve, auf dem Hof einer Schreinerei lagerten Bretter, es folgten eine Apotheke, eine Fahrschule und eine Volksbank. Und schließlich sah Martin an einem Haus mit alpiner Lüftlmalerei an der Fassade zwei Schilder: »Metzgerei Keiler« und »Gasthof Keiler«.

In der Metzgerei waren durchs Fenster zwei Kundinnen vor der Auslage und eine Verkäuferin dahinter zu sehen. Martin ging eine Tür weiter zum Gasthof und klopfte an. Niemand reagierte. Er nahm sich vor, nie wieder irgendwo sinnlos anzuklopfen, und trat ein. Knarzender Dielenboden, eine schmale Holztreppe führte in den ersten Stock, an einer Tür stand »Gastraum«. Ob darin jemand anzutreffen war? In der Stube hing Zigarettenrauch in der Luft, die Theke war verwaist. An einem runden Tisch saßen vier Männer, zwei in karierten Hemden, zwei in Pullovern, und spielten Karten. Keiner von ihnen drehte sich nach Martin um.

»Ich spiel Eichel-Solo!«, sagte einer und nippte an seinem Weizenbier.

Ein Eichel-Solo also, dachte Martin und grinste dümmlich.

»Entschuldigung, ich habe hier ein Zimmer reserviert. An wen muss ich mich da …«

»Erster Stock«, sagte der Solospieler. Er trug Hemd, eine sportive Brille und hatte mittellanges, nach hinten gekämmtes graues Haar.

»Unten Schafkopf, oben Gästezimmer.«

Martin tappte zurück in den Flur und stieg die Treppe nach oben. Im ersten Stock fand er einen unbesetzten Tresen vor. Darauf lag ein Schlüssel auf einem Zettel, der mit »Kreutzer« beschrieben war, und daneben ein kleines Glöckchen. Martin nahm es in die Hand und klingelte.

»Komme schon!«, hörte Martin hinter sich eine Frauenstimme rufen.

Schwarze Haare, Pony, Zopf, schwarze Jeans und Bluse – eine Frau, die etwa in seinem Alter war, kam die Treppe herauf und stellte sich hinter den Tresen.

»Servus, willkommen im Gasthof Keiler! Ich bin die Fanny!«

Martin war sich sofort sicher, dass der bayerische Dialekt falsch war. So klänge es auch, wenn er die Mundart imitieren würde.

»Hallo, Martin Kreutzer, mir wurde hier ein Zimmer reserviert.«

Sie nahm den Schlüssel vom Tresen.

»Ja, da haben wir ihn schon. Passt. Wie lang bleiben Sie?«

»Vielleicht erst mal drei Nächte. Was schulde ich Ihnen?«

Fanny lächelte ihn kurz an.

»Sie schulden mir nix. Zahlen Sie einfach bei der Abreise! Ich vertrau Ihnen schon, gell?«

Es war nicht nur das aufgesetzte Bayerisch, irgendetwas an Fanny war daneben, irgendetwas an ihr passte nicht.

»Was führt Sie eigentlich nach Kirching? Das Sonnwendfeuer?«

»Das was?«

»O mei! Haben Sie die Plakate draußen nicht gesehen? Der Burschenverein und die Freiwillige Feuerwehr laden ein zum großen Feuer. Wie jedes Jahr um diese Zeit! Der halbe Ort kommt. Das wird spektakulär!«

Martin hatte noch nie jemanden so seltsam reden hören, auch Fannys Sprechrhythmus war sonderbar. An beliebigen Stellen machte sie mitten in den Sätzen Pausen; kurze zwar, aber etwas länger als normal. Außerdem betonte sie die Wörter seltsam, nämlich fast immer am Anfang, auch wenn das gar nicht zum Gesagten passte.

»Wann findet das denn statt?«

»Morgen, am Samstag, ab dem späten Nachmittag. Gell? Sie werden die Blasmusik aus Ihrem Zimmer hören können. Die Freiwillige Feuerwehr feiert außerdem ihr 100-jähriges Bestehen. Da gibt's noch eine große Überraschung am Abend!«

Fanny erklärte Martin das Konzept des Kirchinger Sonnwendfeuers. Sie sprach von den längsten Tagen des Jahres, vom großen Feuer, von den Bierbänken rundherum, vom Ausschank in Maßkrügen und vom Steckerlfisch, der aus der Forellenzucht am Kirchinger Bach stammen würde. Während ihres Vortrags wechselte ihre Mimik sekündlich, sie rollte mit den Augen und ständig zuckten die Mundwinkel. Kurz grinste sie diabolisch, dann guckte sie gelangweilt, dann amüsiert. Martin war von ihrem Mienenspiel wie gefangen. Was stimmte mit ihr nicht? Es wirkte nicht, als ob sie das absichtlich machte.

»In jedem Fall wird das eine Mordsgaudi am Sonntag«, schloss Fanny ihren Vortrag.

»Sagen Sie, Fanny, wissen Sie etwas über Lukas Moretti?«

Warum nicht gleich mit der Recherche anfangen, dachte Martin.

»Kennen Sie ihn? Münchner Künstler, ursprünglich hier aus Kirching. Und er wurde heute Morgen hier …«

»Tot«, unterbrach sie ihn. »Ich hab's auch heute in der Früh schon erfahren. Tot-tot. Aber nichts Genaues weiß ich nicht.«

Martin verabschiedete sich auf sein Zimmer.

»Falsche Richtung«, sagte Fanny und deutete hinter sich. »Hier entlang, Fenster zur Straße. Da kriegen Sie alles mit. Sie sind ein Journalist, gell?«

Etwas stutzig nannte Martin seinen Arbeitgeber, Fanny lupfte ihre schwarzen Augenbrauen.

»Nicht schlecht. Fragen Sie doch mal bei der Freiwilligen Feuerwehr wegen Moretti, die waren bestimmt am Gleis.«

Sie stieg die Treppe hinunter und rief Martin »Grüß Gott!« zu. Er war sich ziemlich sicher, dass man sich in Bayern mit dieser Formel nur begrüßte und nicht verabschiedete. Vielleicht wird man mit der Zeit ein bisschen verrückt in einem verlassenen Gasthof, wo nicht viel passiert, wenn gerade kein Herr sein Eichel-Solo aufspielte, dachte Martin.

Sein Zimmer war tatsächlich rustikal, der Mann mit dem Gartenschlauch behielt recht. Außer Matratze und Bettwäsche bestand quasi alles aus massivem Holz. Boden, Wandverkleidung, Decke, Stuhl, Tisch, Bett, Fensterbank und Schrank – alles schien aus einer einzigen Eiche gearbeitet. Durchs gekippte Fenster hörte Martin den Verkehr auf der Starnberger Straße. An der Wand hingen über dem Bett ein Geweih und über dem Tisch der Druck einer Jagdszene. Martin legte seinen Kulturbeutel in einem kleinen grün gefliesten Bad ans Waschbecken. Von der Decke hing überm Bett eine Glühbirne, als Martin sie anschaltete, schien ihr schwaches, warmes Licht den Raum fast noch zu verdunkeln. Er knipste sie wieder aus, legte sich aufs Bett und sah sich um. Auf allem lag eine dünne Staubschicht. Das Zimmer wirkte, als wäre es vor vielen Monaten geputzt, für den nächsten Gast vorbereitet und seitdem nicht mehr betreten worden.

Fast war Martin weggedämmert, da holten ihn Sirenen zurück in den Nachmittag. Er wollte sich umdrehen und endlich richtig einschlafen, doch es hörte und hörte nicht auf von draußen zu lärmen. Martin rollte sich aus dem Bett, kroch durch den Raum, zog sich am Fenster hoch und sah nach draußen. Ein Krankenwagen und ein Einsatzfahrzeug der Feuerwehr standen auf der Starnberger Straße. Offensichtlich wollten sie in eine kleine Seitenstraße abbiegen, doch die Einfahrt wurde von einem Kleinwagen versperrt. Am Steuer saß ein Rentner, der gehetzt versuchte, die Bahn frei zu machen. Immer wieder setzte er vor und zurück, um seinen Wagen zu drehen. Als auch noch ein Polizeiauto angeschossen kam, scharf bremste und das Blaulicht anstellte, würgte der Alte den Motor mehrmals ab. Der Krankenwagen begann jetzt zusätzlich zum Sirenenlärm noch zu hupen, eine infernalische Geräuschkulisse drang hoch zu Martin. Es dauerte noch eine endlose Minute, dann hatte es der Kleinwagen endlich geschafft. Er fuhr flott ein paar Meter in die Seitenstraße hinein, bog auf einen Parkplatz und ließ die Einsatzkolonne passieren. Martin sah, wie Notarzt, Feuerwehr und Polizei um eine Kurve herum verschwanden, aber er konnte sie noch eine ganze Weile hören. Vielleicht war ihr Einsatzort gar nicht weit weg. Als noch zwei weitere Polizeiwagen in die Seitenstraße sausten, dachte Martin, dass er sich das ja doch einmal anschauen könnte. Mit der Freiwilligen Feuerwehr wollte er sowieso in Kontakt treten.

Das frei stehende, modern und luxuriös anmutende Haus, Adresse »Am Dorfweiher 21a«, war so groß, dass darin leicht vier Parteien Platz hätten finden können, aber es wurde nur von einer bewohnt. Vor der breiten Garage parkten Krankenwagen und Polizeiauto, auf der schmalen Straße der Einsatzwagen der Feuerwehr und zwei weitere von der Polizei. Vollsperrung am Dorfweiher. Martin hatte sich Zeit gelassen, bevor er aufgebrochen war. Durch sein Zimmerfenster hatte er den Sirenen gelauscht und, als ein paar Gewitterwolken aufzogen, sogar das Blaulicht in ein paar Hundert Metern Entfernung blinken gesehen. Er wollte nicht als erster Gaffer am Platz sein oder wie ein Boulevardreporter wirken, der den Polizeifunk abhörte. Und so war er erst eine Dreiviertelstunde, nachdem der Radau unter seinem Fenster begonnen hatte, an der Vorstadtvilla eingetroffen. Einige Schaulustige waren schon da, ein Dutzend von ihnen lungerte am rot-weißen Absperrband der Polizei herum. Die Hecken um das Haus waren noch jung und nicht mal hüfthoch, das dünne Gras im erdigen Vorgarten musste in diesem Jahr zum ersten Mal ausgesät worden sein. Auch sonst sah man dem Gebäude an, dass es sich um einen Neubau handeln musste. Keine Spuren von Witterung an Dach oder Fassade. Zwischen den Hausnummern 21 und 21a lag tatsächlich ein kleiner Weiher, an den die Gärten hinter den Häusern grenzen mussten. Martin hatte, als er vorbeigelaufen war, ein paar Enten erblickt und auf der gegenüberliegenden Straßenseite eine kleine Kapelle. In Altkirching lebt die Tradition, hatte sich Martin an die Worte des Gartenschlauchmannes erinnert.

Aus der Ferne donnerte es, das Gewitter war fast da. Die

dunklen Wolken sorgten dafür, dass um halb vier am Nachmittag eine Stimmung wie um elf abends herrschte. Die Blaulichter blinkten die Straße rauf und runter und spiegelten sich im Entenweiher. Eine Notärztin lugte aus der Haustür, sprach mit einer Polizistin; das Garagentor öffnete sich und ein paar Feuerwehrleute kamen heraus. An der hinteren Wand der Garage konnte man durch eine Tür in den gepflegten Garten blicken.

Martin hatte sich gerade einen guten Platz an der Absperrung gesucht, da schlüpfte ein paar Meter neben ihm ein Mann drunter hindurch und ging zügig auf die Feuerwehrmänner zu. Martin erkannte ihn: Es war der Eichel-Solo-Spieler aus dem Gasthof. Sofort begann dieser, auf die Uniformierten einzureden, wobei er ihnen abwechselnd ein Diktiergerät vor die Gesichter hielt. Ein Feuerwehrmann schob den Eindringling von sich, ein anderer rief etwas zu zwei Polizeibeamten. Sie kamen rüber und sprachen den Eichel-Solo-Mann an, der darauf wild zu gestikulieren begann. Martin hörte ihn »Unverschämtheit!« und »Zensur!« rufen. Den Beamten schien es zu bunt zu werden, sie packten ihn von beiden Seiten und eskortierten ihn zurück zur Absperrung. Direkt neben Martin führten die Polizisten ihn mit ihren Händen auf seinem Kopf unter dem rot-weißen Band durch.

»Sie bleiben jetzt hier draußen, Herr Hirsch, verstanden?«, sagte einer streng zum Eichel-Solo-Spieler.

»Sie werden schon sehen, was Sie davon haben, Pressearbeit zu verhindern!«, rief Herr Hirsch empört aus. Er zog eine kleine Digitalkamera aus seiner Bauchtasche und richtete sie auf die sich entfernenden Beamten.

»Ich filme das alles, hören Sie? Ich, Peter Hirsch, Journalist, wurde gerade ohne Angabe von Gründen durch die Polizei an meiner Arbeit gehindert.«

Er sprach jetzt wie der Erzähler einer Kriminaldokumentation.

»Freitag, 22. Juni. Nachdem ich am Haus der Familie Klein, einem mutmaßlichen Tatort, meiner vom Grundgesetz geschützten journalistischen Recherche nachgehen wollte, wurde ich von zwei Beamten unter Gewaltanwendung des Platzes verwiesen. So steht es um die Pressefreiheit in dieser Republik, liebe Zuschauer.«

Hirsch steckte die Kamera wieder ein und rückte sich seine schwarz-grüne Brille zurecht. Das Gestell erinnerte an eine schneidige Sonnenbrille für Radfahrer, aber es fasste ganz normale durchsichtige Brillengläser. Er wandte Martin das magere Gesicht zu.

»Sie haben das gesehen, oder? Können Sie diesen Vorgang bezeugen?«

»Haben Sie Ihren Presseausweis vorgezeigt?«, fragte Martin, wohl wissend, dass Hirsch ihn nicht gezückt hatte.

Hirschs sehniger Körper hüpfte vor Erregung fast in die Luft, nur die Zehenspitzen blieben am Boden.

»Presseausweis? Mann! So einer wie ich bekommt doch keinen Presseausweis!«

Martin konnte seinen Blick nicht von Hirschs Zehenschuhen nehmen, jede Zehe war wie bei einem Handschuh einzeln umschlossen.

»Wieso denn nicht?«

»Weil ich zu unbequem bin! Ich stelle Fragen! Ich denke ohne Barrieren, verstehen Sie?«

Eigentlich hatte Martin kein Verlangen, sich weiter zu unterhalten, aber er erkannte, dass Hirsch der Typ Mensch war, der sich unmöglich abwimmeln ließ.

»Für welches Medium arbeiten Sie denn?«

Hirsch holte aus.

»Früher viel in München, Fernsehen, Radio, Zeitung, die ganz große Show. Aber da ist längst kein Platz mehr für Leute, die einen eigenen Kopf haben. Nicht mal mehr hier im Landkreis bei der Lokalpresse – ich musste mich trennen. Auf meiner Seite im Internet steht jetzt täglich alles unverfälscht. Mein Name ist übrigens Hirsch, Peter Hirsch. Und Sie? Student?«

Martin zog seinen Geldbeutel aus der Hosentasche und ließ ihn aufschnappen. Hirsch sah den Presseausweis und lachte künstlich auf.

»Aha, ein Systemgetreuer! Wer schickt Sie? Der BR?«

Nachdem Martin den Namen seiner Tageszeitung genannt hatte, rückte Hirsch etwas näher.

»Na wenigstens nichts Linkes, bei Ihrem Blatt habe ich noch Hoffnung. Wollen Sie wissen, was hier los ist?«

Hirsch legte Martin, der auf die Frage noch gar nicht reagiert hatte, den Arm um die Schulter und schob ihn von der Absperrung und den anderen Schaulustigen weg.

»Drei Tote im Haus. Junge Leute! Vom Gärtner entdeckt. Ich habe bei der Polizei mithören können.«

Martin wollte um mehr Details bitten, doch Hirsch fuhr von ganz allein fort.

»Das Haus gehört der Familie Klein, die kennt hier jeder! Stinkreich. Dem Klein senior gehört eine Firma für Computerchips, ständig in den USA. Und jetzt kommt's!«

Hirsch rückte die Brille auf die Nasenspitze und schaute Martin über den Rand hinweg verschwörerisch an.

»Herr und Frau Klein sind aktuell in Florida, bisher nicht erreichbar. Und die drei Toten im Haus gehören nicht hierher. Keiner weiß – Stand jetzt –, wer die sind. Zwei Frauen, ein Mann. Mitte zwanzig. Todesursache unklar.«

»Das alles haben Sie vorhin mitgehört? Sind Sie sicher?«, fragte Martin ungläubig.

Hirsch zog einen Zettel hervor, der unlesbar vollgekritzelt war.

»Gute Ohren! Hab alles mitgeschrieben. Sie können mir vertrauen. Wenn Sie die Story bringen, verweisen Sie auf meine Seite als Quelle! Okay? Dann verrat ich Ihnen jetzt noch das Beste!«

Wieder wartete er Martins Antwort gar nicht erst ab.

»Die Klein-Kinder, also die Kinder der Familie Klein wohnen noch hier! Gleiches Alter wie die Toten. Aber jetzt sind beide verschwunden. Das sind Zwillinge! Ganz komische Erscheinungen. Sie heißen ...«

Hirsch kam noch näher, blickte sich um, und setzte zum Flüstern an. Martin drehte es den Magen um, als ihm klar wurde, welche Namen er gleich hören würde.

»Maike und Paul«, raunte Hirsch. »Ich wette mit Ihnen: Die wurden entführt. Lösegeld!«

Martins Schläfen pochten, aber er versuchte, sich nichts anmerken zu lassen. Er konnte sich denken, wer die drei Toten im Haus waren. Natürlich die drei von der Studentenzeitschrift *Unifarben*. Da ging wiederum er jede Wette ein, aber nicht mit Peter Hirsch, dachte Martin, während ebenjener ihm weiter ins Ohr wisperte.

»Irgendwann musste das ja anfangen, ich warne schon länger. Der Klein hat sich diesen Palast gebaut – und die Terrorbanden aus Neukirching wussten, wo sie hinmüssen.«

Hirsch deutete auf das Haus.

»Da drinnen herrscht bestimmt ein schlimmes Gemetzel, ich will's mir gar nicht ausmalen. Hände ab, Köpfe ab, mit Blut islamistische Sprüche an die Wände geschmiert und Fernseher und Schmuck mitgenommen. Diese Muslimbrüder sind skrupellos!«

Martin sah, dass eine Kolonne aus drei Leichenwagen angefahren kam. Er ging zur Seite auf den Bürgersteig, Hirsch klebte weiter an ihm.

»Die Zwillinge sitzen jetzt in irgendeinem Keller in Neukirching, und wenn die Eltern nicht zahlen …«

Mit der Hand am Hals machte Hirsch eine Kopf-ab-Geste. Eine Polizistin und ein Sanitäter hielten das Absperrband hoch, zwischen ihnen fuhren die Leichenwagen vors Haus.

»Der Befehl kommt aus Pakistan oder Afghanistan oder wo! Von al-Qaida! Die brauchen immer Geld für ihren Dschihad. In Neukirching steht eine geheime Moschee, getarnt als Teestube! Das ist die Verbindung.«

Irgendwie musste er diesen Kerl loswerden, dachte Martin. Aber unauffällig, er wollte hier keine Aufmerksamkeit auf sich ziehen. Schließlich hatte er am Vortag Moretti, die *Unifarben*-Leute und die verschwundenen Zwillinge getroffen. Wenn die Polizei das spitzbekam, nahmen sie ihn gewiss direkt mit auf die Wache.

»Ich kann nicht ewig mit Ihnen reden, tut mir leid!«,

sagte Hirsch plötzlich wieder laut und fuhr pathetisch fort: »Ich muss los und das alles aufschreiben. Viele Leser in Altkirching vertrauen mir. Die müssen alles wissen. Gerade jetzt, wo die Angriffe losgehen. Wir sehen uns wieder, junger Kollege!«

Er klopfte Martin auf den Rücken, verschränkte die Arme hinter seinem und entfernte sich mit schnellen ausladenden Schritten. Am Haus der Familie Klein öffnete sich die Tür. Eine Polizistin sprach ein paar Meter neben Martin die Menschen an der Absperrung an.

»Gehen Sie jetzt! Aus Respekt vor den Toten. Gehen Sie!«

Weil er der Beamtin nicht auffallen wollte, entfernte Martin sich ein Stück. Er wurde als Reporter gebraucht, nicht als Zeuge, dachte er. Aus dem Haus sah er zwei Bestatter treten, die auf einer Bahre einen Leichensack aus dem Haus trugen. Weil ihnen niemand das kleine Tor zum Bürgersteig öffnete, stiegen sie über die junge Hecke hinweg. Martin wandte sich ab. Er wollte das nicht sehen. Er wollte nicht, dass ihm erneut übel würde. Er wollte nicht darüber nachdenken, wer von den *Unifarben*-Leuten im ersten Leichensack lag. Natürlich tat er es trotzdem und spürte dabei sauren Horror vom Magen in den Hals steigen. Er schluckte ihn wieder runter. Martin blieb professionell. Schließlich war er beruflich nach Kirching gekommen und hatte einen Auftrag. Doch wie sah der aus? Als Erstes musste er seine Mutmaßung über die Identität der drei Leichen verifizieren. Und wenn ihm dies gelänge … was dann? Der tote Moretti, die drei Leichen im Haus, die verschwundenen Zwillinge –

das musste alles zusammenhängen. Und das war doch mehr als eine gute Rahmengeschichte für ein gefälschtes Interview! Ob die Polizei schon wusste, dass Moretti die Toten am Vortag getroffen hatte? Ob der verstorbene Künstler gestern oder in der Nacht auch noch im Haus am Dorfweiher gewesen war? Ob Linda Hellwig über ihre Kontakte schon über die neuesten Entwicklungen informiert war? In jedem Fall würde sie Rat wissen, dachte Martin. Im Gasthof könnte er in Ruhe mit ihr telefonieren.

Es war noch dunkler geworden, Regen hatte eingesetzt, das Gewitter würde jeden Moment voll losbrechen. Auf dem Dorfweiher paddelten die Enten an den Rand. Martin ging langsam vorüber. Lieber nicht zu zügig, dachter er. Schließlich hatte Peter Hirsch eben erst den gleichen Weg eingeschlagen. Auf keinen Fall wollte er ihm auf dem Weg zum Gasthof begegnen und erneut die tollsten Terrortheorien aufgetischt bekommen. Islamistisch motivierter Raubmord mit anschließender Entführung? Das war schon äußerst fantasievoll. Kein Wunder, dass Hirsch nur noch auf seiner eigenen Webseite veröffentlichte, dachte Martin. Es blitzte grell, und einen Augenblick später krachte es ein paar Straßen weiter gewaltig. Martin rannte los durch den immer stärker prasselnden Regen und erreichte den Gasthof, kurz bevor die ersten Hagelkörner fielen.

Drinnen lauschte er an der Tür zur Gaststube, doch niemand schien sich darin aufzuhalten. Kurz hatte Martin überlegt, ob Hirsch vielleicht nur vorgab, eine eigene Kirchinger Nachrichtenseite zu betreiben, und in Wahrheit rund um die Uhr am Stammtisch saß, Weizenbier trank und Schafkopf spielte. Im Moment war er jedenfalls nicht hier. Auch von Fanny war weit und breit keine Spur. Vielleicht war sie jeden Tag nur ein paar Stunden da – oder wohnte sie als Angestellte auch im Gasthof? Wieder horchte Martin, aber er hörte nur das Gewitter von draußen. Im Zimmer zog er sein durchnässtes Hemd aus, hängte es über das Geweih an der Wand und legte sich aufs Bett. Tropfen fielen vom Hemd auf seine Stirn. Chinesische Wasserfolter, dachte er, darüber hatte seine Zeitung neulich was im Wissenschaftsteil gehabt. Er stand wieder auf, setzte sich an den kleinen Holztisch und rief Linda Hellwig an.

»Kreutzer, ich rufe in fünf Minuten zurück. Michels will auch mit Ihnen sprechen. Bleiben Sie erreichbar!«

Hellwig legte so grußlos auf wie sie den Anruf angenommen hatte. Der Chefredakteur wollte also mitreden. Was blühte ihm jetzt? Martin ließ sein Handy auf dem Tisch liegen und ging davor auf und ab. Nach fünf Minuten dachte er, dass Hellwig und Michels wahrscheinlich einfach wissen wollten, wie weit er mit der Rahmengeschichte für das Interview war. Wenn dem so war, konnte er mit seinem Wissen über die drei Toten und ihr Verhältnis zu Moretti punkten. Nach zehn Minuten wurde Martin unruhig. Er fürchtete, dass Michels ihn gleich zusammenfalten würde, weil ihm alles viel zu langsam ging. Nach einer Viertelstunde war sich Martin sicher, dass sein gefälschtes Interview doch noch aufgeflogen war und Michels ihn gleich feuern und zu zwanzig Jahren Brezelbacken verurteilen würde. Irgendwie tröstete ihn dieser Gedanke. Aus Kirching flüchten – und in einer Münchner Bäckerei anheuern. Jeden Morgen würde er lebendigen Studenten salziges Gebäck verkaufen, anstatt ihren toten Kommilitonen nachzuschnüffeln. Nach 25 Minuten klingelte endlich sein Handy.

»Kreutzer!«, brüllte Michels gut gelaunt aus dem Hörer. »Willkommen in meinem Büro, ich stelle Sie auf Lautsprecher! Bei Ihnen in Klostering oder Kirchsing oder wie das da unten heißt ist ja anscheinend ganz schön was los!«

»Von den drei Toten haben Sie gehört?«, klinkte sich Hellwig in die Telefonkonferenz ein.

Natürlich wussten sie es schon, dachte Martin. Er bejahte. Hellwig fuhr in strengem Ton fort.

»Das soll Sie gar nicht kümmern, Kreutzer. Sie bleiben an Moretti dran! Lassen Sie sich nicht ablenken.«

Sie wussten doch nicht alles! Martin triumphierte innerlich und berichtete, was Moretti mit den drei Toten vom Studentenmagazin und den verschwundenen Zwillingen zu tun hatte. Dabei bemühte er sich um einen sachlichen Ton. Man sollte seine Vorgesetzten nicht düpieren, das hatte er bei Hellwig schon einmal zu oft gewagt.

»Und die Identität der Toten ist verifiziert?«

Die Feuilleton-Chefin klang skeptisch, aber Michels fiel ihr ins Wort, bevor Martin antworten konnte.

»Kreutzer, das ist ja fantastisch! Haben wir das exklusiv?«

»Der Münchner Boulevard hat das jedenfalls noch nicht«, bestätigte Hellwig, ihrem Ton nach fast widerwillig.

Martin hörte den Chefredakteur zweimal in die Hände klatschen.

»Sie machen das jetzt! Große Reportage! Sie schmücken

das richtig aus. Langstrecke, Kreutzer! Also machen Sie jetzt nicht schlapp und bleiben Sie dran!«

Hellwig seufzte, aber Michels war in seiner Begeisterung nicht mehr zu stoppen.

»Wenn Sie das ordentlich abliefern, Kreutzer, dann imponiert mir das! Hören Sie? Sie wissen vielleicht, dass ich als Volontär auch mit einer Reportage meinen Durchbruch hatte …«

Martin kannte die Geschichte. Alle in der Redaktion konnten sie auswendig aufsagen, weil Michels sie regelmäßig zum Besten gab. Im vergangenen Jahr auf der Weihnachtsfeier hatte Martin zum ersten Mal gehört, wie Michels in den Neunzigerjahren Osama bin Laden im Sudan aufgespürt und zu einem Interview überredet hatte. Andere Medien weigerten sich bis heute, die Echtheit des Gesprächs anzuerkennen, weil Michels nie lückenlos beweisen konnte, den Terroristen tatsächlich getroffen zu haben. Widerlegen konnten sie es aber auch nicht – und so ließ Michels als Chefredakteur das Gespräch an jedem 11. September wieder auf die Webseite seiner Zeitung heben. Bin Laden selbst konnte man seit einem guten Jahr nicht mehr fragen.

»Kreutzer, sind Sie eingeschlafen?«

Wieder hörte man Michels in die Hände klatschen.

»Wir schicken Ihnen einen Fotografen. Frank Nietner, er wird Sie bald anrufen«, kündigte Hellwig an.

»Nietner, der alte Hase! Als Babysitter für Sie!«

Michels lachte schallend und Hellwig wies Martin an, als Erstes die Identität der Toten zu verifizieren.

»Und sobald Ihnen das gelungen ist, melden Sie sich! Bis dahin.«

In der Leitung raschelte es, doch die Telefonverbindung wurde nicht unterbrochen.

»Oliver, ich halte das für keine gute Idee«, war Hellwig leise zu hören.

»Ach was, wenn er das verbockt, fliegt er halt raus!«

Martin legte auf.

Die Vorstellung, einen Artikel zu recherchieren, der es mit Michels' Bin-Laden-Story aufnehmen konnte, überforderte Martin. Er wollte lieber mit etwas Einfachem anfangen und wählte die Nummer, die er seit der Zugfahrt nach München unter »Büro Beschwörungen« abgespeichert hatte. Nach zwei Freizeichen erklang vom Band die Frauenstimme, sie klang zwar verzweifelt, aber irgendwie immer noch gelangweilt.

»Hallo, hier ist das Büro Beschwörungen. Unser Festival wurde aufgrund eines Todesfalls abgesagt. Das gesamte Team trauert um Lukas Moretti. Bitte sehen Sie von weiteren Kontaktaufnahmen ab. Es tut uns leid, wir können da aktuell einfach nichts machen.«

Sie schniefte noch zweimal, dann wurde das Gespräch automatisch beendet.

Martin wusste nicht so recht, wohin mit sich. Gerade war er vom Chefredakteur persönlich mit einem gefeierten Durchbruch als Reporter beauftragt worden. Nächste Haltestelle: Erfolg. Und wenn er die verpasste: Endstation Brezelbacken. Warum nicht einfach sitzen bleiben, fragte sich Martin. Wieder kam ihm die Vorstellung, in einer Schnellbäckerei Teiglinge in einen Ofen zu schieben, verlockend und tröstlich vor. Ob Michels auf seiner Jagd nach Osama bin Laden auch gezweifelt hatte? Konnte man den Sudan mit Kirching vergleichen? Vielleicht mit Neukirching, zumindest, wenn man Herrn Hirsch fragte. Wollte und konnte er, Martin Kreutzer, der nächste Oliver Michels werden? Hellwig schien Martin nicht viel zuzutrauen, genau wie sie Michels' polternde Auftritte offensichtlich nicht gerade schätzte. Nach dieser Logik konnte er es bis zum Chefredakteur bringen. Und Michels hatte sich ja ebenfalls in ihm wiedererkannt. Es schüttelte ihn unbehaglich. Irgendwie musste er jetzt liefern.

Bei der Freiwilligen Feuerwehr herausfinden, was am Dorfweiher im Haus der Familie Klein passiert war, und, wenn möglich, die verschwundenen Zwillinge ausfindig machen – das war der Plan, das Gebot der Stunde. Er zog sich sein nasses Hemd wieder an, draußen nieselte es eh noch.

Fünf Minuten später hatte er seinen Kopf bei der Metzgerei Keiler zur Tür reingesteckt und nach dem Weg zur Freiwilligen Feuerwehr gefragt.

»Einfach die Starnberger weiter runter, gegenüber der Festwiese«, hatte die alte Frau hinter der Theke gesagt. »Möchten S' noch ein Paar Wiener? Wir schließen gleich und ich schmeiß sie sonst eh weg.«

Mit zwei Würsten und einer Serviette in der Hand war Martin der Starnberger Straße gefolgt. Er hatte sich nicht überwinden können, abzubeißen, und die Wiener in eine Hecke geworfen. Besser für Hunde, die Gassi geführt werden, als für den Müll, hatte er gedacht. Ein Stück weiter hatte er die Festwiese erblickt. Auf der einen Seite lagerten zusammengeklappt unzählige Bierbank-Garnituren, auf der anderen Holz unter einer großen grünen Plastikplane, und in der Mitte stand ein riesiger Plakataufsteller, auf weißblauen Rauten stand »Sonnwendfeuer, Samstag, 23. Juni«. Gegenüber der Festwiese führte eine breite Zufahrt auf einen großen Hof, der von drei Gebäuden umstellt war. Auf dem mittleren stand über dem Eingang »Freiwillige Feuerwehr Kirching«, links und rechts sah Martin an den Fronten je zwei riesige Tore für Einsatzfahrzeuge. Am Rand des Hofs stand ein Mann, der über die Straße auf die Wiese schaute und aus einer großen Plastikflasche Apfelsaftschorle trank. Zwischen den Schlucken wischte er sich mit dem Handrücken über seinen Schnauzbart. Er trug eine dunkelblaue Arbeitshose, ein Poloshirt in der gleichen Farbe und schwarze schwere Stiefel. Auf der Brust prangte ein Wappen und daneben war »Freiwillige Feuerwehr« zu lesen.

Martin ging direkt auf ihn zu, zückte seine Geldbörse, ließ sie aufschnappen und hielt ihm seinen Presseausweis vor die Nase. Der Feuerwehrmann erschrak.

»Hören Sie! Sie kriegen keine Bilder vom Tatort, das habe ich Ihren Kollegen schon gesagt.«

Zu forscher Auftritt, dachte Martin. Aber er wollte ja nirgendwo mehr anklopfen, und auf offener Straße war das ohnehin nicht möglich.

»Welchen Kollegen?«

»Na, die aus München, von der *Abendzeitung*. Die haben uns vorhin belagert, als wir am Dorfweiher zusammengepackt haben.«

Der Feuerwehrmann wirkte aufgebracht, nervös schraubte er seine Flasche zu. Martin setzte ein freundliches Lächeln auf, nannte seinen Arbeitgeber und versicherte, keine Fotos vom Tatort zu wollen.

»Ach so, aus Berlin … Ihre Zeitung lese ich gerne! Sie arbeiten seriös, oder?«

Martin beteuerte, garantiert seriös zu arbeiten, der Feuerwehrmann atmete erleichtert aus.

»Manfred Huber, mein Name. Mich nennen hier alle Fredl.«

Huber blickte sich um.

»Aber wenn Sie aus Berlin kommen – warum sind Sie dann schon hier? Wir haben die Toten doch erst vor wenigen Stunden …«

Vorsichtig und behutsam, dachte Martin, nicht dass Fredl Huber wieder in die Feuerwache lief.

»Moretti«, flüsterte er fast und blickte Huber dabei in die Augen.

Der drehte seine Flasche wieder auf und nahm wie um sich Mut anzutrinken einen großen Schluck Apfelschorle.

»Die Polizei … also die Beamten aus dem Nachbarort sagen … es gibt einen Zusammenhang«, stotterte Huber beinahe.

»Die drei Opfer haben Moretti begleitet. Studentenblatt, oder?«

Stichwörter geben, dachte Martin. Huber kratzte sich mit dem Deckel der Flasche am Kopf.

»Sie wissen ja schon alles … Es ist schließlich Ihr Beruf, gell?«

Martin nickte gütig, diesem Fredl Huber war vielleicht noch alles Mögliche zu entlocken.

»Sie werden verstehen, Herr Huber, dass ich als Journalist so direkt fragen muss: Können Sie mir etwas zu den Todesursachen sagen?«

Huber drehte Martin den Rücken zu, ging zwei Schritte auf den Hof, machte wieder kehrt und trat ganz nah zu ihm.

»Ich bleibe anonym … als Quelle, ja?«

»Ja sicher, Fredl«, nickte Martin und legte dem Feuerwehrmann freundschaftlich die Hand auf die Schulter.

»Es ist rätselhaft … niemand versteht, was wir in dem Haus gesehen haben … das große Sofa verkohlt, Couchtisch und Teppich auch, aber sonst … keine Spuren von einem Brand außer den Resten von Papierzetteln.«

»Zetteln?«

»Ja, mit verrußten Rändern und komischen Wörtern drauf.«

Martin stutzte und fragte sich beunruhigt, ob die Zwillinge womöglich seine »Verwünschungen« für Moretti dabeigehabt hatten. Dann wäre seine Handschrift jetzt unter den Beweismitteln. Er schob den Gedanken beiseite.

»Und die Toten? Auch verbrannt?«

»Die Leichen waren vollkommen unversehrt … Kohlenmonoxidvergiftung, vermuten die Sanitäter. Und Moretti …«

Mit der Hand machte Martin eine Geste, die Huber ermuntern sollte fortzufahren.

»Moretti lag an der S-Bahn, die Hände und Ärmel verkohlt … wie die Möbel im Haus. Für die Polizei ist er Verdächtiger, genau wie …«

»Maike und Paul, die Zwillinge!«, vervollständigte Martin.

Mit einer Mischung aus Verstörung und Bewunderung

blickte Huber ihn an, hob Martins Hand von seiner Schulter und spähte zu den Gebäuden der Freiwilligen Feuerwehr, als ob er sicherstellte, dass ihn von dort niemand beobachtete.

»Die Klein-Zwillinge ... einfach verschwunden. Keine Spur, keine Hinweise«, sagte Huber und entschuldigte sich darauf, er müsse wieder zu seinen Kollegen in die Wache.

»Eine Frage noch«, rief Martin, als Fredl Huber schon fast halb über den Hof gelaufen war.

»Peter Hirsch, kennen Sie ihn? Er spricht von einem islamistischen Anschlag.«

Huber kam wieder ein paar Meter zurück und winkte ab.

»Hirsch ... ist sehr, sehr krank. Leider gibt es im Ort viele, die auf ihn hören. Halten Sie sich fern!«

Martin deutete rüber auf die Festwiese.

»Bauen Sie das alles auf fürs große Fest?«

»Das Holz fürs Feuer schichten wir morgen früh auf«, sagte Huber. »Kommen Sie um sieben, dann erkläre ich Ihnen alles.«

Am frühen Abend war Martin zurück im Gasthof Keiler. Zuerst ging er in die Schankstube, um ein Abendessen einzunehmen, doch niemand stand an der Theke, und hinter der Tür, die zur Küche führen musste, brannte kein Licht. Auf dem Tisch, an dem Peter Hirsch am Nachmittag Karten gespielt hatte, entdeckte Martin ein Körbchen mit zwei Brezeln. Er nahm es mit in den ersten Stock und klingelte am Tresen nach Fanny, damit sie das Laugengebäck auf sein Zimmer anschreiben konnte. Sie erschien nicht. Er schrieb »2 Brezeln, Martin Kreutzer, Bitte um Rechnung« auf einen

Zettel und ließ ihn neben der Klingel liegen. Weil er sich an seine »Verwünschungen« erinnert hatte, die jetzt womöglich von der Polizei im Haus am Weiher sichergestellt worden waren, schrieb er mit seiner rechten statt wie normal mit der linken Hand und bemühte sich dabei um neutrale Druckbuchstaben. Ein bisschen kam er sich vor wie ein Geheimagent.

Im Zimmer biss er sich fast die Zähne aus beim Versuch, das steinharte Laugengebäck zu knacken. Irgendwie bekam er es runter. Danach zog er sich aus und wusch sich im Bad das Gesicht. Er legte sich aufs Bett und grübelte für eine Weile. Wie hieß noch mal der Fotograf, den Hellwig und Michels ihm angekündigt hatten? Frank Nietner, dachte Martin einen Augenblick, bevor er zum ersten Mal seit Tagen tief und fest einschlief. Draußen dämmerte es gerade erst.

Tief in der Nacht wurde Martin wach, ging pinkeln, legte sich wieder hin, fiel in einen ruhelosen Schlaf und träumte. Er fand sich im Traum unten auf der Starnberger Straße wieder und erkannte Fanny im Fenster seines Zimmers. Sie presste ihre Hand mit gespreizten Fingern an die Scheibe und zog Grimassen. Zurück in die Stadt, dachte Martin im Traum und rannte los. Die »Kirching Suites« tauchten vor ihm auf. Er hörte einen Rollkoffer und sah eine Frau im Hotel verschwinden. Sie trug einen gelben Friesennerz. Martin hatte kurz Angst, unbekleidet zu sein, vergaß aber, an sich herunterzublicken, und bog in einen kleinen Weg, von dem er nicht wusste, wohin er führte. Er hörte Wasser plätschern. Die Männer mit den Gartenschläuchen, dachte

Martin im Traum, sie konnten ihm sagen, wie er nach München käme. Sein Weg führte ihn um ein paar Ecken und über eine kleine Brücke, unter der Wasser floss. Eine Kirchturmglocke schlug drei Mal, an einem Zaun blieb er stehen. Vor sich sah er zwei rechteckige Wasserbecken, beide groß wie Tennisplätze. Martin starrte ins dunkelgraue Wasser und meinte, schwarze Silhouetten darin zu erkennen. Von oben schimmerte etwas. Er hob seinen Kopf und sah von unten die silbrig glänzenden Bäuche Hunderter Forellen, die in vier oder fünf Metern Höhe über den Becken schwebten. Ein paar der Fische zappelten, die meisten hielten still. Schwarze Tropfen fielen von den Forellen in die Becken herab. Wie ein Regen, dachte Martin und blieb eine Ewigkeit stehen. Irgendwann sprang er über den Zaun, blieb mit dem Fuß hängen, stolperte und fiel ins Wasser. Ihm wurde schwarz vor Augen und er vernahm zwei kindliche Stimmen.

»Was schreibt er da, der Wasserkopf?«

»Ein Gedicht, ein Gedicht!«

Martin zog sich aus dem Wasser heraus und lag erschöpft auf dem Bauch. Es klopfte laut und Martin drehte sich auf den Rücken. Fanny saß mit nackten Schultern und nassen Haaren auf ihm. Sie machte mit dem Mund wie ein Fisch und griff ihm in den Schritt. Martin hob die Brust und sah auf in ein grelles Flammenmeer. Wieder klopfte es. Martin schreckte aus dem Traum hoch und öffnete die Augen.

Es war taghell. Martin fuhr sich mit den Händen durchs Gesicht und wischte den kalten Schweiß an der Bettdecke ab. Als er den Kopf wieder aufs Kissen sinken ließ, fühlte er, dass es klatschnass war, und setzte sich an den Bettrand. Einen kurzen Moment hatte er seinen Traum noch im Kopf, dann war er ihm restlos entwichen. Auch Martins Ständer erschlaffte, bevor er merkte, dass er einen gehabt hatte. Auf dem Boden lag sein Handy, die Uhr zeigte halb sieben am Morgen. Er blinzelte. Direkt vor der Tür zum Flur lag ein Zettel auf dem Boden. »2 Brezeln, Martin Kreutzer, Bitte um Rechnung« stand da. Durch das Papier schimmerte von der Rückseite etwas durch. Martin drehte es um und las eine krakelige Handschrift:

Fredl Huber lässt ausrichten:
Holzaufschichten fällt aus.
Noteinsatz an der Forellenzucht.
Grüße, Fanny

3. Kapitel

Drei Jungen und zwei Mädchen im Grundschulalter purzelten heiter aus der Metzgerei Keiler. Jedes Kind hielt ein Papiertütchen in der Hand.

»Superduper Wurstsemmeln!«, brüllte ein Junge, die anderen vier johlten und kicherten.

Sie stellten die Schulranzen auf den Gepäckträgern ihrer Fahrräder ab und packten die Brötchen hinein. Als sie gerade losfahren wollten, öffnete sich die Tür und die alte Metzgerin steckte den Kopf heraus.

»Kinder, da schaut her. Ihr kriegt doch Durst!«

Sie reichte den fünfen je ein Trinkpäckchen Kakao.

»Ich schmeiß es sonst später eh weg, gell?«

»Dankschee«, schallte es ihr entgegen.

Die Kinder traten in die Pedale und verschwanden in Richtung Dorfweiher. Martin hörte sie »Von den blauen Bergen kommen wir« anstimmen und blickte ihnen entgeistert nach.

Die Metzgerin wandte sich ihm zu, sie trug ein bayerisches Trachtenkleid.

»Sicher, ein bisschen spinnen die schon. Aber so sind Kinder heute.«

Martin dachte an Fannys Zettel mit der Botschaft von Fredl Huber.

»Wissen S', die fahren hoch zur alten Grundschule.«

»Am Samstag?«, fragte Martin und kratzte sich verwirrt am Kopf.

»Die haben heut Sportfest, drum auch die Stärkung.«

Sie zwinkerte ihm zu.

»Da oben an der Schule, da geht's ja noch. Da herrscht ein bisschen Ordnung. Wenn ich an die Grundschule in Neukirching denke … Da haben die Lehrer Angst vor den Schülern. Und vor den Eltern!«

Noteinsatz an der Forellenzucht, dachte Martin. Was konnte da vorgefallen sein?

»Zustände sind das da drüben! Drogen schon ab der dritten Klasse, dazu der Islamismus … Ich sag's Ihnen, Herr Kreutzer.«

Er reagierte nicht.

»Herr Kreutzer? Haben Sie gut geschlafen?«

Martin rieb sich die Schläfen.

»Ich habe mich noch nicht vorgestellt. So viel zu tun, Sie verzeihen. Monika Keiler, Metzgerin und Gastwirtin.«

Bitte kein Paar Wiener, dachte Martin.

»Gefällt Ihnen Ihr Zimmer, Herr Kreutzer? Brauchen Sie noch etwas? Frische Handtücher?«

»Ein neues Kopfkissen«, stammelte Martin abwesend. »Das könnte die Fanny mir bringen, bitte.«

Monika Keiler sah ihn äußerst besorgt an.

»Ein Kissen, ich bringe es Ihnen.«

»Zur Forellenzucht geht es wo lang?«

Martin starrte an Keiler vorbei.

»Was wollen S' denn da um diese Zeit? Frühstücken Sie doch erst einmal, die Fische schlafen noch.«

Sie lachte über ihren eigenen Witz spitz auf, Martin zwang sich zu einem Lächeln.

»Ein beruflicher Termin.«

Keiler schüttelte ungläubig den Kopf, wies Martin aber an, direkt hinterm Gasthof nach rechts abzubiegen und an der Kirche vorbei über eine kleine Brücke zu gehen.

»Über den Kirchinger Bach! Dann links den Weg entlang, und wenn Sie den Holzzaun sehen, sind Sie schon fast bei der Fischzucht Schnapper.«

Die Kirche St. Johannes war von einem gepflegten Friedhof umgeben und dieser von einer weißen Mauer umschlossen. Durch ein verschnörkeltes Eisentor erhaschte Martin einen Blick aufs Portal des Gotteshauses und ein paar Gräber. Er fragte sich, ob Moretti in den kommenden Tagen wohl hier bestattet würde. Eigentlich musste ein Künstler, über den die *New York Times* berichtete, doch mindestens in London oder Tokio begraben werden. Oder wenigstens in München.

Ein paar Schritte weiter erreichte er die kleine Brücke, die ihm Monika Keiler beschrieben hatte. Der Kirchinger Bach war klar und nicht einmal knietief. Auf der Seite, von der Martin gekommen war, grenzten stromaufwärts die Friedhofsmauer und auf der anderen Seite die Gärten uriger Häuser ans Wasser. Gegenüber säumten große Laubbäume und dichte Haselnussstauden das Ufer. Die Sonne stand noch tief im Osten hinter den Häusern. Martin fröstelte ein wenig, als er am Holzgeländer der Brücke stand und die grünen Wasserpflanzen betrachtete, die am Grund sachte hin-

und herwogten. Wie hypnotisiert hing Martin mit dem Kopf über dem Bach. Das Wasser floss auf ihn zu, unter ihm durch und dann, dachte Martin, auf der anderen Seite wieder unter der Brücke hervor und den Bach weiter runter und vielleicht, wenn es nicht irgendwo versickerte, sogar in die Isar und in die Donau und am Ende ins Schwarze Meer.

Ein Geistesblitz riss ihn aus seinem Gedankenfluss in einen anderen: Wenn Monika Keiler die Gastwirtin war – wer war dann Fanny? Er hatte sie für die Gastwirtin gehalten, aber wo er einmal gründlich nachdachte, hatte sie bisher überhaupt nicht wie eine Gastwirtin gewirkt. Eher wie eine Aushilfe oder Saisonarbeiterin. Gab es im Kirchinger Gasthof Keiler überhaupt so etwas wie eine Tourismussaison? Vielleicht war Fanny die Tochter der Gastwirtin, die sich mit ihren schwarzen Klamotten auflehnte gegen ihr traditionell bayerisches Umfeld. Ihre schwarzen Haare waren gewiss gefärbt, dachte Martin und sah dunkle Flocken vorüberziehen.

Er rieb sich die Augen. An der Oberfläche des klaren Wassers trieben verkohltes Laub und unzählige rußschwarze kleine Teilchen. Waren es verbrannte Papierschnipsel? Martin stieg Rauchgeruch in die Nase und eine weitere Note, die er nicht sofort zuordnen konnte. Grauer Schaum und immer mehr Verkohltes wurden unter die Brücke gespült. Er wechselte ans Geländer auf der anderen Seite der Brücke und beobachtete mit lähmender Faszination, wie die verrußten Teilchen den Bach weitertrieben. Als ob ein unnatürlich langer, endloser breiter schwarzer Aal durch das flache Wasser glitt. Das Ungeheuer von Kirching, dachte Martin und erschrak, als das Wasser einen toten Fisch unter der Brücke hervortrug. Die Forelle dümpelte mit dem Bauch nach oben, der schwarzbraun glänzte und nur an wenigen Stellen noch silbrig schimmerte. Kein schlafender Fisch, sondern ein verbrannter. Das war auch die Note, die in der Luft lag; es roch nach gegrilltem Fisch. Genauer: nach verbranntem Fisch. Auf dem Plakat in der S-Bahn-Unterführung war der Stockfisch oder »Steckerlfisch« zum Sonnwendfeuer angepriesen worden, erinnerte sich Martin. Oder hatte ihm Fanny das erzählt?

Es hupte zweimal, ein großes Einsatzfahrzeug des Technischen Hilfswerks kam mit knatterndem Dieselmotor auf die Brücke zugerollt. Aus der Fahrerkabine wurde Martin forsch aufgefordert, die Brücke zu verlassen.

»Aus dem Weg, Gaffer!«

Er hastete ans andere Ufer und lehnte sich mit der Schulter an einen Baum, was entweder lässig wirkte oder als ob er sich verstecken wollte. Mit wenigen Zentimetern Platz auf beiden Seiten schob sich der Wagen langsam über den Bach, bog ab, beschleunigte danach stark und schoss zwischen dem Kirchinger Bach und einer riesigen Wiese entlang. Die linken Reifen des Lkws rollten auf einem schmalen betonierten Fußweg, die rechten über den Kiesstreifen daneben. Gerade war der blaue Lastwagen hinter den Bäumen am Ufer verschwunden, da hörte Martin ihn eine Vollbremsung einlegen. Er machte sich auf den Weg. Mitten auf der großen Wiese stand ein kleiner Hain aus Büschen und Laubbäumen mit einer einzelnen großen Tanne davor. Martin dachte, dass er nur zu gern wüsste, wie es in dem Hain aussah, und fühlte sich für einen Moment wie magisch von ihm angezogen.

Auf einem grünen Schild am Wegesrand stand: »Feuchtwiese – Betreten verboten – Unken und Bodenbrüter«. Das waren doch die gleichen Gedankenstriche wie an Morettis Backstageraum, dachte Martin und lauschte nach Kröten oder Vögeln. Er hörte aber nur den Diesel des Technischen Hilfswerks und ein lautes Stimmendurcheinander. Ein Stück weiter standen neben dem blauen Einsatzwagen ein roter der Freiwilligen Feuerwehr und zwei Polizeiautos. Mehrere Männer hoben Schläuche und Gerätschaften über einen niedrigen braunen Holzzaun. Um die Fahrzeuge und den Zaun herum war der ganze Boden wie mit Asche bedeckt. Martin erkannte die gleichen verrußten Schnipsel und Blätter, die er eben den Bach hatte runtertreiben sehen. Hinter dem Zaun mussten die beiden Becken der Forellenzucht liegen, dachte er. Aus irgendeinem Grund war er, noch bevor er sich dem Zaun so weit genähert hatte, dass er einen Blick darüber werfen konnte, sicher, dass es zwei Becken sein mussten. Jenseits der Bassins standen im Halbkreis Birken, der untere Teil der Baumkronen war schwarz. Ein leichter Windstoß ließ verkohltes Laub nach unten rieseln. Martin hatte die Hände gerade auf den Zaun gestützt, da wurde er von hinten an beiden Schultern gepackt und herumgerissen.

»Hör'n Sie schlecht? Ich hab' Ihnen schon g'sagt, dass Sie sich schleichen sollen!«, brüllte der junge, kräftige Mann vom THW und stieß Martin mit beiden Händen wuchtig vors Brustbein.

»Spanner, schäbiger! Schleich di oder i vergess mi!«

Martin wich auf den Weg zurück.

»Ja, schau, dass d' Land gewinnst, du Grattler!«

Der Fahrer des Einsatzwagens folgte ihm und schwang bedrohlich die Faust.

»Stopp, das ist Presse! Ich kenne den!«

Von der Seite eilte Fredl Huber herbei. Mit schweren Stiefeln und Feuerwehruniform am Leib stellte er sich schützend vor Martin.

»Scheiß Schmierant!«, knurrte der THW-Mann abschätzig und spuckte aus.

Er blickte Martin noch einmal kurz funkelnd in die Augen und drehte ab. Vom Zaun her blickten jetzt mehrere Polizeibeamte und Feuerwehrleute interessiert herüber. Huber legte Martin die Hand auf den Rücken und schob ihn ein Stück den Weg entlang.

»Was machen Sie hier?«

»Na, Sie haben mich doch herbestellt!«

»Wie herbestellt?«

Huber schob seinen Helm aus der Stirn und kratzte sich am Haaransatz.

»Sie haben mir doch heute früh eine Nachricht übermitteln lassen im Gasthof.«

Der Feuerwehrmann schüttelte den Kopf und gab an, von keiner Nachricht zu wissen.

»Die Fanny vom Gasthof hat es auf einen Zettel notiert«, versuchte ihm Martin auf die Sprünge zu helfen.

»Welche Fanny? Herr Kreutzer, ist das ein journalistischer Trick? Bitte nicht, keine Spielchen! Ich habe Ihnen keinen Zettel schreiben lassen.«

Er sah Martin erst verärgert, dann nervös lächelnd an und führte ihn noch ein paar Meter weiter von den anderen Einsatzkräften weg.

»Ich sag Ihnen auch so, was hier los ist. Okay?«

Vorsorglich versprach Martin, Huber als anonyme Quelle zu schützen. Der Feuerwehrmann deutete zum Zaun.

»Gehen Sie mal da vorne am Eck hin und schauen Sie in die Becken! Aber halten Sie etwas Abstand zu meinen Kollegen und kommen Sie schnell wieder.«

»Was werde ich in den Becken sehen?«

Martin blickte Huber in die Augen, doch sie verrieten nichts.

»Gucken Sie sich's an … Sie glauben mir nicht, wenn ich es Ihnen sage.«

Direkt am Zaun war eine Stelle Gras, die noch grün und nicht rußschwarz war. Hatte hier jemand gestanden, als die Asche gefallen war? Martin trat auf den unberührten Fleck, hob den Blick und verstand sofort, warum Huber ihm nicht schildern wollte, in welchem Zustand sich die beiden Becken befanden. Es mussten Tausende tote Forellen sein, die da mit den verbrannten Bäuchen nach oben trieben. Wobei »treiben« das falsche Wort war: Die Becken wirkten wie mit Fischkadavern gepflastert, so dicht und unbeweglich lagen sie auf dem Wasser. Wie eine biblische Plage. Ob man darüberlaufen konnte, wenn man es im Sprint versuchte? Wie Jesus. Neues trifft Altes Testament, dachte Martin und starrte ins vor ihm liegende Becken. Es stank entsetzlich. Der Geruch von verbranntem Fisch war direkt am Zaun so intensiv, dass er auf Martin unnatürlich, ja beinahe übernatürlich wirkte. Eine ungute kosmische Note lag in der Luft, die Parodie und perverse Übersteigerung des Geruchs eines Steckerlfischs. Aus dem rechten Becken tat es einen Platscher. Fredl Hubers Kollegen hatten ein schweres Schlauchende hineingeworfen, die toten Fische kamen in kreisförmigen Wellen kurz in Bewegung. Auf und ab, vier oder fünf Mal. Der Diesel des THW-Wagens sprang wieder an, noch mehr Schlauch wurde von der Rolle gezogen. Martin wollte gerade zu Fredl Huber zurückkehren, da erblickte er vor seinen Füßen einen angekokelten Papierschnipsel, auf dem etwas zu lesen war:

Wasserk

Es war leicht zu erkennen, dass da einmal mehr zu lesen gewesen war. Hinter dem K schnitt der verbrannte Rand das Wort ab. Wasserk? In Martin klingelte etwas, aber er wollte nicht daraufkommen, was es war. Er betrachtete das Papierstück. Die Handschrift kam ihm nicht bekannt vor. Ein Pfiff ertönte, Huber winkte ihn zu sich. Martin zerriss den Schnipsel in winzige Teile und verstreute sie unauffällig am Boden, als er wieder zu Huber ging.

»Haben Sie es sehen können, Herr Kreutzer?«, fragte der Feuerwehrmann fahrig, als ob er sich selbst noch versichern müsste, nicht den Verstand verloren zu haben.

»Die Fische, o Gott … Was ist hier … wie kann das …?«, stammelte Martin.

Profi bleiben, besann er sich und biss zur Beruhigung aufs Fleisch seiner Backen.

»Was können Sie zum aktuellen Zeitpunkt sagen, Herr Huber? Was ist hier geschehen?«

Huber schien beruhigt davon, dass Martin sich wieder anhörte, wie man sich in Kirching einen Hauptstadtjournalisten vorstellen musste.

»Taucher!«, sagte Huber. »Wir haben Taucher in den Becken.«

Er zog ihn noch ein paar Schritte weg und kam ihm so nahe, dass sein Schnauzbart Martins Ohr kitzelte.

»In beiden Becken liegt am Grund je eine Leiche, also menschliche Leiche. Wir vermuten, es handelt sich um die Eigentümer der Forellenzucht, das Ehepaar Schnapper.«

Martins Blick schweifte wieder zu den anderen Einsatzkräften, zwei Feuerwehrleute beugten sich übers Wasser und halfen dann einem Taucher an Land. Er trug einen schwarzen Neoprenanzug, zwischen Sauerstoffflasche und Nacken klemmte ein toter Fisch.

»Herr Kreutzer, was ich Ihnen sage, bleibt off the record. Verstehen Sie?«

Off the record. Wo hatte Huber auf einmal diese Formulierung her? Vom Lokalreporter Peter Hirsch?

»Herr Huber, Fredl, Sie können mir vertrauen!«

»Das tu ich, Herr Kreutzer.«

Huber blickte sich noch einmal um.

»Wir haben keine Ahnung, was hier passiert ist. Eigentlich ist das alles unmöglich. Die Polizei hat als offizielle Version fürs Erste einen doppelten Suizid der Schnappers ausgegeben. Und als Motiv hohe Geldschulden.«

Martin wollte wissen, wie um alles in der Welt ein Suizid vonstattengehen müsse, damit es danach so aussähe wie in und um die Becken der Fischzucht.

»Wir sagen: Die Schnappers haben Benzin aufs Wasser gegeben, sich dann selbst betäubt und ersoffen.«

»Die Schnappers sind betäubt ins brennende Wasser gesprungen?«

»Nein, die Leichen sind ja unversehrt.«

Wie auswendig gelernt sagte Fredl Huber auf, dass das Ehepaar Schnapper die Wasseroberfläche mit einer Art Zeitzünder »quasi post mortem« vom Grund der Becken aus in Brand gesetzt haben musste.

»Und wozu dieser Aufwand?«, hakte Martin nach.

»Die Schnappers wollten nicht, dass ihre Kinder die Fischzucht weiterführen müssen. So viel Arbeit für so wenig Geld.«

Der Feuerwehrmann zuckte mit den Schultern, als wartete er auf eine Bestätigung, dass es sich schon so ungefähr zugetragen haben konnte. Seine Kollegen waren immer noch mit dem Schlauch am Becken zugange.

»Stopp, Fischverstopfung!«, brüllte einer und winkte aufgeregt zum THW-Wagen.

»Ein unerklärliches Feuer, unversehrte Tote – gibt es eine Verbindung zur Familie Klein?«, fragte Martin.

Huber seufzte und zog ihn noch weiter vom Geschehen weg.

»Bitte, Herr Kreutzer, ich kann nicht … Wir wissen noch nicht … Bitte bleiben Sie vorerst bei der offiziellen Version.«

Der Feuerwehrmann wirkte vollkommen erledigt. Zu Martins Verwunderung öffnete er seine Jacke und zog wie ein Zauberer eine 1,5-Liter-PET Apfelschorle hervor. Er saugte einen riesigen Schluck heraus, der obere Teil der Flasche zog sich dabei knisternd zusammen. Mit einem Plopp setzte Huber ab, wischte sich mit dem Handrücken über den Schnauzbart und verstaute die Erfrischung wieder unter der Uniform.

»Herr Kreutzer, alles off the record, gell? Ich bitte Sie!«, flehte Huber jetzt beinahe.

Weil sein Handy klingelte, kam Martin nicht mehr dazu, seinen Informanten erneut zu beruhigen. Er ließ ihn stehen, ging den Weg an der Feuchtwiese entlang und nahm das Gespräch an.

Es raschelte im Hörer, Martin hörte ein Ächzen und gehetztes Ausatmen.

»Moment, ahhhhh, gleich! Hier, meine Fahrtkarte.«

Der Anrufer schien mit einem Bahnkontrolleur zu sprechen.

»Hallo, es spricht Martin Kreutzer«, versuchte Martin eine Verbindung aufzubauen.

»Kreutzer? Moment!«

Wieder ächzte der Anrufer und schnaubte laut in den Hörer.

»Kreutzer, ja! Hahaha! Gut, dass Sie mich anrufen! Ich wollt' Sie auch gerade ...«

Geduldig erkundigte sich Martin nach dem Namen am anderen Ende der Leitung.

»Ach so! Nietner hier, Frank Nietner! Freier Fotograf. Mich schickt der Satan, also die Hellwig!«

Nietner lachte wieder auf und berichtete mit leicht sächsischem Einschlag, dass er mit dem Zug auf dem Weg nach Kirching sei, um Martin bei seiner Recherche als Fotograf zu begleiten.

»Ich bin spätestens in dreißig Minuten da. Nein, halt! Sagen wir zwei Stunden. Bei Ihnen ist wahrscheinlich nicht viel los im Bayerndorf, was?«

Bei seiner kurzen Zusammenfassung der bisherigen Geschehnisse sparte Martin alles Ungewöhnliche aus. Der Fotograf schien von der Redaktion nicht besonders detailliert gebrieft worden zu sein. Martin berichtete ihm vom Suizid eines jungen Künstlers, von den drei Toten im Haus am Dorfweiher und dem ertrunkenen Ehepaar Schnapper, verschwieg aber die mysteriösen Todesumstände, die Brandspuren im Wohnzimmer der Familie Klein, die verkohlten Ärmel Morettis, die vielen flambierten Forellen, und auch Maike und Paul erwähnte er mit keinem Wort.

»Und die Toten werden da jetzt im Moment aus den Becken gefischt?«, wollte Nietner wissen.

An den Becken war man inzwischen dazu übergegangen, die toten Fische mit Keschern aus dem Wasser zu holen.

»Lang kann es nicht mehr dauern, die Einsatzkräfte treffen letzte Vorkehrungen«, übersetzte Martin, was er sah.

»Zögern Sie die Leichenbergung raus, bis ich Fotos gemacht habe, Kreutzer! Wie gesagt, ich bin in einer Stunde da.«

»Ich kann hier doch nicht …«

»Egal! Lassen Sie sich irgendwas einfallen. Sie schaffen das! Bis später.«

Bevor er auflegte, lachte Nietner noch einmal vergnügt auf.

Sicher nicht, dachte Martin. Er wollte sich gewiss nichts einfallen lassen, um zu verhindern, dass die Leichen an Land kamen. Er hatte bei Fredl Huber fürs Erste alles in Erfahrung gebracht. Es war also vollkommen unnötig, sich der Fischzucht noch einmal zu nähern. Außerdem hatte er nach wie vor keine Lust, der Polizei aufzufallen, für die er als Zeuge oder gar als Verdächtiger sicher hochinteressant war. Und er mochte sich auch diese Leichen nicht anschauen, genau wie er die am Dorfweiher nicht hatte sehen wollen. Dorfweiher, Fischzucht – was kommt als Nächstes? Gab's in Kirching ein Freibad? Eine Kläranlage? Einen Wasserturm?

Ein schmaler Wasserlauf führte auf der Feuchtwiese vom Weg zu der kleinen Ansammlung von Laubbäumen und Büschen, die es Martin vorhin schon angetan hatte. Von dort aus würde er das Geschehen an den Becken noch eine Weile in Ruhe beobachten können. Vom Schild mit der Aufschrift »Feuchtwiese – Betreten verboten – Unken und Bodenbrüter« ließ er sich nicht mehr aufhalten, die Aufmerksamkeit aller Ordnungshüter war garantiert voll beim toten Fischzüchterpaar. Martin folgte dem kleinen Kanal hin zur stattlichen Tanne, die ein Stück vor dem Hain frei auf der Wiese stand. Kleine schwarze Punkte bewegten sich im Wasserlauf, Martin beugte sich darüber. Dutzende Kaulquappen, die schon kleine Hinterbeine entwickelt hatten, flitzten über den schlammigen Grund. Bald schon würden sie an Land gehen, dachte Martin, richtete sich auf, ging zur Tanne und stützte sich mit der Hand an den Stamm. Er spürte klebriges Harz an den Fingern und rieb es an seiner Jeans ab. Dort wo seine Hand gelegen hatte, war etwas in die Rinde geritzt.

M&P

Maike und Paul waren hier gewesen, schoss es Martin durch den Kopf. Wer sonst? Moni und Peter? Max und Pia? Eigentlich war die Sache klar. Oder war er einfach müde und paranoid? Vom kleinen Laubwäldchen her spürte er einen Hauch Wind in den Haaren und meinte, ein leises Kichern zu vernehmen. Er musste nachsehen, dachte er. Vielleicht waren die beiden noch da.

Durch ein paar Büsche schlug sich Martin in den Hain und drang zu dem vor, was am ehesten als Lager bezeichnet werden konnte. Der erdige Boden zwischen den Wurzeln der Bäume war platt getreten. Über einem Drittel der Fläche war mit ein paar Brettern ein wackliges, niedriges Dach gezimmert worden. Ein paar Zigarettenschachteln und geleerte Likörfläschchen waren auf dem Boden verteilt. Noch ein paar Kondome und es sähe aus wie hinterm Monolith, dachte Martin. Neben einer Feuerstelle lag eine alte, zerfledderte Ausgabe der *Bravo*. Aufgeschlagen war eine Doppelseite mit zwei nackten Teenagern, die Martin sofort näher in Augenschein nahm, allerdings nur um sich beruhigen: Die Entblößten hießen nicht Maike und Paul, sondern Christine und Gianluca.

Die Lichtung war rundherum so dicht bewachsen, dass sie wie ein von der Außenwelt abgeschlossener Raum wirkte. Eine Lichtung ohne Licht, dachte Martin. Oben trafen sich tiefgrüne Baumkronen und zwischen ihren Stämmen wucherten Sträucher und Büsche. Der Hain war etwas länglich wie das Schiff einer Kirche, die vorgelagerte Tanne wirkte wie der dazugehörige Turm. Kühl war es im grünen Kirchenschiff und der Sommermorgen schien drinnen nicht hell, sondern graute noch. Wahrscheinlich graute er hier den ganzen Tag über, bis es irgendwann auf einmal dämmerte. Martin fragte sich, ob seine Stimme hier wohl hallte, wenn er etwas rief. Und ob der Wind sich im Hain wie eine Orgel anhörte, wenn er richtig pfiff.

»Hallo«, sagte er leise vor sich hin und dann lauter: »Hallo, ist da wer?«

Keine Antwort, kein Hall. Martin war ratlos. Was hatte er hier zu suchen? Nicht nur hier in diesem Hain, sondern in Kirching beziehungsweise in Altkirching überhaupt? Der Aufenthalt in diesem Münchner Vorort tat ihm offensichtlich nicht gut. Er war keine 24 Stunden hier, wurde von Albträumen geplagt, hörte unheimliches Kichern im Wind und erhielt Anrufe, in denen er angehalten wurde, die Bergung von Toten zu behindern. Von Toten, mit denen irgendetwas überhaupt nicht stimmte. Wie sollte er aus diesem Irrsinn eine Reportage stricken, die für Begeisterung bei Hellwig und Michels sorgen würde? Er sah auf in die Kronen der Buchen, durch die ein kleines bisschen Licht funkelte. Heillos überfordert war er, das spürte er hier in diesem Lager, das dem gigantischen Newsroom seiner Zeitung so unendlich unähnlich war. An beide Orte gehörte er nicht hin, dachte Martin. Nicht in diesen Bretterverschlag und nicht in die Hauptstadthallen des Berliner Journalismus. Vielleicht gehörte er wirklich in eine Backstube. Beim Blick in die kalte Feuerstelle beschlich ihn das Gefühl, dass er froh sein konnte, wenn er es überhaupt noch ohne Hilfe aus Kirching herausschaffte. Er musste jetzt aufbrechen. Auf keinen Fall konnte er auf sich allein gestellt hierbleiben. Er brauchte Hilfe, vielleicht sogar professionelle. Martin nahm sein Handy und blockierte die Nummern von Linda

Hellwig, Oliver Michels und Frank Nietner. Dem Fotografen traute er im Moment am allerwenigsten. Die Bergung von Leichen stören, dachte Martin. So etwas macht doch nur der Boulevard. Als er sich wieder aus den Büschen herausgeschlagen hatte, stand die Sonne schon hoch über den verkohlten Bäumen hinter der Fischzucht Schnapper. Er musste eine Stunde oder länger im Hain zugebracht haben.

Die Polizei hatte vor dem Tatort mit rot-weißem Absperrband inzwischen einen großen Halbkreis gezogen. Die Leute vom THW saßen am Zaun mit den Rücken zu den Forellenbecken, das Abpumpen schien für den Moment eingestellt worden zu sein. Hinzugekommen waren zwei Leichenwagen, ein kleiner Bus vom Bayerischen Rundfunk und eine ganze Traube von Menschen. Mit zusammengekniffenen Augen konnte Martin ausmachen, dass Fredl Huber offensichtlich zur Bergung der toten Fische eingeteilt worden war. Einen ganzen Haufen glitschiger Kadaver hatte er schon aufgetragen. Neben ihm hockten zwei Taucher am Beckenrand, ihre Beine hingen ins Wasser.

Martin folgte nicht dem schmalen Wasserlauf zurück zum Weg, sondern querte die Feuchtwiese direkt in Richtung Brücke und Kirchturm. Auf halber Strecke erkannte er Peter Hirsch, der zur Fischzucht eilte. Der Lokalreporter war wieder mit dem ausladenden Schritt unterwegs, den Martin schon bei dessen Abgang vom Dorfweiher beobachtet hatte. Es schien sein typischer Gang zu sein. Wenn dieser Kerl jetzt über das tote Ehepaar Schnapper berichtete, war ja alles gut, dachte Martin. Dann konnte er Kirching getrost verlassen. Die Geschehnisse in diesem vermaledeiten

Ort waren auf der privaten Nachrichtenwebsite eines verrückten Weizenbiertrinkers gut aufgehoben. Als Martin wieder auf dem Weg angekommen war, überlegte er, wohin er nun eigentlich fliehen wollte. Kurz kamen ihm seine Eltern in den Sinn, doch er verwarf die Idee schnell wieder. Er musste an einen neutralen Ort. Am besten in eine Stadt, die mit Kirching, München oder Berlin nichts zu tun hatte. Frankfurt, dachte Martin, als er auf die Brücke über den Kirchinger Bach einbog. Mit Frankfurt am Main verband ihn nichts. Es gab dort ein paar Hochhäuser, wie er wusste, und jede Menge Banken. Nichts würde ihn in diesen Häuserschluchten an Kirching erinnern. Und auch nichts an Berlin und an Hellwig und Michels, schließlich gab es in Frankfurt – Martin zählte kurz durch – auch keine relevanten Zeitungen oder Medienhäuser. Ein paar alteingesessene, muffige Blätter sicher, aber das war in Berlin oder in Hamburg doch etwas ganz anderes. In fünf, sechs Stunden könnte er schon in Frankfurt sein, dachte Martin, als er mitten auf der Brücke über den Kirchinger Bach mit Sofia Costa kollidierte. Die Reporterin vom *Spiegel* hatte in den Bach geschaut, wo sich immer noch ein schwarzes Ascheungeheuer entlangschlängelte, und Martin hatte, mit seinen Gedanken schon am Main, zu Boden geblickt, sodass er Costa trotz der knallgelben Farbe ihres Friesennerzes, den sie offen über Jeans und T-Shirt trug, nicht gesehen hatte. Sie waren Stirn an Schläfe ineinandergerannt, gingen danach beide in die Knie, drehten sich um die eigene Achse und hielten sich die Köpfe.

»Verdammt, das gibt 'ne Beule«, jammerte Costa.

»Aaaahhh«, jaulte Martin theatralisch.

»Moment, Sie sind das ja!«, rief Costa, als sie Martin erkannte.

»Äh, ja, stimmt, das stimmt«, ächzte Martin mit schmerzender Stirn.

»Was machen Sie denn hier?«, fragte Costa erfreut.

»Ich, äh, reise schon wieder ab«, keuchte Martin und verschluckte dabei beinahe seine Zunge.

Es dauerte keine zehn Minuten, da hatte Martin Sofia Costa fast alles anvertraut. Sie hatte ihren vom Zusammenstoß verursachten Kopfschmerz zuerst besiegt und war zu Martin, der am Geländer der Brücke hing und sich die Stirn hielt, gelaufen und hatte sich erkundigt, ob er etwas zur Kühlung seiner Stirn benötigte. Martin hatte verneint und ihr versichert, dass es schon ginge, worauf Costa bemerkt hatte, wie erfreulich es doch sei, dass man sich hier in Kirching wiedertraf, und ihm das Du angeboten hatte. Martin hatte angenommen und Sofia seinerseits gefragt, ob sie auch wegen Moretti in den Münchner Vorort gereist war. Dass sie auf der Suche nach Morettis Mutter sei, die angeblich noch hier in Altkirching lebte, hatte Sofia Martins Mutmaßung bestätigt und sich darüber beklagt, dass ihr bisher niemand deren genaue Adresse nennen konnte oder wollte – und ja sowieso das halbe Kaff nur noch über die Toten im Haus am Dorfweiher spreche. Dass es ein blöder Zufall war, hatte Costa geklagt, dass dieser Fall nun Unruhe in den Vorort brachte, während sie doch in Ruhe recherchieren wolle.

»Kein Zufall!«, war es aus Martin herausgeplatzt mitten auf der Brücke und er hatte Sofia darum gebeten, dass sie sich für einen Moment mit ihm übers Geländer beugte.

Aufgeregt hatte er ins Wasser gedeutet, wo immer noch Ruß und grauer Schaum trieb, und ihr eröffnet, dass das alles kein Zufall war. Dass es Zusammenhänge gab! Ob sie nicht roch, was hier in der Luft lag, hatte er sie gefragt und von Hunderten, wenn nicht Tausenden toter Forellen bei der Fischzucht erzählt.

»Doch von vorne«, hatte er gemurmelt, sich zu ihr rüber gelehnt und ihr berichtet, was ihm in der Kunsthalle Monolith widerfahren war. Von Maike und Pauls »Séance als Chance« hatte er erzählt und vom Interview mit Lukas Moretti, dabei allerdings die Information ausgelassen, dass es in Wahrheit nie stattgefunden hatte. Auch Fanny hatte er nicht erwähnt, dafür aber immer aufgeregter vom Schicksal des Personals des Studentenmagazins *Unifarben* erzählt und vom treuen Feuerwehrmann Fredl Huber, der ihm verraten hatte, wie ungewöhnlich die Todesumstände am Dorfweiher waren und dass das Haus den Eltern der Zwillinge Maike und Paul gehörte. Und dass die offizielle Version der Todesumstände des Ehepaars Schnapper auch zumindest zweifelhaft war.

»Kein Zufall, das ist kein Zufall!«, hatte sich seine Stimme überschlagen. »Im Haus am Dorfweiher gibt es unerklärliche Brandspuren, Morettis Ärmel und Handgelenke waren verrußt, und ein paar Hundert Meter von hier liegen am Grund zweier Becken, an deren Oberfläche unzählige verbrannte Fische treiben, zwei unversehrte Leichen.«

»Was, was, was?«

Sofia strich sich die dunklen Locken aus der Stirn und schaute besorgt drein.

»Geht es dir gut?«, fragte sie.

»Ganz und gar nicht. Deshalb verschwinde ich auch aus Kirching!«

Ob das alles ein schlechter Scherz war, wollte Sofia wissen.

»Das ist kein Witz«, flüsterte Martin. »Das ist alles kein Witz!«

»Hunderte verbrannte Forellen und zwei unversehrte Leichen im Wasser? Das hast du gesehen?«

»Die Toten habe ich nicht gesehen«, gestand er wahrheitsgemäß. »Aber die Fische? Riechst du das nicht?«

Sie hob den Kopf und schnupperte.

»Ich rieche es.«

»Und?«

»Zeig es mir! Geh mit mir zum Tatort, bevor du verschwindest.«

Sie wusste doch schon alles, dachte Martin. Alle Informationen, die vorher nur er selbst hatte, nicht einmal die Polizei und die Münchner *Abendzeitung*, hatte er ihr einfach so verraten. Hellwig würde ihn killen, und Michels würde seinen Leichnam anschließend im Newsroom als abschreckendes Beispiel an die Wand tackern lassen. Geheimnisverrat an die Konkurrenz vom *Spiegel*! Aber da er eh nicht zurück nach Berlin wollte, konnte ihm das egal sein.

»Du warst doch selbst schon auf dem Weg zur Fischzucht – hast du einen Tipp bekommen?«, versuchte es Martin investigativ.

»Ich habe die Bedienungen beim Hotelfrühstück tuscheln hören, dass hier etwas vorgefallen sei.«

Martin glaubte ihr kein Wort.

»In welchem Hotel?«

»In den Kirching Suites, ich bin erst spät heute Nacht angekommen.«

Zumindest das Hotel dachte sie sich nicht aus, dachte Martin, er war ja schon ein- oder zweimal dran vorbeigelaufen.

»Und was ist? Kommst du mit?«

Sie musterte ihn herausfordernd.

»Ja, ich stelle dir Fredl Huber vor, meinen Informanten. Aber dann bin ich weg.«

Danach musste er sich tatsächlich schnell verkrümeln, dachte Martin. Auf keinen Fall wollte er Frank Nietner begegnen, der ja jeden Moment eintreffen konnte.

»Gehen wir!«, zwinkerte Sofia ihm zu. »Was wird denn jetzt aus deinem Interview mit Moretti?«

»Da soll ich eigentlich eine exklusive und sensationelle Reportage drum herumschreiben. Als würdigen Rahmen.«

Martin bemühte sich um einen sarkastischen Unterton in seiner Stimme.

»Michels, unser Chefredakteur, sagt, das wird womöglich mein Durchbruch.«

»Und da wirfst du lieber hin?«

»Ich werfe hin«, versicherte Martin und war sich plötzlich doch nicht mehr sicher, ob seine Abreise die richtige Entscheidung war.

»Oliver Michels? Das ist doch der mit der Räuberpistole über Osama bin Laden«, gluckste Sofia.

Sie hatten die Fischzucht erreicht.

Der Hamburger Journalistin und dem Berliner Volontär bot sich ein bizarres Panorama. Sie standen wenige Meter vor der Absperrung und ließen den Blick schweifen. Hinter den Becken stand vollkommen erschöpft, auf einen Kescher gestützt, Fredl Huber und trank Apfelschorle. Sein Helm lag am Fuß eines Berges toter Forellen. In beiden Bassins trieben noch immer viele tote Fische, aber nicht mehr dicht an dicht wie ein Straßenpflaster, zwischen ihnen konnte man nun das Wasser sehen. Immer wieder tauchten in beiden Becken je zwei Taucher auf und wieder ab. Männer vom THW warfen ihnen Seile zu und etwas, das aussah wie das Geschirr von Kletterern. Dort, wo die Seile aus dem Wasser kamen, lagen vor den Becken zwei geöffnete, leere Leichensäcke. Schläuche waren keine mehr zu sehen, man hatte das Abpumpen der Becken aufgegeben. Die Polizisten standen bei ihren Autos und schienen abzuwarten, nur eine Beamtin befand sich weiter vorne inmitten einer kleinen Menschentraube am Absperrband. Sie wurde von einem Rentnerpaar mit Hund befragt, eine Frau im Joggingoutfit hörte interessiert zu. Ein Kameramann vom Bayerischen Rundfunk hielt daneben auf eine junge Frau mit blau-weißem Mikrofon in der Hand, die offenbar ein Interview führte. Ihr Gesprächspartner war hochgewachsen und sehr schlank; Martin erkannte Peter Hirsch sofort, tippte Sofia an und bedeutete ihr mit einer Kopfbewegung, dass dieses Gespräch von Interesse war.

»Flammenwerfer!«, sagte Hirsch sehr laut.

Er stand breitbeinig da in seinen Zehenschuhen und hatte das Mikrofon, das ihm die BR-Journalistin hinhielt, oben am Schaumstoffteil fest in die Hand genommen, als ob er fürchtete, dass es ihm jeden Moment wieder entzogen wurde.

»Was Sie hier sehen, muss das Werk eines Flammenwerfers sein, wahrscheinlich Marke Eigenbau. So etwas lernt man in afghanischen Terrorcamps!«

Um den Kameramann unauffällig anzuweisen, die Aufnahme zu stoppen, machte die Interviewerin mit der Hand am Hals eine Kopf-ab-Geste. Schnitt! Hirsch bekam davon nichts mit und fuhr fort.

»Das ist jetzt der dritte terroristische Akt in dieser Woche. Es geht los!«

Hirsch trat einen Schritt nach vorne auf den Kameramann zu und schaute ihm an der Linse vorbei ins Gesicht.

»Zeichnen Sie überhaupt noch auf?«

Der Kameramann nickte, die Moderatorin rollte mit den Augen und überließ Hirsch das Mikrofon, mit dem er sich sofort direkt vor die Kamera stellte.

»Gestern, am Freitagmorgen, wurde ein junger Dichter aufs Bahngleis gestoßen, das war der Anfang. Im Islam sind Gedichte verboten! Wer glaubt da an einen Zufall?«

Nach Zustimmung suchend, blickte der Lokalreporter um sich und federte auf den Fußspitzen.

»Am Mittag wurden dann weitere Tote am Dorfweiher gefunden – geschächtet!«

Hirsch erblickte Martin.

»Dieser Herr hier aus Berlin kann es bezeugen! Er ist ein Journalist wie ich.«

Der Kameramann machte Anstalten, auf Martin zu schwenken, doch Hirsch griff nach dem Objektiv und zog es noch näher an sich.

»Und heute die nächsten Toten!«

Er deutete hinter sich auf die bereitliegenden Leichensäcke.

»Die muslimischen Schläfer in Neukirching sind erwacht! Ihr heiliger Krieg hat begonnen!«, rief Hirsch theatralisch aus. »Wer von uns wird das nächste Opfer?«

»Das reicht jetzt!«, schnaubte die Moderatorin, entriss Hirsch das Mikrofon und zog ihren Kameramann mit sich.

»Strahlen Sie das aus!«, schrie Hirsch ihnen hinterher. »Die Wahrheit muss ans Licht kommen!«

Die Polizistin, die sich bisher mit den Rentnern unterhalten hatte, trat zu Hirsch und gab ihm zu verstehen, dass er jetzt Ruhe geben möge, er habe seinen Auftritt gehabt. Hirsch winkte ab, drehte ihr den Rücken zu und gesellte sich zu Martin und Sofia.

»Ah, junger Kollege! Und wer ist die bezaubernde Dame?«

Sofia schenkte Hirsch einen Blick, der kaum verbarg, dass sie ihn für einen Wahnsinnigen hielt.

»Eine Kollegin aus Hamburg«, stellte Martin sie vor. »Herr Hirsch, wie es klingt, haben Sie schon eine Theorie, was hier geschehen sein könnte?«

Der Lokalreporter schien sich über das Angebot zum Small Talk zu freuen.

»Keine Theorie, das ist alles eindeutig! Das hat Hand und Fuß. Erlauben Sie mir, auszuholen.«

Er stellte sich zwischen Martin und Sofia und legte beiden eine Hand auf die Schulter. Sofia schüttelte Hirsch sofort ab und trat zur Seite.

»Dass bei den Islamerern Schweine heilig sind, ist bekannt …«

Hirsch hob den Zeigefinger.

»Aber – und das ist weit weniger bekannt – die schlimmsten Extremisten von al-Qaida verschmähen auch Fisch! Er gilt ihnen als Sünde, weil er die Leibspeise Jesu war.«

Sofia legte seufzend das Gesicht in die Hand und entfernte sich ein paar Schritte, wovon sich Hirsch nicht irritieren ließ.

»Das Ehepaar Schnapper betrieb in Neukirching in der Fußgängerzone immer samstags einen Steckerlfischgrill. Das war den Islamisten ein Dorn im Auge.«

Die Schnappers waren also für ihren Steckerlfisch gestorben, dachte Martin. Vielleicht sollte er die Blockierung von Hellwigs Nummer rückgängig machen, um ihr diese brisante Information durchzustechen. Sie wäre sicher begeistert.

»Kreutzer, hören Sie?«

Hirsch schnipste mit den Fingern vor Martins Gesicht.

»Ich schreibe Ihnen das später auf, und Sie schicken das Ihrer Redaktion! Das Zeilengeld teilen wir.«

Martin nickte. Es war sowieso schon alles egal. Vielleicht sollte er am Abend aus Frankfurt tatsächlich Hirschs wirre Theorien nach Berlin senden, bevor er den Kontakt zu seiner Redaktion für immer beendete.

»Ich muss weiter, junger Freund«, sagte Hirsch verbindlich. »Ein paar Männer und ich, wir organisieren einen Widerstand gegen den Terror. Die Pläne liegen schon länger in der Schublade. Wir sehen uns!«

Als Hirsch sich mit seinen ausladenden Schritten vom Tatort entfernt hatte, drehte sich Martin zuerst nach Sofia, die sich inzwischen mit der Joggerin unterhielt, und dann nach Fredl Huber um und winkte beide zu sich.

»Darf ich vorstellen, Fredl Huber, Freiwillige Feuerwehr, und Sofia Costa vom *Spiegel*.«

»Sehr erfreut«, sagte Sofia.

Huber blickte nervös zwischen ihr und Martin hin und her.

»Fredl, Sie müssen mit Frau Costa weitermachen, ich verlasse Kirching und nehme mir eine Auszeit«, bemühte sich Martin um einen professionellen Ton. »Sie können ihr vertrauen. Ich habe sie bereits über alles unterrichtet. Sie müssen es ihr nur einmal alles bestätigen.«

»Was alles?«

Huber wirkte überrumpelt.

»Die toten Studenten im Haus, die unerklärlichen Brände. Das verschwundene Zwillingspaar. Die unversehrten Toten hier in den Becken. Der tote Moretti mit den verbrannten Ärmeln«, zählte Sofia auf.

»Alles stimmt«, stammelte Huber.

Ihm stand der Schweiß auf der Stirn. Martin klatschte in die Hände.

»Dann ist meine Arbeit hier getan.«

Kurz sah er Sofia und Huber in die Augen.

»Ich wünsche euch beiden viel Glück!«

»Auf Wiedersehen«, sagte Sofia, Huber schwieg.

Martin sah schon das Geländer der kleinen Brücke, da drehte er sich zum Abschied noch einmal nach der Fischzucht um. Sofia hatte sich zu den Polizisten gestellt und war bereits im Gespräch. Sollte er nicht lieber bleiben und mit ihr gemeinsam recherchieren? Am rechten Becken stand Huber und zog mit den anderen Einsatzkräften an einem Seil. Die Männer schrien vor Anstrengung auf und mit einem Ruck wurde die Leiche eines Mannes aus dem Becken in die Luft gehoben. Kurz glänzte sie in der Sonne, schwarz von der Asche und vom Wasser, dann verschwand sie nach unten hinter den kleinen Zaun, wo sie wohl in einen Leichensack gelegt wurde. Wie eine Robbe bei einer Ölkatastrophe, dachte Martin. Ein verstörender Anblick, das wollte er nicht aus der Nähe sehen. Es war doch besser, Kirching zu verlassen.

»Bin in fünfzehn Minuten zurück« stand an der Tür der Metzgerei Keiler, also nahm Martin direkt den Eingang zum Gasthaus. Er hatte zu Monika Keiler gehen wollen, um vor der Abreise für seinen Aufenthalt zu bezahlen. Auch die Schankstube im Erdgeschoss war wieder verwaist. Sonnenlicht fiel durch die gestickten Gardinen und machte Staubpartikel sichtbar, die ruhig durch die Luft schwebten. Auf dem Stammtisch stand ein neues Körbchen mit Brezeln und ein Weizenbierglas, in dem noch ein schaumiger Rest ruhte. Vielleicht hatte Peter Hirsch nach seinem denkwürdigen Auftritt an der Fischzucht auf eine kleine Erfrischung vorbeigeschaut.

»Frau Keiler?«, rief Martin, wartete kurz ab und verließ, weil keine Antwort kam, die Stube.

Die Holzstufen knarzten, als er in den ersten Stock stieg. Er hatte den Fuß noch nicht auf die letzte gesetzt, da machte es oben: »Buh!«

Martin riss den Kopf hoch, kam aus dem Gleichgewicht

und drohte rückwärts die Treppe herunterzufallen. Gerade noch, er war schon halb nach hinten gekippt, bekam er mit dem linken Arm das Geländer zu greifen. Das verhinderte zwar, dass er ungebremst nach unten donnerte, ließ ihn im Fall aber seitlich eindrehen und mit dem Rücken gegen das Geländer krachen.

»Huch, Entschuldigung!«

Fanny eilte hinterm Tresen hervor, sprang die Stufen hinab zu Martin, nahm ihn unterm Arm und führte ihn nach oben.

»Verzeihung, gell? Kruzifix noch einmal! Ich Esel habe Sie erschreckt. Alles noch dran bei Ihnen?«

»Schon gut«, keuchte Martin.

So redet doch niemand, dachte er. Warum nur sprach sie wieder dieses gestelzte Bayerisch?

»Und … gefällt es Ihnen in Kirching?«, fragte Fanny als sie am Tresen angekommen waren.

Auch ihr sonderbarer Sprechrhythmus fiel ihm wieder auf: kurze Pausen an den falschen Stellen und fast immer eine Betonung auf die erste Wortsilbe. Martin kam eine Idee.

»Ja, schön ist's hier. Sagen Sie, was war das eigentlich für eine Nachricht heute Morgen? Fredl Huber bestreitet, sie mir hinterlassen zu haben.«

Fanny zeigte ein breites Lächeln.

»Der Zettel mit Ihrer Brezel-Bestellung … War doch ein guter Tipp, oder?«

»War es also nicht Hubers, sondern Ihre Nachricht an mich?«

Martin bemühte sich um einen strengen Blick, dem Fanny aber auswich. Sie kramte hinterm Tresen in einer Schublade und holte Zettel und Stift hervor.

»Wollen Sie noch einen Tipp von mir, Herr Kreutzer? Es geht jetzt erst richtig los.«

Fanny grinste noch breiter.

»Was geht richtig los?«, fragte Martin.

Seine strenge Miene entglitt ihm.

»Sie wissen schon … was in Altkirching halt so passiert zur Sonnwende«, kicherte Fanny.

Martin lief es kalt den Rücken runter, er musste jetzt weg. Sofort.

»Ich möchte es nicht wissen, Fanny. Nur die Rechnung will ich, denn ich reise gleich ab.«

Fannys Augen weiteten sich, dann fror ihr Gesicht ein. Wie aus dem Nichts kullerten ihr Tränen über die Wangen zu den Mundwinkeln herunter.

»Abreisen … warum?«, fragte sie in weinerlichem Ton.

»Aus beruflichen Gründen, ein wichtiger Termin in Frankfurt«, druckste Martin herum.

Mit einem Mal verfinsterte sich Fannys Ausdruck.

»Lügner!«, brüllte sie mit einer unnatürlich tiefen, dröhnenden Stimme. »Wir können jetzt nicht abreisen!«

Fast wäre Martin noch einmal die Treppe heruntergefallen, so heftig wich er nach hinten. Fannys Schrei drang ihm durch Mark und Bein, ihr Anblick verstörte ihn. Sie öffnete ihren Mund unnatürlich weit und die Konturen ihrer ganzen Figur flimmerten und flackerten für ein paar Sekunden, als hätte sie sich für ihren Schrei unter Strom gesetzt. Kurz stand sie danach wie erstarrt da, bevor sie zu ihm stürzte und ihn umarmte.

»Entschuldigung, o mei, o mei! Ich hatte gerade einen kleinen Aussetzer … Ich hab noch nicht gefrühstückt, gell?«

Sie sprach wieder mit ihrer normalen, seltsamen Stimme.

»Schon gut, schon gut, lassen Sie mich.«

Martin löste sich, ging einen Bogen um sie herum und schlug den Weg zu seinem Zimmer ein.

»Ja, gehen S' nur auf Ihr Zimmer und packen S' dort zusamma«, trällerte Fanny übertrieben fröhlich hinter ihm her. »Ich mach Ihnen die Rechnung fertig, gell?«

Als er die Tür hinter sich zugezogen hatte, sank er zu Boden. Seine Hände zitterten, als er sie abwechselnd zur Stirn führte, um sich den Schweiß abzuwischen.

»Verzeihen Sie bitte mein … Temperament, Herr Kreutzer!«, hörte er Fanny noch mal rufen und künstlich lachen.

Danach war es ruhig, Martin lauschte. War Fanny verschwunden? Oder stand sie einfach wieder hinterm Tresen? Hörte er Schritte oder bildete er sich das nur ein? Die Tür absperren, dachte Martin und tastete nach dem Schlüssel. Vergebens; er musste ihn von außen stecken gelassen haben. Martin schloss die Augen, legte die Spitzen von Zeige- und Mittelfinger auf die Lider und drückte sich die Augäpfel leicht in den Schädel. War Fanny verrückt oder wurde er verrückt? War sie eine Saisonarbeiterin oder ein Gespenst? Konnte man bei allem, was er in Altkirching bisher erlebt hatte, ausschließen, dass es in einem alten, fast immer leeren Gasthaus spukte? Es knarzte. Jetzt hörte Martin tatsächlich Schritte, die sich schnell seinem Zimmer näherten. Er saß mit dem Rücken an der Tür und stemmte sich mit den Beinen dagegen. Einen Moment war es still, dann schob sich zu seiner Rechten ein gefaltetes Blatt Papier unter der Tür hervor. Nur eine Sekunde später wurde die Tür von außen abgesperrt. Martin sprang auf und rüttelte vergebens an der Klinke.

»Fanny!«, rief er und hämmerte an die Tür.

Draußen polterte jemand die Treppe herunter.

»Fanny! Lassen Sie mich raus!«

Verzweifelt arbeitete sich Martin an der schweren Eichentür ab. Schnell schwanden seine Kräfte, und mit jedem Schlag an die Tür fühlte Martin, dass sein nächster weniger Schwung haben würde. Bald spürte er beim Ausholen, dass er den Arm nicht einmal vollständig heben können würde, ließ ab von der Tür und sank erneut nieder. Vollkommen erschöpft tastete er nach dem Papier, faltete es auf und las in krakeligen Buchstaben:

RECHNUNG
Moretti wollte auch abreisen
+ kam dabei um
= Bleib, Martin!

Er war in einem Albtraum gefangen, dachte Martin, zog die Knie an die Brust und ließ sich zur Seite kippen. Eine ganze Weile kauerte er in dieser Position am Boden und verharrte im Gedanken, dass dies alles ein Albtraum war, nur eben real und ohne Erwachen. Irgendwann rollte er sich auf den Rücken und starrte in die Deckenlampe. Wenn er die Augen schloss, sah er die brennenden Forellen von unten. Das Letzte, was das Ehepaar Schnapper gesehen hatte. Einen solchen Tod wählte niemand freiwillig, dachte Martin. Ob er aus dem Fenster klettern sollte? Es war nur der erste Stock, da kam man bei einem Sprung gewiss nicht ums Leben, und zur S-Bahn nach München würde er zur Not auch humpeln können. Oder sollte er doch weitermachen und die ganze Wahnsinnsgeschichte aufschreiben? Martin nahm sein Handy und machte die Blockierung der Nummern von Linda Hellwig, Oliver Michels und Frank Nietner rückgängig. Das Interview mit Moretti hatte er gefälscht und war damit bisher gut durchgekommen. Wenn er Hellwig jedoch ein wahrheitsgemäßes Protokoll dessen, was er in Altkirching bisher erlebt hatte, schickte – sie würde ihn als Hochstapler aus dem Volontariat entlassen. Was tun? Irgendwoher brauchte er Rat und vor allem mehr Informationen.

Plötzlich klopfte es an die Tür. Martin bekam fast einen Herzinfarkt, aber riss sich zusammen und hielt still. Es klopfte erneut.

»Martin! Bist du noch da?«

Sofias Stimme zu hören tat ihm so unheimlich gut, dass ihm einen Seufzer der Erleichterung entfuhr.

»Ja, Moment … Der Schlüssel steckt von außen. Bitte komm rein!«

Hastig richtete er sich auf, hockte sich auf die Bettkante und versuchte eine Pose einzunehmen, die nicht vermuten ließ, dass er die letzten Minuten am Boden kauernd verbracht hatte. Das Schloss wurde aufgesperrt und Sofia steckte ihren Lockenkopf zur Tür herein.

»Wurdest du eingesperrt?«, fragte sie verwundert.

Jetzt musste er sich schnell etwas überlegen.

»Nein, ich habe nur den Schlüssel von außen stecken gelassen … und die Tür ist von einem Windstoß zugeflogen … und da verriegelte sich das Schloss …«

»Jedenfalls bist du nicht abgereist.«

»Ich bin noch hier«, bestätigte Martin seine Anwesenheit.

Sie berichtete, dass sie sich das schon gedacht und daher Fredl Huber gefragt habe, wo Martin untergekommen sei. Unten in der Metzgerei habe ihr wiederum die Gastwirtin Monika Keiler seine Zimmernummer genannt, und so stehe sie nun also hier, um ihn abzuholen. Noch bevor Martin nachfragen konnte, hatte sie ihm erklärt, dass Kirchings Bürgermeister Maximilian Pröstler, ein Christsozialer, spontan eine »Pressekonferenz zu den jüngsten Geschehnissen im Ortsteil Altkirching« angesetzt habe. Sie mussten jetzt sofort los, drängte Sofia, der Termin war um 16 Uhr im Rathaus und jetzt war es schon Viertel nach vier.

»Es geht also spätestens in zehn Minuten los!«, scherzte sie.

Das war also der nächste Schritt, dachte Martin. Klassische Recherche, saubere journalistische Arbeit mit transparenten Quellen. Auf zur Pressekonferenz! Vielleicht war es Vorsehung, dass es ihn nach Kirching verschlagen hatte, und es blieb ihm gar keine andere Wahl, als mit einer gefeierten Reportage über die Vorgänge im Vorort berühmt und reich zu werden. Wenn es so war, gab es schlimmere Schicksale, dachte Martin. Er griff sich seinen Notizblock und verließ mit der Hamburger Kollegin den Gasthof. Mehrmals blickte er sich dabei ängstlich nach Fanny um. Zu seiner Erleichterung war sie verschwunden.

Der Platz vor dem Kirchinger Rathaus, einem Bau der Siebzigerjahre, war leicht abschüssig, gepflastert und wurde durch eine ruhige Straße zweigeteilt. Auf der Seite des Rathauses war mitten auf dem Platz ein Brunnen mit flachem Becken, aus dem eine hohe Wassersäule in die Luft schoss, die über einen stufigen, betonierten Bachlauf vom Rathaus her mit Wasser versorgt wurde. Gegenüber waren in einer Häuserfront ein Kiosk, ein Friseur, eine Bäckerei, ein Zooladen, eine Buchhandlung, ein griechisches Restaurant und ein Supermarkt untergebracht. Keine fünf Minuten hatten Sofia und Martin in hastigem Schritt für die Strecke vom Gasthaus Keiler zur Ortsmitte gebraucht.

Vor dem Rathaus stand ein Streifenwagen. Zwei Polizisten lehnten am Kofferraum und beobachteten ein Grüppchen von fünf Männern, die mit Schildern in der Hand vor der Treppe zum Eingang Radau machten. Ihr Anführer war hochgewachsen und hielt ein Megafon in der Hand, Martin erkannte ihn sofort.

»Islamisten-Terror stoppen, Razzien in Neukirching!«, rief Peter Hirsch und deutete mit der Hand aufs Rathaus.

»Jawohl!«, riefen die anderen vier Männer.

Ein junger Mann mit Glatze hielt ein Schild, das mit »Bürgerwehr Altkirching schützt!« beschriftet war. Ein Rentner in Lederhose und Trachtenjanker trug eine Pappe, auf der »Tradition statt Terror« stand. Die anderen beiden im Bunde mussten um die vierzig Jahre alt sein. Sie trugen Funktionsjacken und wirkten so unscheinbar, wie es erwachsenen Männern nur möglich war. »Islamisten raus!« und »Kein 9/11 in Kirching!« war auf ihren Plakaten zu lesen. Alle vier tappten im Kreis um Peter Hirsch, während er weitere Parolen ausgab.

»Schließt euch an!«, rief er, als er Sofia und Martin erblickte. »Die Polizei wird euch nicht schützen.«

Die Beamten lehnten weiterhin an ihrem Wagen und schienen unbeeindruckt.

»Bloß schnell vorbei an diesen Verrückten«, flüsterte Sofia.

Sie lief zu den Polizisten, zog ihren Presseausweis und fragte nach der Pressekonferenz.

»Da kommen Sie reichlich spät, die ist fast schon rum«, gähnte der Polizist.

Als Martin die Tür zum Konferenzsaal 3A aufstieß, drehten sich die Anwesenden nach ihm und Sofia um. Im grell ausgeleuchteten Raum ohne Fenster stand nahe der Tür die BR-Reporterin, die schon an der Fischzucht gefilmt hatte; drei weitere Journalisten saßen mit Laptop und Schreibblock auf Klappstühlen, und am Rand des Saales standen in grau-weißer Bürokluft einige Angestellte des Rathauses. Ganz vorne kniete der Kameramann des Bayerischen Rundfunks vor einem Tisch, an dem zwei Männer saßen. Einen wies ein Namenschild als Vertreter der Bayerischen Landespolizei aus. Er sprach in den Raum hinein.

»Ich danke Ihnen allen für Ihr Kommen und möchte abschließend noch einmal zusammenfassen: Wir gehen bei der ungewöhnlichen Häufung sonderbarer Todesfälle in Kirching derzeit von einem Zufall ohne Zusammenhänge aus. Beim Tod des jungen Künstlers an den Bahngleisen vermuten wir einen Unfall unter Einwirkung diverser Substanzen, im Haus am Dorfweiher eine tragische Kohlenmonoxidvergiftung und an der Fischzucht einen doppelten

Suizid in Tateinheit mit Brandstiftung, womöglich ein versuchter Versicherungsbetrug. Ich bitte Sie, von Spekulationen über eine Mord- oder Terrorserie abzusehen, und darf für ein Schlusswort noch einmal an Herrn Pröstler übergeben.«

Kirchings Bürgermeister Maximilian Pröstler, der den Ausführungen des Landespolizisten mit verschränkten Armen gelauscht hatte, räusperte sich. Er sah aus, als wäre er der 35-jährige Sohn des ehemaligen Bayerischen Ministerpräsidenten Edmund Stoiber. Pröstler trug eine Filzjacke und auf der feinen Nase eine elegante goldene Brille. Als der Kameramann auf ihn geschwenkt hatte, ergriff er das Wort.

»Ich wende mich nun noch einmal an die Bürgerinnen und Bürger meiner Gemeinde. Vielleicht bekommt die anwesende Lokalpresse meine Worte noch in den morgigen Ausgaben unter. Wie mir meine Mitarbeiter berichten, gibt es in Altkirching einige Subjekte, welche die tragischen Todesfälle nutzen wollen, um gegen die Bewohner unseres anderen Ortsteils aufzuhetzen. Als Bürgermeister weiß ich, dass Neukirching in vielerlei Hinsicht eine andere Welt ist als die alteingesessene Hälfte auf der anderen Seite der S-Bahn-Gleise. Und als Christsozialer begreife ich diese Vielfalt als Bereicherung. Bei der CSU pflegen wir eine lange Tradition des friedlichen Dialogs mit allen möglichen Landsleuten und Religionen. Darum sage ich in aller Deutlichkeit: Wir lassen uns in Kirching nicht spalten, nicht gegeneinander ausspielen. Wir werden hier keine Bürgerwehren tolerieren, weil wir zusammenkommen und einander kennenlernen möchten. Dafür wird es morgen zwei Gelegenheiten geben:

Am Mittag ein interkultureller und ökumenischer Gedenkgottesdienst für die Verstorbenen, der in der Kirche St. Johannes unter der Leitung unseres amerikanischen Gast-Pfarrers Jake Bluth stattfinden wird. Und am Abend das Sonnwendfeuer auf der Festwiese bei der Freiwilligen Feuerwehr, das wir aus Rücksicht auf die Ermittlungen von heute auf morgen verschoben haben. Ich danke Ihnen.«

4. Kapitel

Als Martin erwachte, war der Sonntagmorgen schon fast verstrichen. Sein erster Gedanke war, dass er nicht fassen konnte, was er am vergangenen Abend getan hatte. Nach der Pressekonferenz im Rathaus war er mit Sofia beim griechischen Restaurant gegenüber etwas essen gegangen. Sie hatten ihr Gespräch rein beruflich gehalten und sich über ihre Redaktionen ausgetauscht. Sofia hatte von der schlechten Stimmung in ihrem Haus berichtet, die vor allem daher rührte, dass die jungen Wichtigtuer aus der Onlineredaktion den arroganten Printleuten auf die Nerven gingen. Sie selbst schien als Reporterin über diesem Konflikt zu stehen, was schwer Eindruck auf Martin machte. Um selbst auch mit einer guten Geschichte zu glänzen, hatte er unverblümt von Oliver Michels' Kokainorgien am Konferenztisch geplaudert. Zu Martins Glück war Sofia von dieser Information durchaus beeindruckt gewesen. Dies schien über das hinauszugehen, was sie sich unter dem Alltag bei den Berliner Kollegen vorstellte. Noch am frühen Abend hatten sie sich nach einem Ouzo verabschiedet und ausgemacht, den vom Bürgermeister angekündigten Gedenkgottesdienst am nächsten Tag gemeinsam zu besuchen. Sofia hoffte, dort Lukas Morettis Mutter abpassen zu können.

Als sie um eine Ecke verschwunden war, um zu ihrem Hotel, den Kirching Suites, zu gelangen, hatte Martin einen Dauerlauf zum Gasthof Keiler hingelegt. Es dämmerte schon und auf keinen Fall wollte er das Haus im Dunkeln betreten. Er hatte die Tür geöffnet, kurz in den Flur geguckt, gelauscht, war dann zur Treppe gesprintet, diese mit wenigen Sätzen hochgesprungen und, nachdem er sich oben versichert hatte, dass Fanny nicht hinterm Tresen stand, mit Karacho in den Flur zu seinem Zimmer gebogen. Hastig hatte er die Tür aufgesperrt, war ins Zimmer gehuscht und hatte sofort von innen abgesperrt. Anschließend war er ins Badezimmer gegangen, hatte den Duschvorhang aufgezogen und geprüft, ob sich dort jemand versteckte. Zurück im Zimmer, hatte er erst den Kleiderschrank geöffnet, sich dann auf den Boden gelegt und unters Bett geguckt. Nachdem er einmal kurz erleichtert durchgeschnauft hatte, weil er sicher in sein Zimmer gelangt und dort allein war, hatte Martin keine Zeit verloren und den massiven Schreibtisch aus Eichenholz vor die Tür geschoben, was einen Riesenkrach verursacht hatte. Wenn Fanny sich im Gasthaus aufhielt, musste sie das gehört haben, hatte er in einem Anflug von Panik gedacht und das Licht ausgeschaltet. Auf Zehenspitzen war er noch einmal ins Bad geschlichen und hatte sich die Zähne geputzt. Alle fünf Sekunden hatte er beim Schrubben eine Pause eingelegt und ängstlich in die Stille gehorcht. Auch beim Pinkeln hatte er darauf geachtet, dies möglichst leise zu erledigen, und das Klo danach gegen seinen eigenen inneren Widerstand nicht abgezogen. Ohne sich Gesicht und Hände zu waschen, war Martin schließlich zu Bett gegangen. Er hatte darauf verzichtet, sich zu entkleiden, und sogar die Schuhe angelassen. Im Fall der Fälle, also wenn Fanny ihn heimsuchte, würde er einfach aus dem Fenster springen, hatte Martin unter der Decke gedacht. Da der Abend noch immer jung war, hatte er noch eine ganze Zeit wach gelegen und ängstlich nach jedem Knarzen im Gasthof gelauscht, bis er irgendwann endlich eingeschlafen war.

Dieses ganze kindische Theater hatte er aufgeführt, dachte Martin also peinlich berührt am Sonntagmorgen, als er am Fußende seines Bettes seine Turnschuhe unter der Decke herauslugen sah. Zum Glück würde nie eine Menschenseele davon erfahren. Er rollte sich aus dem Bett, sah zur Sicherheit noch einmal darunter nach und dachte, dass es ihm jetzt zu aufwendig war, sich zum Duschen auszuziehen. Zähne putzen und Gesicht waschen würde reichen, so konnte er die Schuhe auch gleich anlassen und musste nur noch den Schreibtisch zurück an seinen Platz wuchten, bevor er aufbrechen konnte.

Martin hörte sein Handy vibrieren, nach kurzer Suche fand er es unter der Bettdecke. Fünf verpasste Anrufe von Linda Hellwig – hatte er die wirklich alle verschlafen? Und eine SMS von Frank Nietner.

Guten Morgen! Ich bin gestern aufgehalten worden.
Werde am frühen Nachmittag eintreffen.
Spätestens gegen 18 Uhr! Gruß, Nietner

Martin fiel wieder ein, dass er gestern die Blockierung der Nummern von Nietner, Hellwig und Michels rückgängig gemacht hatte. Er war nicht nach Frankfurt abgereist, sondern fühlte sich auf dem besten Weg, eine sagenhafte Reportage zu Papier zu bringen. Bisher hatte er zwar keine Zeile geschrieben, aber erst mal musste er weitere Informationen, weiteren Stoff für diese irre Story zusammentragen. Egal, wie verängstigend und unbegreiflich das, was ihm widerfuhr, noch würde. Ein bisschen wunderte er sich über seine Kühnheit. Wandelte er sich wirklich zu einem jungen Oliver Michels? Oder wollte er vor allem gerne in Sofias Nähe sein? Beim Gedanken, mit ihr gleich den Gedenkgottesdienst zu besuchen, verspürte er jedenfalls Vorfreude.

Bevor er aufbrechen konnte, musste er sich aber noch um Nietner und Hellwig kümmern. Dem Fotografen schrieb Martin eine SMS mit dem Vorschlag, sich am Abend beim Kirchinger Sonnwendfeuer zu treffen, wo sicher einiges in Erfahrung zu bringen sei. Keine zehn Sekunden später antwortete Nietner mit »Okay, bis dann«. Martin suchte einen Grund, den Rückruf bei Hellwig noch einen Moment aufzuschieben. Um den schweren Schreibtisch wieder an seinen Platz zu bringen, musste er eine Wahnsinnskraft aufbringen. Wie hatte er das gestern so schnell geschafft? Es schepperte entsetzlich laut, als Martin das Eichenholzmöbel über den Eichenholzboden schob. Als der Tisch wieder an Ort und Stelle stand, war Martin schweißnass. Ein Telefonat mit Linda Hellwig war jetzt unausweichlich, er wählte ihre Nummer.

»Kreutzer, schön, dass Sie es einrichten konnten.«

Hellwigs Ton als gereizt zu beschreiben, wäre eine Untertreibung gewesen.

»Denken Sie, ich habe sonntags nichts Besseres zu tun, als auf den Rückruf eines übergeschnappten Volontärs zu warten?«

Da Hellwig im Büro lebte, war auszuschließen, dass sie sonntags einen Ausflug aufs Land machte, dachte Martin. Aber wahrscheinlich hatte sie in der Redaktion auch heute Besseres zu tun.

»Entschuldigen Sie, Frau Hellwig. Es ist nur so viel los hier in Kirching.«

»Viel los, soso.«

Die Feuilleton-Chefin klang, als würde sie gleich explodieren.

»Kreutzer, ich sag es Ihnen offen und ehrlich. Wenn es nach mir ginge, säßen Sie längst wieder hier im Büro und würden Agenturmeldungen abtippen.«

Martin wollte etwas sagen, aber kam nicht dazu.

»Aber Michels, Ihr größter Fan, räumt Ihnen noch einen letzten Tag ein.«

Sie machte eine kurze Pause.

»Wenn Sie heute nichts Handfestes liefern, ziehen wir Sie ab. Verstanden?«

Natürlich hatte Martin verstanden. Der Druck auf ihn war immens, aber er würde sich am Nachmittag hinsetzen und einen ersten Textentwurf niederschreiben. Das Absurdeste vom bisher Erlebten konnte er getrost aussparen. Die Todesfälle an sich würden, angefüttert mit dem Appell des Bürgermeisters und etwas bedrückender Atmosphäre, die er gleich beim Gedenkgottesdienst einfangen wollte, schon genug hergeben, um Hellwig und Michels von seinen Fähigkeiten zu überzeugen. Oder sollte er seiner Chefin vielleicht lieber jetzt schon einen kleinen Zwischenerfolg melden?

»Ich danke Ihnen, Frau Hellwig. Heute Mittag treffe ich Morettis Mutter zum Gespräch«, log er dreist.

»Morettis Mutter? Das wird ja immer besser!«

»Die haben wir exklusiv! Andere Journalisten suchen vergebens nach ihr.«

Verwundert stellte Martin fest, wie leicht es ihm fiel, ganz spontan so dick aufzutragen. Hellwig seufzte resignierend.

»Nur fürs Protokoll«, sagte sie ruhig. »Meiner Meinung nach hatten Sie beim Interview mit Moretti mehr Glück als Verstand. Ich glaube nicht, dass Sie darüber hinaus irgendetwas zustande bringen. Und Michels werde ich davon auch noch überzeugen.«

Darauf fiel Martin spontan keine Erwiderung ein, seine gerade erst entwickelte Abgebrühtheit war wieder dahin und er fühlte sich ertappt.

»Und ob Sie Morettis Mutter, Oma oder Großtante zum Gespräch treffen, ist mir vollkommen egal«, sagte Hellwig und legte auf.

Was jetzt? Er hatte keine Ahnung, wo Morettis Mutter steckte, dachte Martin. Am Ende war sie längst nicht mehr in Kirching. Was, wenn er Hellwig nichts Überzeugendes lieferte? Oder wenn er – noch schlimmer – als Betrüger aufflog? Brauchte er dann einen Anwalt? War allein der Versuch strafbar, seiner Redaktion ein gefälschtes Interview unterzujubeln? Noch war es nicht veröffentlicht. Vielleicht war es doch am besten, wenn er Michels anrief, sich selbst anzeigte und mit seiner fristlosen Entlassung im Gepäck nach Frankfurt fuhr. Michels hatte ihm für den Fall seines Versagens zwar nahegelegt, im Provinznest München zu bleiben und dort Brezeln zu backen, aber sicher gab es dank der Globalisierung auch in Frankfurt Stellen für Laugenbäcker.

Martin schnaufte durch und schob seine Zweifel beiseite. Es würde schon alles gut gehen. Vor einem Durchbruch stand man zwangsweise unter Druck. Wie sollte es anders sein? Er durfte sich nicht irritieren lassen, sagte er sich. Ein Reporter durfte niemals den Fokus verlieren. Und außerdem wollte er Sofia nicht vor der Kirche warten lassen. Vielleicht kam ihm ja gleich beim Gedenkgottesdienst eine himmlische Eingebung, die ihm den Weg wies. Sogar eine Marienerscheinung konnte Martin sich vorstellen, in Kirching schien nichts ausgeschlossen.

Langsam zog er seine Zimmertür einen Spalt auf und lugte vorsichtig hinaus. Niemand stand am Tresen. Martin prüfte, ob er alles eingesteckt hatte, machte einen schnellen Schritt auf den Flur und sperrte hastig ab. Um schnell und leise zu verschwinden, lief er auf den Vorderfüßen zur Treppe, nahm vier Stufen auf einmal hinab und schoss unten weiter zum Ausgang.

»Halt, halt, halt«, hörte er hinter sich eine Stimme, als er die Tür zur Straße aufriss. Monika Keiler schaute aus der Wirtsstube in den Flur.

»Herr Kreutzer, wohin denn so eilig? Möchten S' nicht frühstücken?«

Wahrheitsgemäß berichtete Martin, dass er dem Gottesdienst beiwohnen wollte.

»Aber da brauchen S' doch nur zwei Minuten hin, Herr Kreutzer. Und in einer Stunde geht's erst los. Oder wollen S' ganz vorne sitzen beim Pfarrer?«

Die Gastwirtin lachte über ihre eigene Frage, ging zu Martin und nahm ihn am Arm.

»Bis grad war der Peter Hirsch mit seiner Truppe zum Weißwurstfrühstück da, und zwei Paar sind noch über.«

Keiler zog Martin wie eine resolute Mutter ihren renitenten Sohn mit sich in die Gaststube.

»Ich bitte Sie, Herr Kreutzer! Zwei Paar Weißwürste, ich schmeiß sie sonst weg, gell?«

Martin wurde ein Platz am Stammtisch zugewiesen, andere Gäste waren keine da. Keiler brachte ihm ein Körbchen mit Brezeln, ein Senfhaferl, vier Weißwürste im Topf und stellte ihm ungefragt auch ein Weißbier hin.

»Guten Appetit! Da bekommen S' Kraft für den Gottesdienst, Herr Kreutzer.«

Sie tätschelte ihm fürsorglich die Schulter.

»Ich geh derweil hoch und mach Ihr Zimmer!«

In einer TV-Dokumentation im dritten Programm hatte Martin irgendwann einmal gesehen, wie man Weißwürste korrekt verzehrte, und es gelang ihm, wie er fand, recht gut. Zu seiner noch größeren Überraschung schmeckte es ihm hervorragend und er aß seit Tagen zum ersten Mal mit Appetit. Nachdem Keiler verschwunden war, hatte er zunächst nervös alle paar Sekunden zur Tür des Gastraumes gesehen, in der Sorge, Fanny könnte hereinspazieren. Doch als er sich fünf Minuten später die ersten Schlucke Weißbier genehmigt hatte, entspannte er sich. Brezeln und Würste hatte er bald restlos aufgegessen und am Ende sogar noch mit Genuss den süßen Senf aus dem kleinen getöpferten Gefäß gelöffelt. Zum ersten Mal in seinem Leben dachte er für einen kurzen Moment, dass er die Bayern in ihrer Selbstherrlichkeit ein Stück weit verstehen konnte. Und tatsächlich – er fühlte sich jetzt bereit für den Tag in Kirching und alles, was dieser mit sich bringen würde.

Sofia wartete am Tor zum Kirchengelände. Weil es überraschend kühl war und nieselte, wirkte ihr gelber Friesennerz nicht so extravagant wie am sommerheißen Vortag. Als Martin sie erblickte, fühlte er sich noch ein Stück besser. Vielleicht war das Weißwurstfrühstück der Wendepunkt zu einer besseren Zeit in Kirching. Sofia winkte Martin mit übertriebener Geste zu und grinste dabei albern. Martin fiel seinerseits erst kein Späßchen ein, doch dann bekreuzigte er sich. Beide mussten lachen. Kurz dachte Martin, dass er eigentlich nie lachte, und noch weniger, seit er diese Dienstreise angetreten hatte. Hatte er in seiner Zeit als Volontär bisher einmal richtig gelacht? Als Sofia ihn aus seinen Gedanken riss, war ihm noch keine Gelegenheit eingefallen.

»Los, komm!«, sagte sie. »Wir stellen uns zwischen die Gräber und gucken, wer alles kommt.«

Martin fragte, ob er schon etwas verpasst habe.

»Nein, bisher kamen nur Unbeteiligte. Keine Spur von Klara Moretti.«

Morettis Mutter, dachte Martin. Hätte er Hellwig vorhin vielleicht lieber doch keinen Gesprächstermin vorflunkern sollen?

Sie betraten das Friedhofsgelände. Ein gepflasterter Weg führte an akkurat gepflegten Gräbern vorbei, die das Gotteshaus zu allen Seiten umgaben. Messdiener im Grundschulalter standen in weißen Alben am Wegrand und wiesen den Weg zum Portal der Kirche. Sofia und Martin traten kurz davor zur Seite und stellten sich zwischen zwei hohe Grabsteine aus Marmor.

Wenige Minuten später war der Andrang groß. Immer mehr Menschen strömten in die Kirche. Einige trugen bayerische Tracht, andere schwarze Anzüge und Kleider. Niemand stach heraus, bis Martin Fredl Huber erblickte, der eine dunkelblaue Trainingsjacke mit Wappen und Schriftzug der Freiwilligen Feuerwehr trug. Martin winkte ihm zu und Huber trat aus der kurzen Schlange, die sich mittlerweile am Eingang gebildet hatte. Er wirkte unangenehm berührt, nickte Sofia zu und sah Martin fragend an.

»Herr Kreutzer, ich dachte, Sie wären abgereist.«

»Dachte ich auch«, feixte Sofia.

»Pläne ändern sich.«

Martin hatte keinen besseren Spruch auf Lager, ließ sich aber nicht irritieren.

»Fredl, gibt's etwas Neues zu den Fällen am Dorfweiher und …«

Huber unterbrach ihn und hielt sich den Zeigefinger vor den Mund.

»Bitte, nicht hier.«

Er deutete hinter sich auf die Kirche.

»Aus Pietätsgründen.«

Sofia lächelte Huber verbindlich an.

»Sie haben recht, Herr Huber. Können Sie uns nur rasch

sagen: Werden Angehörige der Verstorbenen zum Gottesdienst erwartet?«

Huber kam ein Stück näher und trat mit seinem rechten Arbeitsstiefel, ohne es zu merken, die Chrysanthemen am Rand eines Grabes platt.

»Man hört, dass sie nicht kommen«, sagte er leise. »Die Familien der Toten sind angeblich erbost über den Stand der Ermittlungen. Und darüber, dass das Sonnwendfeuer heute nicht abgesagt wurde.«

»Aus Pietätsgründen«, flüsterte Sofia.

Huber nickte mit gesenktem Blick und wollte gerade wegtreten, da kam ihm Sofia noch ein Stück näher.

»Und was ist mit Klara Moretti? Kommt sie?«

»Die will nicht gestört werden. Bitte lassen Sie sie in Frieden«, sagte Huber mit plötzlich sehr strengem Blick, drehte sich um und schritt zur Kirche.

»Verdammt«, fluchte Sofia. »Es wird mir in diesem Ort doch irgendwer verraten wollen, wo diese Frau zu finden ist.«

Ein Messdiener kam herangeflitzt und bat Martin und Sofia darum, die Kirche nun zu betreten. Sie gingen hinein und hinter ihnen wurde die Tür geschlossen. Im Eingangsbereich brannten auf einer Stufe vor einer Heiligenfigur Dutzende kleiner Kerzen. Für einen Euro durfte man sich eine aus einer Holzkiste nehmen und entzünden. Ob Gott darauf bestand, dass man die Kerzen für Verstorbene aufstellte, oder ob es ihm auch gefiel, wenn man ein Lichtlein für den Wunsch entzündete, dass man einen Ausweg aus einem gigantischen Schlamassel fand, den man selbst zu verantworten hatte? Wenn es ein solches Schlupfloch gab, dann im bayerischen Katholizismus, dachte Martin. Zum Glück war er nicht in einem protestantischen Hamburger Vorort gelandet. Mit den Fingerspitzen nahm Martin einen Tropfen Weihwasser aus der Steinschale hinterm Eingang und bekreuzigte sich, diesmal nicht aus Jux. Sofia kicherte trotzdem.

Die Orgel erklang, Martin und Sofia stellten sich im voll besetzten Kirchenschiff hinter die letzte Bankreihe. Vorne kamen von der Seite Messdiener herein und dahinter in einem weiß- und purpurfarbenen Gewand Pfarrer Jake Bluth. Er mochte vierzig oder fünfzig Jahre alt sein, war schlank, hatte graue Schläfen und darüber volles braunes Haar.

»Was für ein adretter Geistlicher«, flüsterte Sofia, als die Orgel verklang.

Bluth hatte sich hinterm Altar eingefunden, ließ den Blick schweifen, schlug die große Bibel auf, die vor ihm lag, und legte ein Kopfmikrofon an.

»Meine Damen und Herren«, sagte er mit starkem amerikanischem Akzent und breitete die Arme aus.

»Ich darf Sie begrüßen zu unserer ökumenischen international Gottesdienst, die wir heute feiern wollen, um zu erinnern die Toten aus die letzten Tage.«

Feierlich zog er ein Gesangsbuch hervor.

»Zum Start wir wollen gemeinsam singen ›Großer Gott, wir loben dich‹, Nummer 380.«

Die Gemeinde erhob sich, Buchseiten raschelten, die Orgel spielte die Melodie des Liedes einmal vor, dann setzte der Gesang ein. Am lautesten hörte man Pfarrer Jake Bluth, dessen schöne Stimme über die Lautsprecher an den Seiten verstärkt wurde. Als er sang, war sein Akzent nicht mehr zu hören. Martin kannte den Text, sang aber nicht mit, sondern bewegte nur den Mund. Er ahnte Sofia neben sich grinsen, wagte es aber nicht, zu ihr rüberzuschauen, aus Angst, dass sie in Gelächter ausbräche.

Nachdem alle Anwesenden das Gotteslob wieder zugeschlagen und sich gesetzt hatten, begrüßte Bluth Gläubige aller Konfessionen und Religionen sowie Menschen aus München, aus Neukirching, aus Altkirching und aus aller Welt.

»Bei mir zu Hause in Texas wir sagen: Wer immer glaubt an Gott, kann nicht falsch sein. Egal, wie er Gott nennt.«

Bluth blickte aufmunternd ins Kirchenschiff, doch es war nur ein Hüsteln aus einer der hinteren Reihen zu vernehmen. Er drehte sich nach einem der Messdiener um, der Junge zuckte mit den Schultern.

»Anyway ... wir wollen heute keinen normalen Gottesdienst halten, sondern einfach lesen Fürbitten für die Verstorbenen.«

Der Pfarrer ging vom Altar einen Schritt zur Seite und machte eine einladende Geste.

»Bitte, kommen Sie nach vorne. Seien Sie nicht ängstlich.«

Ein Mann, eine Frau und zwei Kinder in der ersten Reihe erhoben sich und stellten sich am Altar an. Nacheinander lasen sie von Zetteln Fürbitten ab. Da alle vier leise sprachen und kein Mikrofon hatten, konnte Martin nicht alles verstehen.

»Herr, wir bitten dich ... unsere Toten ... begleite sie ...«

»Herr, wir bitten ... auch die Hinterbliebenen ... nicht allein.«

»Herr, wir bitten dich ... diejenigen, die jetzt Hass säen ... wieder auf den rechten Weg.«

»Herr, wir bitten dich, hilf uns ... Gemeinsamkeiten entdecken ... und in Frieden zusammenleben.«

Bluth bedankte sich, nannte der Gemeinde die Liednummer 484 und stimmte nach kurzem Orgelvorspiel »Dank sei dir, Vater, für das ew'ge Leben« an. Als der Gesang verklungen war, bat er alle, noch einmal Platz zu nehmen, und trat vor den Altar.

»Wie mir Ihr Major Pröstler hat mitgeteilt, Sie wollen heute Abend die traditionelle bavarian Sonnwendfeuer feiern. Und weil die Geschehnisse der letzten Tage tatsächlich waren unüblich, vielleicht auch verängstigend, möchte ich Sie mit einem Ritual verabschieden, das wir haben entwickelt in meiner evangelical Heimatsgemeinde in den United States. Ich werde es darum durchführen in mein Muttersprache.«

Ein Messdiener flitzte zu Bluth und brachte ihm einen bronzenen Weihwasserkessel mit einem Sprengel aus Messing. Der Pfarrer ließ keine Zeit verstreichen und trat mit seiner Ausrüstung herunter in den Mittelgang des Kirchenschiffs. Hinter ihm folgte ein Messdiener, der ein Weihrauchfass an einer Kette schwenkte. Die Orgel setzte mit einem tiefen Mollakkord ein und Bluth schritt langsam los. Nach links und rechts spritzte er Weihwasser und erhob die Stimme.

»Demons and devils, leave this church!«

Er blieb stehen, drehte sich Weihwasser spritzend einmal im Kreis und wurde lauter. Seine Gemeinde sah ihn verblüfft an.

»Demons and devils, leave these people!«

Kurz sammelte sich der Geistliche, dann legte er den Kopf wie in Ekstase zurück, blickte mit aufgerissenen Augen an die Deckenmalerei.

»Demons and devils, leave Altkirching!«, schrie er heiser und setzte sich in seiner unnatürlichen Haltung wieder in Bewegung.

»Demons and devils, leave us alone!«

Fast war Bluth hinten am Ende der Bankreihen angelangt, da kreischte er erneut »Demons and devils …« – und verstummte plötzlich. Verwirrt blickte er um sich, drehte sich zum Messdiener mit dem Weihrauchgefäß und scheuchte ihn mit einer Armbewegung weg. Immer noch wummerte die Orgel durch das Kirchenschiff. Bluth kniff die Augen zusammen. Seine Stirn war schweißnass.

»I know you're here, Satan«, zischte der Pfarrer und erhob den Weihrauchsprengel wie eine Waffe.

»I can feel your presence!«

Wie vom Blitz getroffen schoss Bluth los, stürzte geradewegs auf Martin zu und baute sich vor ihm auf.

»You can't fool me, demon!«, brüllte er Martin an und schleuderte mit großer Wucht Weihwasser auf ihn.

»Leave this young man, Lucifer!«

Martin hielt sich die Hände vors Gesicht und wich zurück gegen das Eisengitter, das den Vorraum der Kirche abtrennte.

»Fly away, fallen angel!«

Sofia, dachte Martin und wollte sich an ihr halten, doch sie war zur Seite gesprungen. Seine nasse Stirn brannte.

»Let loose of this innocent soul!«, schrie Bluth.

Er ließ seine Ausrüstung fallen, griff Martin an beiden Schultern und schüttelte ihn heftig durch.

»Demons and devils, leave this man!«

Martin spürte, wie seine Beine wegklappten, Bluth griff ihn unter den Armen und hielt ihn. Überall Feuer, dachte Martin, dann wurde ihm schwarz vor Augen.

»Demons and devils, leave this man!«, rief Bluth von sehr weit weg.

Martin spürte, wie sich seine Lungen mit Luft füllten, wie er einmal schluckte, wie seine Zunge kurz von innen an die Lippen fuhr und sich sein Mund öffnete.

»Welcher Mann? Ich heiße ... Fanny, gell?«, hörte er sich schreien und danach lachen, bis er vollständig das Bewusstsein verlor.

»Weg da! Gehen Sie alle raus!«, sagte Sofia giftig. »Es gibt nichts zu gaffen. Er kommt gerade erst wieder zu sich.«

Sie legte ihren kühlen Handrücken auf Martins Stirn.

»Vielleicht er sollte sich nach diese Dämonenaustreibung in der Sakristei ausruhen. Ich werde auf ihn aufpassen«, sagte Pfarrer Bluth.

»Sie haben das mit Ihrem Weihrauch-Hokuspokus doch erst angerichtet. Dampfen Sie ab!«

Sofia blickte Martin in die Augen.

Er saß mit dem Rücken ans Eisengitter gelehnt am Boden.

»Raus hier?«, fragte sie, als er ihren Blick erwiderte.

»Raus hier!«, flüsterte Martin.

Sofia half ihm auf und sie verließen die Kirche. Fast alle Besucher des Gedenkgottesdienstes hatten das Kirchengelände bereits verlassen. Nur wenige standen noch an Gräbern und wässerten die Blumen.

»Geht's dir gut? Was war denn los?«, fragte Sofia.

»Alles in Ordnung«, ächzte Martin und stützte sich auf die Knie.

»Das muss der Weihrauch gewesen sein. Ich bin mit nüchternem Magen hergekommen«, log er.

Sein ausgiebiges Weißwurstfrühstück konnte allein Monika Keiler bezeugen, dachte Martin, und die war ja nicht anwesend. Sofia beäugte ihn skeptisch.

»Und was war das mit ›Ich heiße Fanny‹? Wer ist Fanny?«

Martin bemühte sich um einen ahnungslosen Gesichtsausdruck.

»Hab ich das gesagt? Keine Ahnung.« Er zuckte mit den Schultern. »Vielleicht wollte ich so benebelt einen Witz machen. Vielleicht Fanny wie funny oder so. Dieser Ami-Pfarrer spinnt ja.«

»So was habe ich auch noch nicht gesehen«, lachte Sofia.

Nachdem Martin noch mehrere Male versichert hatte, dass es ihm gut ging und er sich nur ein wenig auf seinem Zimmer ausruhen musste, verabschiedete er sich von Sofia. Sie hatten zuvor vereinbart, sich gegen 17 Uhr bei der Festwiese zu treffen, um gemeinsam das Sonnwendfeuer zu besuchen. Sofia hatte die Hoffnung geäußert, aus angetrunkenen Kirchingern mehr Informationen über den Aufenthalt Klara Morettis herauszubekommen als bisher.

»Wenn das nicht klappt, reise diesmal ich ab«, hatte sie gesagt, und dass sie es sich als freie Journalistin nicht leisten konnte, tagelang ergebnislos in einem lahmen Münchner

Vorort herumzulaufen. Ob sie nicht für den *Spiegel* arbeite, hatte Martin sie verwundert gefragt.

»Ja, häufig. Aber es ist nichts Festes«, hatte Sofia gelacht. »Vielleicht stellen sie mich eines Tages an.«

Für den Gottesdienst hatte Martin sein Handy in den Flugmodus geschaltet, erst auf seinem Zimmer dachte er daran, es wieder mit der Welt zu verbinden. Ihm waren drei Anrufe von Oliver Michels entgangen, und eine SMS des Netzbetreibers teilte ihm mit, dass auf seiner Mailbox eine Nachricht wartete. Auf dem Weg in sein Zimmer fürchtete er nicht mehr, dass Fanny am Tresen lauern könnte – aber nun graute es ihm davor, den Anrufbeantworter abzuhören. Sicher hatte ihm Michels eine Kündigung und weitere Gemeinheiten draufgebrüllt. Er überwand sich und nahm das Handy ans Ohr. Zu seiner Überraschung war es nicht Michels' Stimme, die er auf dem Band hörte.

»Kreutzer, Sie müssen für mich erreichbar sein«, rief Frank Nietner, als wollte er etwas übertönen. Im Hintergrund hörte Martin Autos und Lkw. Hatte Nietner von einer Autobahnraststätte angerufen?

»Egal. Kreutzer, hören Sie? Ich bin kurz vor Kirching«, keuchte Nietner. »Noch drei Stunden, vielleicht vier! Wir sollten uns auf diesem Volksfest treffen. Sonnwende oder was! Sie wissen schon. Ich bitte Sie, rufen Sie mich zurück. Okay?«

Warum nicht, dachte Martin und wählte Nietners Nummer. Eine Computerstimme verkündete, dass der Teilnehmer vorübergehend nicht erreichbar sei. Dieser Nietner war auch ein Gespenst, dachte Martin. Wie Fanny. Er musste

Monika Keiler unbedingt nach ihr fragen. Vielleicht konnte sie ihm erklären, was mit Fanny los war. Ihr seltsames Verhalten am Vortag, gepaart mit den mysteriösen Todesfällen in Kirching und dem Druck, den ihm seine Chefredaktion machte, musste bei ihm eine Art Stresssyndrom ausgelöst haben, sagte sich Martin. Kein Wunder, dass er eben bei Bluths Weihrauch- und Weihwasserorgie zusammengebrochen war. Als der Pfarrer ihn durchgeschüttelt hatte, hatte es sich kurz angefühlt, als hätte Fanny aus ihm gesprochen. Dahinter konnte nur extremer Stress stecken, dachte Martin. Was sonst? Er glaubte nicht an Engel, nicht an Teufel und nicht an Séancen als Chancen. Aber lastete nicht, seit er Moretti bei den Proben zum »Beschwörungen«-Festival besucht hatte, ein Art Fluch auf ihm? Jedenfalls konnte er im Moment unmöglich damit anfangen, seine Reportage zu schreiben. Für einen solchen Text brauchte man Ruhe und Ausgeglichenheit, da konnte etwas zeitlicher Abstand zu seinem Exorzismus gewiss nicht schaden. Er würde sich heute Abend nach dem Besuch des Sonnwendfeuers dransetzen.

»Ich heiße nicht Fanny«, sagte Martin in sein Zimmer hinein. »Ich heiße nicht Fanny.«

Einigermaßen beruhigt stieg er in die Dusche, und als er sich wusch, nahm er an sich eine Note verbrannter Forelle war. Roch er etwa schon seit anderthalb Tagen so? Vielleicht hatte Pfarrer Bluth auch einfach auf seinen bestialischen Geruch angeschlagen? Martin blickte an sich runter. Es hätte ihn nicht überrascht, im Abflusssieb verrußte Blättchen zu sehen, doch zu seiner Erleichterung waren da keine. Zweimal seifte er sich von oben bis unten ein und spülte die Haare mehrmals gründlich mit heißem Wasser. Erst nach zehn Minuten war er sicher, im dichten Wasserdampf, der das kleine Bad vernebelte, keinen Steckerlfischgeruch mehr zu vernehmen. Beim Abtrocknen überlegte Martin, ob er beim Sonnwendfeuer am Abend etwas zu befürchten hatte. Schließlich hatten in der Kirche nicht wenige Kirchinger Bürger mitgekriegt, dass ihr Pastor ihn für einen hielt, dem ein Exorzismus gut bekäme. Oder war das schon eine erfolgreiche Dämonenaustreibung gewesen und Bluths Gemeinde betrachtete die Sache als erledigt? Vielleicht konnte er ihn am Abend selbst danach fragen. Martin konnte sich kaum vorstellen, dass man in Bayern als Pfarrer Karriere machen konnte, wenn man nicht zu Volksfesten erschien.

Martin schnüffelte an der Wäsche, die er vor dem Duschen abgelegt hatte, und stellte auch an ihr rauchig-fischigen Geruch fest. Angeekelt schmiss er sie aufs Bett und nahm sich seinen letzten Satz saubere Klamotten aus der Tasche. Auf einen Zettel, den er aus seinem Notizbuch riss, schrieb er: »Wenn möglich, bitte Bett neu beziehen und Klamotten waschen. Vielen Dank!« Wie ein »Do not disturb«-Schild hängte er das Blatt von außen an die Klinke seiner Zimmertür. Mal sehen, dachte Martin. Wenn Monika Keiler den Zettel fand, wären Bett und Kleidung bis zum Abend gewiss frisch. Aber wenn Fanny vorbeikam, wäre auf die Rückseite gewiss wieder ein Hinweis auf weitere verstörende Todesfälle gekritzelt. Was Gott verhindern mochte, dachte Martin. Hatte er unter der Dusche eben eigentlich auch Bluths Weihwasser von sich abgewaschen? Hoffentlich hielt der Segen trotzdem noch an.

Die Metzgerei Keiler war verschlossen. Per handgeschriebenem Aushang im Türglas informierte Monika Keiler darüber, dass sie heute bereits ab 15 Uhr ihren Brezelstand beim Sonnwendfeuer vorbereitete. Vielleicht konnte Martin sie dort nach Fanny aushorchen. Am Boden stand ein großer geflochtener Korb mit Trinkpäckchen, auf einem Zettel stand: »Bitte gratis mitnehmen. Ich schmeiß sie sonst weg.«

Zum zweiten Mal nahm Martin den Weg an der Starnberger Straße entlang zur Freiwilligen Feuerwehr und zur Festwiese. Der Weg war kurz und er war so früh dran, dass er bestimmt noch eine Weile auf Sofia warten musste. Vor und hinter ihm liefen in Dirndl und Lederhosen einige Männer und Frauen. Unauffällig lauschte Martin ihren Gesprächen, um herauszufinden, ob sie über den Besessenen aus der Kirche tuschelten. Doch die Unterhaltungen drehten sich darum, wen man gleich am Feuer alles treffen wollte und wie viel Bier man geneigt war, in sich hineinzuschütten. Wen würde Martin gleich alles zu Gesicht bekommen? Er überlegte: Auf jeden Fall Sofia, Fredl Huber, den jungen Bürgermeister, den amerikanischen Pfarrer und Monika Keiler. Bestimmt auch Peter Hirsch, womöglich erneut in Begleitung eines Protestzugs aus Plakatträgern. Vielleicht sogar endlich den Fotografen Frank Nietner – und hoffentlich nicht Fanny, dachte Martin und fragte sich, ob er irgendjemand vergessen hatte. Maike und Paul fielen ihm ein. Wo steckten die beiden eigentlich? Er konnte sich nicht vorstellen, dass das Geschwisterpaar Kirching verlassen hatte. In ihr Elternhaus am Dorfweiher konnten sie zwar nicht zurück, sie wurden ja als Zeugen gesucht, aber wo sollten sie denn hin? Ihr Mentor Moretti war tot, das Festival in München abgeblasen. Wahrscheinlich kampierten sie tatsächlich im Lager gegenüber der Fischzucht und waren nur zufällig nicht dort gewesen, als Martin den Hain betreten hatte. Vielleicht kamen sie zur Sonnwende aus ihrem Versteck, später am Abend im Schutz der Dunkelheit, dachte Martin mit dem Gefühl einer Vorahnung.

Als er den Rand der Festwiese erblicken konnte, hörte Martin schon das mit einem Megafon verstärkte Geschrei Peter Hirschs.

»Schließt euch an! Die Bürgerwehr Altkirching sorgt für Sicherheit!«

Hirsch lief vor hüfthohen Eisengittern auf und ab. Die Starnberger Straße war zwischen der Festwiese und dem Gelände der Freiwilligen Feuerwehr vollständig gesperrt. Auf der Wiese war in der Mitte ein drei bis vier Meter hoher Haufen Brennholz aufgeschichtet, sternenförmig davon ab gingen Bierzeltgarnituren, die Platz für Hunderte Besucher boten. Auf dem Hof der Feuerwehr waren Büdchen und Pavillons verteilt, aus denen Grillgut, Limonade und vor allem Bier in Maßkrügen gereicht wurden. Dazwischen stand auf der Mitte des Hofes ein von einem riesigen Tuch mit weißblauen Rauten verhülltes großes Fahrzeug. Da die Abdeckplane nicht ganz zum Boden reichte, waren von der Seite die großen Reifen eines Lkws zu sehen.

»Weisen Sie sich aus!«, herrschte Peter Hirsch einen jungen Mann an, der eine Basecap aufhatte. »Sind Sie von hier oder von drüben?«

Hirsch und seine Männer trugen allesamt knielange, braune Lederhosen, weiße Trachtenhemden und darüber orange Warnwesten mit dem Aufdruck »Bürgerwehr Altkirching« am Rücken. Martin erkannte die vier, die den Lokalreporter schon am Vorabend auf dem Rathausplatz begleitet hatten, und außerdem sechs weitere Herren.

»Peter, lass ihn durch. Des is' der Sohn vom Laubinger«, sagte einer von ihnen.

Hirsch nickte und tätschelte dem jungen Mann, vor dem er sich aufgebaut hatte, die Kappe.

»Also kein Islamist! Glück gehabt. Einlass genehmigt.«

Eine Gruppe Männer und Frauen in Tracht kam auf die Absperrung zu und wurde von Hirsch einfach durchgewinkt.

»Gut, dass ihr aufpasst's!«, rief eine der Frauen Hirschs Truppe zu.

Der Anführer hob die Hand zum Gruß und nahm wieder das Megafon zur Hand.

»Die Bürgerwehr Altkirching garantiert ein sicheres Sonnwendfeuer! Wir erledigen, was Polizei und Politik versäumen!«, rief er und zeigte auf zwei Polizisten, die am Straßenrand ungerührt an ihrem grün-weißen BMW standen.

Was für ein Bild, dachte Martin. Eine Bürgerwehr marschiert in Tracht und Warnwesten auf, der Anführer in Zehenschuhen führt nach Belieben Personenkontrollen durch – und die Polizei schaut zu. Wo blieb eigentlich Fotograf Frank Nietner? Dieses Motiv musste doch geknipst werden! Aus Sorge, dass Hirsch ihn entdeckte und ihm erneut ein Ohr abquatschte, ging Martin ein paar Schritte zurück und wählte Nietners Nummer. Vergebens – der Teilnehmer war immer noch nicht erreichbar. Ob er ihn jemals treffen würde?

»Was ist hier los?«, sagte Sofia und stieß Martin leicht zwischen die Schulterblätter.

Er fuhr überrascht herum. Eigentlich waren sie erst fünfzehn Minuten später verabredet.

»Sofia! Schön, dass du schon da bist! Du musst dir das hier angucken, es ist unfassbar«, sprudelte es aus ihm heraus und er grinste sie über beide Ohren an.

Sofia lächelte ebenfalls erfreut und zugleich etwas irritiert unter der Kapuze ihres gelben Friesennerzes heraus. Martin errötete und fragte sich, wann er sich zuletzt zu einer so direkten zwischenmenschlichen Regung hatte hinreißen lassen. Jedenfalls bestimmt nicht mehr, seit er sein Volontariat begonnen hatte.

»Ja, und was ist denn jetzt hier los?«, fragte Sofia.

Martin deutete auf die beiden Polizisten, die immer noch an ihrem Auto herumlungerten.

»Das da am Straßenrand ist die Polizei.«

Langsam ließ er den augesstreckten Arm wandern, bis sein Zeigefinger genau auf Peter Hirsch wies.

»Und das ist die Bürgerwehr Kirching, sie sorgt für Ordnung an der Straßensperre.«

Sofia nahm ihre Kapuze ab und guckte verdutzt.

»Der irre Lokalreporter mit seiner Hobbytruppe. Wie gestern am Rathaus.«

»Freund und Helfer«, bestätigte Martin. »Die führen Personenkontrollen durch. Damit kein Islamist das Volksfest sprengt.«

»Und hier«, sagte Sofia, streckte selbst den Arm aus und zeigte Richtung Straße, »kommt der Bürgermeister!«

Tatsächlich kam Bürgermeister Maximilian Pröstler in Begleitung einer Frau, die seine Ehepartnerin sein musste, auf die Absperrung zu. Er trug Jeans, ein kariertes Hemd und darüber offen eine Filzjacke. Als Pröstler die Warnwesten der Bürgerwehr erblickte, beschleunigte er seinen Gang auf Peter Hirsch zu, der gerade wieder das Megafon heben wollte. Der Bürgermeister bedeutete seiner Frau, sie solle ohne ihn vorgehen, machte auf den letzten Metern einen sportlichen Satz und drückte Hirsch das Megafon entschlossen wieder runter.

Sofia und Martin mussten sich nicht darüber verständigen, dass sie sich dieses heikle Aufeinandertreffen aus nächster Nähe ansehen wollten, und stellten sich zügig direkt neben der Szene auf.

»Was in Gottes Namen machen Sie hier?«, fuhr Pröstler den Anführer der Bürgerwehr an.

»Ahhhh, der Herr Bürgermeister«, sagte Hirsch laut und vergnügt. »Diese Männer und ich schützen das Fest.«

Die anderen Warnwestenträger bauten sich im Halbkreis hinter Hirsch auf. Der Bürgermeister holte gerade Luft, um etwas zu erwidern, da fuhr Hirsch fort. Sein Ton wurde mit einem Male aggressiv und schrill.

»Wir verteidigen unsere Leute vor der Terrorbrut aus Neukirching, die Sie mit Ihrer Politik heranzüchten!«, rief er und sah sich um.

»So ist es!« und »Scheiß Islamisten!«, riefen seine Mitstreiter.

Still zog sich der junge Bürgermeister seinen Janker aus und legte ihn über die Schulter, während er diejenigen, die reingerufen hatten, nacheinander nickend fixierte.

»Die Bürgerwehr Altkirching steht vor mir, soso!«, sagte Pröstler ruhig und lächelte. »Sie sorgen für Sicherheit hier, ja?«

»So ist es«, erwiderte Hirsch feierlich und wippte auf den Zehen.

»Wissen Sie, was Sie sind, Hirsch?«

Pröstler kam ihm ganz nahe.

»Ein gescheiterter Lokaljournalist und ein paranoider Grattler. Mehr nicht.«

Der Bürgermeister blickte wieder in die Runde.

»Sie alle ziehen sofort die albernen Westen aus und schleichen sich!«, sagte er. »Terror aus Neukirching? Das glauben Sie? Wann waren Sie denn zuletzt drüben?«

Zwei Männer der Bürgerwehr begannen, umständlich ihre Westen über ihre Köpfe zu ziehen. Pröstler schob sich zwischen ihnen hindurch und setzte seinen Weg zur Festwiese fort, Peter Hirsch führte erneut das Megafon zum Mund.

»Wer steuert Sie, Pröstler, welche Lobby bezahlt Sie für Ihren Verrat?«, schrie er. »Wir bleiben hier! Wir schützen das Volksfest!«

Die beiden verunsicherten Mitglieder der Bürgerwehr zogen ihre Warnwesten von den Köpfen wieder herunter auf ihre Oberkörper, als ob ihre Zweifel plötzlich wieder dem festen Glauben an die Sache gewichen wären.

»Pröstler! Warum sind Sie eigentlich in der CSU, wenn Sie Multikultiterror wollen?«, tobte Hirsch weiter. »Wir wollen keinen 11. September in Kirching!«

Der Bürgermeister drehte sich wieder zu Hirsch um und starrte ihn an.

»Bekommen Sie von al-Qaida Geld für die geheimen Moscheen in Neukirching, Herr Bürgermeister?«, provozierte der Anführer, seine Mitläufer feixten.

Ein paar Dutzend Festbesucher schauten sich die Auseinandersetzung inzwischen an. Pröstler winkte ab und schlug in aller Ruhe den Weg zum Streifenwagen am Straßenrand ein. Sofia folgte ihm sofort, Martin blieb ein paar Schritte hinter ihr. Er war immer noch nicht besonders versessen darauf, von der Polizei als wichtiger Zeuge im Fall Moretti erkannt zu werden.

»Sie sehen, was diese selbst ernannten Hilfssheriffs da machen und unternehmen nichts?«, sprach Pröstler die beiden Beamten an, die die ganze Zeit über teilnahmslos an ihrem Wagen gelehnt hatten.

»Was sollen wir da groß machen?«, fragte einer.

»Sie sollen einschreiten«, sagte Pröstler so überfreundlich, dass man unmissverständlich heraushörte, wie verärgert er war.

»Sehen Sie, Herr Bürgermeister«, sagte der Polizist. »Wir kommen doch aus dem Nachbarort, genau genommen sind wir nicht mal richtig zuständig.«

»Solange es friedlich bleibt, lassen wir das laufen«, pflichtete ihm sein Kollege bei.

Pröstler blickte sie fragend und ratlos an. Auch Martin musterte die Beamten. Die moosgrün-beigen Uniformen, die sie trugen, waren schöner als die blauen, dachte er. In Berlin hatten sie vor gut zwei Jahren, als er sein Volontariat angetreten war, auf blau umgestellt. Hoffentlich blieben sie wenigstens in Bayern grün. Das passte auch besser zu der gemütlichen Herangehensweise, deren Zeuge er gerade wurde. Während Martin in Gedanken abdriftete, schaltete sich Sofia ins Gespräch ein.

»Entschuldigen Sie, dass ich mich einmische. Sofia Costa vom *Spiegel*«, sagte sie und präsentierte ihren Presseausweis.

»Verstehe ich das richtig, dass Sie als Polizei kein Problem damit haben, wenn ein paar Meter weiter eine Bürgerwehr Personenkontrollen durchführt?«

Die Polizisten blickten sie verblüfft an.

»Moment«, sagte einer und setzte sich in den Einsatzwagen.

»Wir geben Ihnen gleich Auskunft«, sagte der andere und gesellte sich ebenfalls hinter die Frontscheibe.

»Grüß Gott«, sagte Pröstler und nickte Sofia und Martin zu.

Die Polizisten im Wagen hatten die Köpfe zusammengesteckt und zwischen sich das Funkgerät.

»Ich hab mir immer mediale Aufmerksamkeit gewünscht für meine Gemeinde«, sagte Pröstler. »Hier im Schatten von München ist das nicht so einfach.«

Mit einer Mischung aus Resignation und Verbitterung sah er Sofia an.

»Sie sind wegen der Toten da, oder?«

»Wir suchen nach Klara Moretti«, sagte Sofia bestimmt.

Als Sofia »wir« sagte, musste Martin grinsen. Die Miene des Bürgermeisters wurde hingegen finster.

»Die suchen Ihre Kollegen von der *Abendzeitung* auch. Und die vom *Merkur*. Warum lassen Sie die Frau nicht in Frieden?«

Die beiden Beamten stiegen aus dem Auto.

»Wir werden die Herren mit den Warnwesten bitten, die Personenkontrollen einzustellen, Herr Bürgermeister«, sagte der eine.

»Einen Platzverweis hält die Zentrale allerdings für überzogen«, ergänzte der andere. »Solange es friedlich bleibt.«

Beide holten ihre schwarzen Polizei-Lederjacken von den Autositzen, zogen sie über die beigen Hemden, stemmten die Arme in die Hüften und machten sich auf den Weg zu Peter Hirsch und seinen Männern.

»Sie bleiben bitte hier«, sagte der eine, als Martin, Sofia und Pröstler folgen wollten.

»Razzien in Neukirching, Razzien in Neukirching!«, skandierte die Bürgerwehr, bis Peter Hirsch von einem der Beamten auf die Schulter getippt wurde. Er wies seine Truppe an, Ruhe zu geben. Martin beobachtete, wie die Polizisten ihr Anliegen vortrugen und dabei mehrfach auf den Bürgermeister zeigten. Hirsch gestikulierte bei seiner Antwort wild und ging ausladende Schritte auf und ab.

»Der nächste Anschlag könnte heute passieren!«, hörte Martin ihn ausrufen.

Die Polizisten schienen bemüht, Hirsch zu beruhigen und einen Kompromiss zu finden. Vorgestern am Dorfweiher hatte das noch anders ausgesehen, dachte Martin. Da hatten die Beamten Hirsch recht ruppig hinter die Absperrung geschafft. Aber da war er auch noch als Lokaljournalist aufgetreten und nicht als Kommandeur einer Schutzeinheit.

»Männer, vorerst keine Personenkontrollen mehr«, rief Hirsch in sein Megafon und drehte sich Pröstler zu. »Wir patrouillieren friedlich über die Festwiese, Abmarsch!«

Die Westenmänner verschwanden hinter die Absperrgitter auf die Festwiese, die beiden Beamten schlichen zu ihrem Wagen zurück.

»Erledigt«, sagte der eine im Vorbeigehen zum Bürgermeister.

»Ich glaub, ich spinne«, seufzte Pröstler, kratzte sich am Kopf und ging ohne ein weiteres Wort an Sofia und Martin vorbei auf den Hof der Freiwilligen Feuerwehr.

»Und wir?«, fragte Martin und legte eine besondere Betonung auf das »wir«.

»Na, wir mischen uns unauffällig unter die Festgesellschaft«, sagte Sofia und lachte. »Und unauffällig ist man hier nur mit einem Bierkrug in der Hand!«

Festwiese und Feuerwehrhof waren inzwischen gut gefüllt, die Menschen wuselten mit Maßbierkrügen und Bratwurstsemmeln hin und her. Mitten auf dem abgesperrten Straßenabschnitt dazwischen stand ein Traktoranhänger, auf dessen Ladefläche eine Blasmusikkapelle saß und zum Auftakt den Bayerischen Defiliermarsch blies. Die Bürgerwehr Altkirching hatte sich aufgeteilt, hie und da sah man leuchtend orange Westen im angeregten Gespräch mit anderen Festbesuchern, als ob sie Spenden für einen Tierschutzverein sammelten. Wo konnte eine Bürgerwehr auch besser rekrutieren als auf einem Volksfest wie diesem, dachte Martin. Sofia lief vor auf den Hof der Feuerwehr und dort zielstrebig zum Ausschank. Sie drückte Martin ohne nachzufragen einen Maßkrug mit Radler in die Hand und nahm sich selbst auch einen.

»Wir fallen ohne Tracht eh schon genug auf«, sagte sie. »Und dank der Limonade behält man einen halbwegs klaren Kopf.«

Mitten auf dem Platz, neben dem verhüllten riesigen Fahrzeug, erblickten sie Fredl Huber, der sich zu freuen schien, als sie sich zu ihm stellten. Er begrüßte beide herzlich und wirkte im Gegensatz zu den bisherigen Begegnungen gelöst und frei von jeder Nervosität.

»Das ist mein liebster Tag im Jahr«, erklärte er. »Alle kommen, wir von der Feuerwehr organisieren alles, passen auf und die Leute danken es uns.«

Als Sofia ihm zuprostete, zog er wieder seine große Plastikflasche Apfelsaft aus der Uniform und hob sie in die Luft.

»Ich bleib nüchtern! Wir entzünden gleich das große Feuer, da braucht es kühle Köpfe.«

Martin wunderte sich. Auf einem bayerischen Volksfest hätte er erwartet, dass die Feuerwehrleute die Betrunkensten von allen waren. Aber vielleicht war das ein überholtes Klischee.

Sofia sprach Huber auf das verhüllte Monstrum an, in dessen Schatten sie standen. Der Feuerwehrmann grinste breit.

»Es ist ein offenes Geheimnis«, sagte er feierlich. »Das ist unser neuer Spritzenwagen! Also ein Tanklöschfahrzeug.«

Huber hob die weiß-blaue Abdeckplane ein Stück an und zeigte drunter.

»Ein Spitzengefährt! Über 4000 Liter Wasser fasst der. Und 500 Liter Schaum. Wie von Christo verhüllt, gell?«

Er lachte und zwinkerte Sofia zu.

»Aber pssst! Der Bürgermeister präsentiert es gleich offiziell bei seiner Ansprache. Vorn bei der Blaskapelle. Und danach zünden wir das Feuer an!«

Gut gelaunt verstaute Huber die Apfelschorle in seiner Jacke und verabschiedete sich.

»Ich glaub, ab heute geht's wieder bergauf. Keine Toten mehr, sondern ein schönes Fest. Darüber können Sie doch auch mal schreiben in Ihrer Zeitung.«

Für seine Zeitung! Fast hatte er vergessen, warum er nach Kirching gekommen war, dachte Martin und nippte an seinem Radler. Offiziell schrieb er an einer Reportage über die mysteriösen Todesumstände des international gefeierten Künstlers Lukas Moretti. Michels erwartete noch heute Bericht und handfeste Ergebnisse. Im Prinzip war er schon gefeuert. Was sollte sich heute noch groß ergeben? Martin zog sein Handy aus der Tasche und sah, dass er in den letzten Minuten einen Anruf von Frank Nietner verpasst hatte. War der Fotograf etwa tatsächlich endlich eingetroffen und auf der Suche nach ihm? Martin entschuldigte sich für einen Moment bei Sofia, ging auf die andere Seite des Tanklöschfahrzeugs und drückte die Rückruftaste. Nietner nahm sofort ab, in der Leitung rauschte es sehr laut.

»Kreutzer, ahhhh, endlich«, stöhnte Nietner in den Hörer.

»Wo sind Sie?«, fragte Martin. »Ich komme gleich zur Blaskapelle, da spricht der Bürgermeister.«

»Blaskapelle? Was? Welcher Bürgermeister?«, rief Nietner. »Hören Sie, Kreutzer, ich musste einen Umweg nehmen!«

Es raschelte und klackerte laut in der Leitung.

»Kreutzer, halten Sie die Stellung. Ich fahre jetzt per Anhalter …«

Plötzlich hörte Martin eine Computerstimme vom Band.

»Bitte bleiben Sie in der Leitung.«

Nachdem die Ansage dreimal wiederholt worden war, knackte es und Nietner war wieder dran.

»Ich kann frühestens morgen Mittag da sein, Kreutzer. Oder mit etwas Glück heute Abend um elf.«

Nietner legte auf.

Als Martin um den verhüllten Einsatzwagen herum zurück zu Sofia ging, fragte er sich, ob der angebliche Fotograf Nietner nicht vielleicht eine Art Streich war, den Oliver Michels ihm spielte. Hatten ihn der Chefredakteur und seine Stellvertreterin Hellwig vielleicht von Anfang durchschaut und ihn nicht als Reporter nach München geschickt, sondern als einen, den man loswerden und noch ein bisschen hinhalten wollte? Hellwig hatte ihm beim letzten Kontakt schon gesagt, dass sie ihm das Ganze nicht zutraute. Womöglich hatte Michels auch nie an ihn geglaubt – und die beiden verarschten ihn schon die ganze Zeit. Wahrscheinlich hatte die Konferenzrunde in den letzten Tagen schon herzhaft über ihn gelacht, wenn Michels im Kokainrausch die Geschichte vom dummdreisten Volontär in Bayern zum Besten gab. Martin nahm einen großen Schluck, dann war sein Maßkrug leer. Er würde es ihnen schon zeigen in ihrem Berliner Newsroom, dachte Martin. Wenn er diese Reportage fertig hätte, konnten sie froh sein, wenn er nicht dem Ruf eines anderen großen Mediums folgte. Diese Story würde ihm sicher zahlreiche Preise und Jobangebote bescheren. Und dann müsste Michels die Geldbörse aber ganz weit aufmachen, um ihn zu halten.

»Komm, es geht los!«, sagte Sofia freudig.

Sie hatte inzwischen zwei neue, randvolle Maßkrüge besorgt. Martin nippte und stellte fest, dass es diesmal kein Radler, sondern pures Bier war.

»Diese Radlerplörre ist viel zu süß«, beantwortete Sofia seinen fragenden Blick.

Maximilian Pröstler, der junge Bürgermeister, kletterte flink hinauf zur Blaskapelle. Statt am hinteren Ende des Traktoren-Anhängers die kleine Holztreppe zu nehmen, setzte er einen Fuß auf einen Reifen, schoss sportlich hoch ans Geländer, zog sich mit beiden Armen ruckartig nach oben, warf ein Bein über die Metallstange und kam nach einer halben Drehung inmitten der Blechbläser zum Stehen. Die Musiker stoppten ihr Spiel, nahmen anerkennend die Filzhüte ab und regten einen Applaus an, der sich unten auf der Straße und am Rand der Festwiese fortsetzte, wo sich eine Menschentraube aus Dutzenden Trachtenträgern gebildet hatte. Martin erkannte Monika Keiler, die im Dirndl ganz vorne direkt vor dem Anhänger stand. Noch einmal spielte die Kapelle einen kurzen Tusch und wie auf Kommando wurde Pröstler aus der Menge eine Maß Bier auf sein Podest gereicht.

»Grüß Gott, lieber Kirchinger, liebe Zugereiste von nah und fern«, rief Pröstler der Menge gut gelaunt entgegen. »Als Bürgermeister möchte ich ein paar Worte an Sie richten, aber keine Angst! Ich werde mich kurzfassen, auch wenn wir den längsten Tag des Jahres feiern.«

Die Menge belohnte den kleinen Spaß des Bürgermeisters mit kurzem Auflachen. Pröstler deutete auf den riesigen Holzhaufen.

»Unsere Männer von der Freiwilligen Feuerwehr treffen letzte Vorkehrungen und werden das Sonnwendfeuer in wenigen Minuten entzünden. Ich bitte um einen kräftigen Applaus.«

Die Festgesellschaft gehorchte, applaudierte und pfiff anerkennend, sogar einzelne »Jawohl!«-Rufe waren zu vernehmen. Am Holzstapel winkte Fredl Huber von einer Leiter, gleichzeitig schüttete er aus einem Kanister Brandbeschleuniger über den Scheiterhaufen.

»Wie viele von Ihnen sicherlich wissen«, setzte Pröstler seine Rede fort, »steht unserer Freiwilligen Feuerwehr ein runder Geburtstag ins Haus. Im nächsten Jahr wird sie stolze hundert Jahre alt.«

Wieder brandete Applaus und Gejohle auf.

»Und weil wir es nicht mehr abwarten können und unser Etat es schon in diesem Jahr hergab, habe ich heute die besondere Ehre, ein großes Geschenk zu überreichen.«

Der Bürgermeister stieg zwischen den Musikern auf eine Kiste, drehte sich zum Feuerwehrhof hin und wies mit beiden Armen feierlich auf das verhüllte Großfahrzeug.

»Auf mein Kommando wird enthüllt: Der neue Spritzenwagen der Freiwilligen Feuerwehr Kirching. Ein Tanklöschfahrzeug der Klasse 4000 mit allen Extras! Bar bezahlt bei der Firma MAN.«

Pröstler schrie jetzt in einem begeisternden, mitreißenden Ton.

»Drei, zwei, eins – Enthüllung!«

Die Plane wurde vom roten, glänzend aufpolierten Feuerwehrwagen gezogen und in der Menge gab es kein Halten mehr. Freudige Ausrufe und Juchzer, euphorisches Kindergeschrei, heftiger Applaus und irgendwo von der Festwiese sogar ein kurzer Jodler. Es dauerte eine ganze Weile, bis sich Pröstler wieder Gehör verschaffen konnte.

»Statt Wasser marsch, sage ich jetzt aber: Feuer frei!«, rief er.

Auf der Festwiese legte Fredl Huber die Leiter mit zwei

Kollegen neben den Holzhaufen. Nach einem Kontrollgang darum herum, bei dem er einige Besucher anwies, noch ein paar Schritte zurückzuweichen, hielt er seine Hand mit erhobenem Daumen nach oben. Drei weitere Feuerwehrmänner kamen mit brennenden Fackeln zwischen den Bierbänken hindurch zum Holzstapel und steckten diesen ohne große Umstände an drei Stellen parallel an. Durch den Brandbeschleuniger jagten die Flammen sofort den Haufen hinauf und schlugen oben mit einem hörbaren »Flupp!« mehrere Meter hoch in den bedeckten Himmel. Durch die Menge auf der Festwiese ging ein »Ahhh!«, ein paar Kinder riefen »Juhuuu!«, und die Blasmusik setzte mit einem gemütlichen Walzer ein. Die Leute wandten sich gerade ab und waren dabei, Plätze auf den Bierbänken einzunehmen, da rief Pröstler »Stopp, stopp, stopp!« vom Anhänger runter. Die Blasmusik hörte abrupt wieder auf und die Festbesucher drehten sich etwas überrascht erneut ihrem Bürgermeister zu.

»Zwei Dinge möchte ich noch sagen«, erhob er die Stimme. »Erstens danke ich unserem Burschenverein für die Organisation der Sonnwendfeier.«

Ein pflichtbewusster, verhaltener Applaus ertönte. Die Enthüllung des Spritzenwagens schien vorerst die Stimmungsklimax gewesen zu sein.

»Zweitens bin ich sehr stolz, dass wir trotz der schrecklichen Ereignisse der letzten Tage heute friedlich miteinander feiern.«

Pröstler machte eine Pause und ließ den Blick schweifen, die Leute schwiegen.

»Und lassen Sie mich zuletzt noch deutlich sagen: Wir

haben in Kirching einen Sportklub, wir haben eine Feuerwehr, wir haben Trachten- und Burschenverein. Wir haben eine intakte, moderne und gleichzeitig traditionelle Gemeinde. Was wir sicher nicht brauchen, ist eine selbst ernannte Bürgerwehr!«

Pröstler blickte erwartungsvoll in die Menge, doch weder applaudierte irgendjemand, noch wurde Zustimmung bekundet. Kurz herrschte Stille, dann schrie von einem Tisch am Rand der Festwiese, von dem man mehrere orange Westen leuchten sah, jemand heiser: »Halt's Maul, Verräter!«

Bei einem direkt folgenden zweiten Ruf aus der gleichen Ecke erkannte Martin Peter Hirschs Stimme.

»Ja, halt's Maul, du Islamistenfreund!«

Martin bildete sich ein, ein Raunen über der Wiese zu vernehmen, obwohl für einen Moment, in dem der Bürgermeister hilflos um sich blickte, fast absolute Stille herrschte und nur das Knacken des Feuers zu hören war. Neben Pröstler erhob sich der Kapellmeister und schwang wie zur Rettung den Taktstock. Die Blasmusik setzte mit dem Volkslied »Ein Prosit der Gemütlichkeit« ein, und wie erleichtert erhoben die Festbesucher ihre Krüge, wandten sich vom Bürgermeister ab, und nach wenigen Sekunden wirkte es auf Martin, als hätte die Szene nie stattgefunden. So sah also ein kollektives Vergessen aus, dachte er und beobachtete, wie der Dirigent beschwichtigend auf Maximilian Pröstler einredete und ihn über die Treppe vom Anhänger hinabführte.

Erst mit Einsetzen der Dämmerung war richtig zu erkennen, wie lichterloh der Holzstapel in der Mitte der Festwiese brannte und glühte. An den vordersten Tischen rund um das Feuer spürte man eine irre Hitze, die man nur aushielt, wenn man das Gesicht wegdrehte und regelmäßig kühle Schlucke nahm. Alle Bierbänke waren jetzt besetzt, auf dem Feuerwehrhof flitzten Kinderbanden um den neuen Spritzenwagen, und am Rand der Wiese standen Jugendliche in Grüppchen und tranken hochprozentige Mischgetränke. Dabei blickten sie nervös um sich, wahrscheinlich weil die Eltern der meisten ebenfalls unter den Besuchern des Sonnwendfeuers waren. Die Kapelle blies seit Stunden ohne Pause abwechselnd Walzer, Märsche und jede Viertelstunde das Prosit der Gemütlichkeit, was dafür sorgte, dass Männer in Lederhosen und Frauen in Dirndln wie fleißige Ameisen mit leeren Krügen über die Straße auf den Hof und mit vollen wieder zurück auf ihre Plätze strömten.

Sofia und Martin hatten sich aufgeteilt, nachdem sie zuerst beide Fredl Hubers Einladung an den Tisch der Freiwilligen Feuerwehr gefolgt waren, wo abwechselnd die Einsatzkräfte Platz nahmen, die gerade nicht den kontrollierten Großbrand in der Mitte der Wiese absicherten. Das Gespräch der Männer drehte sich stundenlang um die technischen Details ihres neuen Gefährts, was Sofia nach kurzer Zeit veranlasst hatte, aufzustehen, um sich an den anderen Tischen nach Klara Moretti umzuhören. Martin hatte zwar auch kein großes Interesse am Tanklöschfahrzeug der Viertausender-Klasse, war aber vom Bier schon so sediert, dass er Sofias Aufforderung, sie zu begleiten, ausschlug und sitzen blieb, um sich etwas zu erholen. Als einer der Feuerwehrmänner sich angeboten hatte, eine Runde Getränke zu holen, hatte Martin ihn um eine Cola gebeten, fünf Minuten später unter dem Gelächter der Tischrunde allerdings eine volle Maß Bier vorgesetzt bekommen. Um nicht noch tiefer in die Bredouille zu rutschen, hatte er über die nächsten zwei Stunden kleinstmögliche Schlucke genippt, anderthalb große Brezeln vertilgt und durch regelmäßiges Nicken Interesse an der technischen Ausstattung der Kirchinger Feuerwehr geheuchelt. Dabei hatte er Sofia an den umliegenden Tischen dabei beobachtet, wie sie die Menschen ansprach, sich dazugesellte, Fragen stellte und sich nach relativ kurzer Zeit wieder verabschiedete. Nach Martins Eindruck blieb ihre Recherche weiterhin erfolglos.

Erst gegen zehn Uhr, als es schon dunkel geworden war, hatte sich Martin von seinem Platz erhoben, um pinkeln zu gehen. Er war einmal um das Feuer herumgelaufen, weil er irgendwo am Rand der Wiese Toilettenhäuschen vermutete, die er dort jedoch nicht vorfand. Stattdessen hatte ihn Peter Hirsch entdeckt, der mit seinen Männern nicht mehr patrouillierte, sondern sich an zwei Tischen in einer Ecke der Festwiese niedergelassen hatte.

»Junger Kollege!«, hatte ihn Hirsch mit betrunkener Stimme gerufen. »Kommen Sie zu uns! Diese tapferen Männer hier müssen Sie kennenlernen!«

Auf keinen Fall wollte er sich zur Bürgerwehr gesellen, hatte Martin gedacht, Hirsch aber versprochen, dass er nach seinem Ausflug auf die Toilette selbstverständlich vorbeikäme. Er hatte sich die Lage der Plätze der Bürgerwehr gut eingeprägt und sich geschworen, diesen Teil der Festwiese für den Rest des Abends zu meiden. Dank der orange leuchtenden Warnwesten von Hirschs Truppe sollte das trotz seines Schwipses kein größeres Problem darstellen, hatte er gedacht. Danach war er zügig auf den Feuerwehrhof gelaufen und hatte dort einen Container entdeckt, in dem Pissoirs untergebracht waren. Zwei Männer in Lederhosen, die links und rechts von ihm urinierten, waren im lallenden Gespräch zum Ergebnis gekommen, dass es der Bürgermeister mit der scharfen Ablehnung einer Bürgerwehr doch etwas übertrieb.

»Wenigstens macht mal jemand was, statt immer nur zu reden«, zog einer der Pinkler das Fazit, während Martin vergeblich versuchte, die Spülung zu betätigen.

Martin trat vor den Container und nestelte umständlich am Hosenschlitz seiner Jeans herum. Es wollte ihm nicht gelingen, den Reißverschluss vollständig nach oben zu ziehen. Immer wieder blieb er auf halbem Weg hängen. Martin zog ihn zigmal runter und ruckartig nach oben. Beim gewiss zwanzigsten Versuch huschten plötzlich zwei Gestalten eng an ihm vorbei, eine rempelte ihn sogar an der Schulter an. Fast kam er aus dem Gleichgewicht. Er ließ vom Hosenstall ab und balancierte sich mit den Armen aus.

»Vorsicht!«, rief er und suchte mit dem Blick nach den Übeltätern.

Er sah doppelt. Es dauerte einen Moment, bis sich die beiden Bilder wieder zu einem vereinten. Trotzdem sah er wenige Meter vor sich zwei Silhouetten. Schmale Körper in dunkler Kleidung mit breiten Schulterpolstern und Hinterköpfe mit kurz rasierten, blondierten Haaren. Maike und Paul, dachte Martin, das waren sie ganz sicher. Sie trugen je einen Stoß Papier unter den Arm geklemmt.

»Wartet!«, rief er, doch die beiden entfernten sich zügig im Trubel zwischen den Verkaufshäuschen.

Martin stürzte hinterher. Es fiel im schwer, die anderen Festbesucher in seinem Lauf nicht anzurempeln, doch er konnte langsam aufschließen.

»Maike! Paul!«, rief Martin, als er sie fast erreicht hatte, doch die beiden drehten sich nicht um und wurden schneller.

Sie durften ihm nicht entwischen, dachte Martin und setzte zum Sprint an. Gerade wollte er der rechten Gestalt auf die Schulter tippen, da durchzuckte ein dumpfer Schmerz seinen rechten Fuß. Der leere Maßkrug, gegen den er im vollen Lauf getreten hatte, zersprang nicht, sondern klirrte ein paar Meter laut über den gepflasterten Boden, während Martin vornüberfiel. Im Stürzen sah er die beiden, die er für Maike und Paul hielt, wegrennen. Gerade noch konnte er sich mit den Unterarmen abfangen, sodass er nicht direkt mit dem Gesicht aufs Pflaster schlug. Ein paar Umstehende drehten sich nach ihm um und lachten.

»Besoffener Depp!«, sagte einer abschätzig.

Martin richtete sich wieder auf, versuchte den Schmerz im Fuß und an den aufgeschürften Ellbogen zu ignorieren. Sein Blick suchte hektisch nach den beiden Silhouetten, die er verfolgt hatte. Sie waren entkommen.

»O mei, Herr Kreutzer«, sagte jemand ganz in der Nähe. »Ja, was … was war jetzat des, Martin?«

Das war jedenfalls kein authentisches Bayerisch, dachte Martin.

Die Stimme kam aus einem kleinen Büdchen, in dem nur eine ältere Frau im Trachtenkleid stand und einem Herren Wechselgeld reichte. Martin starrte sie an.

»Zum Glück … bist du geblieben, gell?«

Es war nicht die Kassiererin, die aus dem Holzbüdchen zu ihm sprach. Sie bewegte ihren Mund nicht. Martin näherte sich dem Verkaufstresen, und plötzlich trat Fanny wie aus einem Versteck hinter der Verkäuferin zur Seite und lächelte Martin an.

»Ja, da schau einmal her … was es hier Gutes gibt«, sprach Fanny wieder mit ihrer seltsamen Art, fast alle Worte falsch zu betonen.

Martin versteinerte. Die Kassiererin hingegen schien von Fanny keine Notiz zu nehmen und sortierte ein paar Münzen ein.

»Komm mit, Herr Kreutzer, da drüben gibt's was zum Essen!«

Fanny verließ die kleine Holzhütte durch eine Tür an der Seite und blieb unter einem weißen Pavillon stehen, der direkt an den Stand anschloss. Zwischen ihr und Martin stand nun ein breiter Grill. Ein hoher Rand aus Eisen versperrte Martin den Blick auf das, was auf dem Rost lag, aber er roch es und es wurde ihm sofort speiübel davon. Der Geruch war schwächer, als er es an der Fischzucht gewesen war, aber seine Wirkung auf Martin war umso stärker.

»Eine Spezialität direkt aus Kirching«, sagte Fanny und leckte sich über die Lippen.

Mit beiden Händen hob sie einen Stock in die Luft, auf den eine vollkommen verkohlte Forelle aufgespießt war.

»Stärk dich für die große Überraschung der Zwillinge, Martin! Es geht gleich los.«

Fanny blickte Martin aus großen runden Augen mit riesigen Pupillen eindringlich an.

»So ein Steckerlfisch schmeckt auch verbrannt noch gut, gell?«

Von einem Gefühl grenzenlosen Ekels übermannt, hielt sich Martin mit einer Hand die Nase zu und einen Unterarm so über die Augen, dass er nur noch den Boden sehen konnte. Er wollte sich vom Schrecken, der ihn heimsuchte, abschirmen. Beim Versuch, so schnell wie möglich herumzuwirbeln und loszurennen, schoss ihm wieder der Schmerz in den Fuß. Trotzdem humpelte er mitten über den Feuerwehrhof los, stieß links und rechts Menschen an und kam wie in einem Albtraum nicht halb so schnell voran, wie er wollte. Er prallte mit einem Mann zusammen, rollte sich ab und lief, ohne sich umzusehen, weiter.

»Demons and devils!«, hörte er den Gerammten hinter sich rufen.

Als er die abgesperrte Straße zwischen Feuerwehr und Festwiese erreicht hatte, brach Martin zusammen. Seine Beine weigerten sich weiterzumachen und er ging nieder auf Knie und Hände. Er würgte mehrfach, doch obwohl sich sein Magen schmerzhaft zusammenzog, konnte er sich nicht direkt übergeben. Erst beim siebten oder achten Mal schoss ihm ein heißer Schwall den Hals herauf und Martin kotzte heftig vor sich auf den Boden. Es blieb beim einmaligen Erbrechen, sein Magen war überraschend schnell wieder beruhigt. Martin spürte, wie ihm Rotz aus der Nase lief, Tränen aus den Augenwinkeln tropften und dass er noch Reste von Erbrochenem im Mund hatte. Er spuckte aus und strich sich, als das nichts half, mit den Fingern über die Zunge. Was er von ihr herunterstreifen konnte, fühlte sich wie ein kleines feuchtes Stück Papier an. Er hielt es vor die Augen und sah im schwachen Licht, das die Flammen von der Wiese auf die dunkle Straße warfen, einen schwarz glänzenden Schnipsel. Mit Entsetzen stellte Martin fest, dass die ganze Pfütze aus Erbrochenem vor ihm auf dem Asphalt aus rußschwarzen Blättchen und Schleim bestand. Er stöhnte auf, ließ sich auf die Seite fallen und kam auf dem Rücken zum Liegen.

Ein paar lange Sekunden starrte er in den bedeckten Himmel und es wurde ihm schrecklich kalt. Er roch seine geräucherte Kotze, hörte Blasmusik und das Stimmendurcheinander des Festes. Niemand nahm Notiz davon, dass er wie erschlagen auf der Straße lag.

»Nicht einschlafen, Martin«, sagte Fanny.

Sie kam langsam näher und setzte sich auf ihn.

»Es geht gleich wieder los, Maike und Paul probieren es noch mal mit der Formel.«

Martin spürte ihr Gewicht auf seinen Oberschenkeln.

»Das geht hier ewig so weiter im Vorort ... also ... wenn du ihnen nicht auf die Sprünge hilfst, gell?«

»Ich will nicht«, flüsterte Martin mit schwacher Stimme.

»Sie wollen auch nicht ... sie haben ja Angst vor dir, Martin.«

Fanny lächelte gequält.

»Dann schau's dir wenigstens mit mir an, bittschön!«, sagte sie, griff Martin in den Schritt und zog den halb offenen Reißverschluss ganz herunter.

»Als Journalist stehst du doch auf gute Storys, gell?«

»Nein, nein«, wimmerte Martin.

»Doch … doch«, kicherte Fanny. »Schau da drüben. Jetzt passiert's!«

Plötzlich blendeten vom Feuerwehrhof her zwei Lichter auf. Martin vernahm einige Ausrufe der Verwunderung aus der gleichen Richtung. Er blinzelte, und gerade als er begriffen hatte, dass es sich um die Scheinwerfer des neuen Feuerwehrfahrzeugs handeln musste, sprang der Dieselmotor an. Wieder Ausrufe vom Hof, jetzt waren es erschrockene. Der Motor jagte zweimal kurz die Drehzahl hoch, dann rastete mit einem lauten »Klack!« ein Gang ein.

»Nachher kannst du einen Augenzeugenbericht schreiben«, flüsterte Fanny Martin ins Ohr.

Das Tanklöschfahrzeug rollte langsam los, laute »Stopp!«-Rufe schallten über den Hof, Menschen sprangen ängstlich zur Seite. Wieder bellte der Motor auf, und das riesige Fahrzeug beschleunigte. Als Erstes rammte es einen Getränkestand, als wäre der eine Pappkulisse. Panisches Geschrei vom Hof erreichte jetzt die Wiese und brachte die Blasmusik zum Verstummen. Martin sah, wie eine Gruppe Festbesucher erfasst wurde und unter dem Reifen des roten Wagens verschwand. Fanny lachte und drückte Martins Handgelenke auf den Asphalt. Der rote Spritzenwagen wurde immer schneller, und erst als er durch das letzte Büdchen vor der Straße krachte, begriff Martin, dass der Lkw direkten Kurs auf ihn nahm. Gegen Fannys Widerstand riss er seine Arme in die Luft. Fanny purzelte von seinen Oberschenkeln zwischen seine Füße. Martin sah die Schweinwerfer auf sich zurasen und merkte, wie von hinten jemand seine Hände griff und ihn im letzten Moment aus der Bahn des riesigen Fahrzeugs zog. Zentimeter vor Martins Füßen schoss es vorbei und erfasste Fanny, die sich gerade aufrichten wollte, mit so irrer Gewalt, dass es wirkte, als hätte die Motorhaube sie einfach verschluckt.

»Martin!«, schrie Sofia, ließ seine Hände los und legte ihre Arme von hinten um seinen Oberkörper. Gemeinsam fielen sie zu Boden und sahen dem Tanklöschfahrzeug nach.

Es beschleunigte weiter auf die Festwiese, schoss knapp an der Blaskapelle vorbei, pflügte dann durch die Biertische und Bänke und zermalmte sie und die daran sitzenden Festbesucher erbarmungslos. Links und rechts der Fahrerkabine wurden Menschen vorbeikatapultiert, die das Glück hatten, nicht direkt unter das Fahrzeug zu geraten. Der Dieselmotor verursachte zusammen mit den zerberstenden Biergarnituren einen monströsen Krach und der Wagen raste immer weiter, bis er mit hohem Tempo frontal das große Feuer in der Mitte rammte. Es knallte gewaltig, Millionen Funken flogen in die Luft und Dutzende brennender Holzbalken wurden mit großer Wucht in vollbesetzte Tischgruppen geschleudert, wo sie unbeschreibliche Zerstörung anrichteten.

Markdurchdringende Schreie erklangen von überallher, ein riesiger Bereich im hinteren Teil der Wiese hatte Feuer gefangen. Einige Menschen liefen in Flammen hin und her und versuchten, sich selbst zu löschen, indem sie sich über die Wiese rollten. Wie gelähmt lag Martin neben Sofia auf der Wiese und starrte dorthin, wo bis vor wenigen Momenten das Sonnwendfeuer gebrannt hatte. Wie laute Schüsse platzten zwei Reifen des Tanklöschfahrzeugs, das in bedrohlicher Schieflage auf dem übrig gebliebenen Haufen glühenden Holzes zum Stehen gekommen war. Mit einem Mal entwickelte sich dichter, grauer Rauch. Von den brennenden Teilen der Wiese und vom Wrack des Wagens zogen dichte Schwaden über die Straße auf den Hof der Freiwilligen Feuerwehr. Martins Augen tränten, die Atemzüge schmerzten ihn. Der Dieselmotor des Feuerwehrwagens hatte aus der zerbeulten Motorhaube nach der Kollision mit dem glühenden Holzstapel zunächst noch weitergerattert, jetzt verstummte er. Dafür sprang oben über der Fahrerkabine das Blaulicht an und ließ die Rauchschwaden gespenstisch aufblinken.

Männer, Frauen und Kinder rannten in Panik an Martin und Sofia vorbei.

»Martin, wir müssen weg!«, schrie sie. »Der Rauch bringt uns um!«

»Du hast mir das Leben gerettet«, nuschelte Martin vor sich hin. »Du hast mir das Leben gerettet.«

»Was?«, schrie Sofia. »Wir müssen hier weg!«

Sie zog ihn hoch und mit sich. Humpelnd hielt sich Martin an einem Ärmel ihres gelben Friesennerzes fest, während sich Sofia zwischen unzähligen anderen Fliehenden durchkämpfte, die eng an eng und unter entsetzlichem Geschrei zwischen den Absperrgittern hindurchdrängten.

5. Kapitel

»Leg dich hin«, sagte Sofia und half Martin auf sein Bett.

Er blieb am Rand sitzen, legte die Ellbogen auf die Knie, die Hände an die Schläfen und starrte auf den Boden.

»Du hast mir das Leben gerettet«, sagte er.

Sofia setzte sich neben ihn. Sie hatte ihm vom tödlichen Chaos des Sonnwendfeuers die Starnberger Straße entlang zum Gasthof Keiler geholfen. Er hatte nicht mehr richtig laufen können mit seinem verletzten Fuß und wäre von der panischen Masse überrannt worden, hätte sie ihn nicht gestützt, abgeschirmt und auf sein Zimmer in Sicherheit gebracht.

»Das war ein Anschlag, das war Terror!«, sprudelte es aus Sofia heraus. »Warum in einem unbekannten Vorort wie Kirching? Das macht alles keinen Sinn, oder?«

Martin schwieg.

»Hast du das auch gesehen?«, fragte sie. »Da saß niemand in der Fahrerkabine!«

»Ich weiß nicht«, sagte Martin leise.

Von draußen drangen Sirenen nach oben ins Zimmer, Blaulicht blinkte an die Holzdecke über Martin und Sofia. Sie stand auf und schloss das gekippte Fenster.

»Ich muss da wieder hin, Martin«, sagte sie. »Ich muss so viel herausfinden wie möglich.«

Er schwieg.

»Kommst du zurecht? Ich muss dahin, solange ich noch funktioniere. Bevor ich das an mich ranlasse. Verstehst du?«

»Ich kann nicht mehr«, sagte Martin.

Sofia stellte sich vor ihn. Er wollte den Kopf heben und sie ansehen, aber brachte es nicht zustande.

»Hast du die Frau gesehen?«, stammelte er.

»Welche Frau?«

»Die direkt vor mir überfahren wurde«, sagte Martin leise. »Schwarze Haare, schwarze Kleidung …«

»Ich glaube nicht«, sagte Sofia. »Ich habe auf den Wagen geachtet und dich aus der Bahn gezogen.«

Wieder schwieg Martin und dachte an Fanny und ihre letzten Worte. Sie hatte ihm das Unheil angekündigt. Dass sich Maike und Paul wieder an einer Formel versuchen würden, hatte sie gesagt. Und dass es immer so weiterging, wenn er ihnen nicht half. Was hatte das zu bedeuten? Was um alles in der Welt hatte er mit Maike und Paul zu schaffen? Und was sollten die beiden mit der Amokfahrt eines tonnenschweren Feuerwehrfahrzeugs zu tun haben? Die Fragen bohrten Martin von innen durch die Stirn. Er beugte sich mit dem Kopf zwischen die Knie und keuchte. Verlor er den Verstand?

Sofia setzte sich wieder neben ihn und legte ihm die Hand auf den Rücken.

»Hast du jemanden, den du anrufen kannst?«

Als Erstes fielen Martin Linda Hellwig und Oliver Michels ein. Die würden sich garantiert melden, sobald sie in

Berlin von dem hörten, was in Kirching gerade geschehen war. Es konnte sich nur noch um Minuten handeln.

»Ich bin kein richtiger Journalist«, flüsterte Martin vor sich hin. »Ich ruf morgen in der Redaktion an und kündige.«

»Nein, das meine ich nicht«, sagte Sofia. »Du wirst doch Freunde haben und Familie. Jemanden zum Reden. Jemanden, der dir heute beistehen kann.«

Martin reagierte nicht. Er brauchte einen Moment, um zu begreifen, was Sofia vorschlug. So als hätte er es aus einer Sprache übersetzen müssen, die er nur mäßig beherrschte.

»Vielleicht kann jemand kommen und dich hier abholen«, schlug Sofia vor.

»Mich abholen?«, fragte Martin unsicher und rätselte, was sie wohl meinte.

»Was ist mit deinen Eltern?«, fragte Sofia. »Kannst du nicht ein paar Tage zu ihnen?«

Auf der Straße hupte sich ein Fahrzeug den Weg frei. Wahrscheinlich Polizei oder Krankenwagen, dachte Martin. Die Feuerwehr war ja schon vor Ort. Er rückte ein Stück von Sofia weg, ließ sich nach hinten aufs Bett kippen und starrte an die Decke.

»Entschuldige, du hast doch noch Eltern, oder?«, fragte Sofia etwas verunsichert.

»Ja«, sagte Martin leise.

Er dachte an sein Zuhause und daran, dass er schon lange nicht mehr an sein Zuhause gedacht hatte. Wie aus dem Nichts fiel ihm eine Situation ein, die zwanzig Jahre zurücklag und an die er sich noch nie zuvor erinnert hatte. Sein Vater hatte beim Frühstück statt des Croissants versehentlich seine Tageszeitung in den Kaffee getunkt. Den *Kölner Stadt-Anzeiger*, was hatten sie gelacht! Martin und seine große Schwester und sein kleiner Bruder.

»Martin, soll ich jemanden für dich anrufen?«, fragte Sofia.

Er schüttelte den Kopf. Tränen liefen ihm aus den Augenwinkeln, über die Schläfen fielen sie auf die Matratze. Seine Eltern und seine Geschwister, sie waren in Bergheim geblieben, im Rhein-Erft-Kreis im Westen von Köln. Dort waren sie noch immer – und er war weggegangen.

»Kann ich dich allein lassen?«, fragte Sofia. »Kommst du zurecht?«

Wieder schüttelte Martin den Kopf.

»Nein«, sagte er und begann leise zu weinen.

Eine Minute konnte er es noch unterdrücken, dann begann er laut zu schluchzen. Martin dachte daran, wie er Bergheim verlassen hatte für sein Studium in München. Wie er sich fünf Jahre später erfolgreich auf das Volontariat in Berlin beworben und wie durch ein Wunder eine Zusage bekommen hatte. Ihm fiel ein, dass seine Mutter sofort die Tageszeitung, bei der Martin angeheuert hatte, abonniert hatte. Und dass sein Vater bald darauf drei Abos auf seinen Installateursbetrieb laufen hatte, nur weil sein Sohn ab und zu ein paar Zeilen zusammenstümperte.

Sofia nahm Martins Hand.

»Ist schon gut«, sagte sie behutsam.

Martin heulte Rotz und Wasser.

»Ich kann nicht mehr«, japste er und dachte, dass er nichts und niemanden mehr hatte außer seinem Presseausweis.

Er erinnerte sich, wie stolz er gewesen war, etwas anderes zu machen. Etwas, das so interessant und weltbewegend war und im größten Redaktionsbüro der Hauptstadt stattfand. Etwas, das so weit weg war vom Handwerk seines Vaters und dem Pflegedienst seiner Mutter und dem Erzieherjob seines Bruders und dem Versicherungsbüro seiner Schwester. Etwas, von dem er bei seinen Besuchen in Bergheim endlos reden wollte. Stunde um Stunde, bis keine Zeit mehr war für das, was die anderen erzählen wollten. Aber das, was er von Oliver Michels' Kontakten in Regierungskreisen und Linda Hellwigs Beziehungen in die Hochkultur berichten konnte, schlug eben alles, was es in Bergheim zu berichten gab, um Längen.

Martin verfiel in einen so heftigen Heulkrampf, dass sein Oberkörper zu zucken begann. Dabei presste er sich die Handballen in die Augenhöhlen.

»Schhhh!«, machte Sofia beruhigend, doch es half nichts.

Wimmernd und schluchzend erinnerte sich Martin an einen Besuch in Bergheim, bei dem er beim Abendbrot aufgeregt erzählt hatte, dass in den Tagen zuvor der ehemalige US-Außenminister Colin Powell und die berühmte Opernsängerin Anna Netrebko seine Redaktion besucht hatten. Martin entsann sich, dass seine Schwester lediglich genervt gefragt hatte, ob Netrebko und Powell als Paar gekommen waren, und ihm sonst niemand in der Familie noch zugehört hatte. Danach waren seine Besuche seltener und der Kontakt spärlicher geworden, weil er bald nicht mehr gewusst hatte, worüber er mit einem Klempner, einer Pflegerin, einem Erzieher und einer Versicherungskauffrau reden sollte. Martin weinte, weil er sicher war, dass sie untereinander

ander, ganze ohne ihn, jede Menge Gesprächsstoff hatten, und weil er sich erinnerte, dass er kurz nach seiner Ankunft in Berlin die Telefonnummern aller seiner Schulfreunde aus dem Speicher seines Handys gelöscht hatte. Unter dem Eindruck der schillernden Medienwelt Berlins hatte er mit allem, was ihn noch mit dem Rhein-Erft-Kreis verband, abgeschlossen, weil er wohl der Ansicht gewesen war, diesen provinziellen Ballast nicht mehr zu benötigen. Und jetzt hatte er nichts mehr. Seine Familie wusste nicht einmal, dass er hier in Kirching inmitten dieses Wahnsinns steckte, dachte Martin und flennte, dass ihm der Schnodder aus der Nase floss.

»Martin, was ist denn los?«, fragte Sofia und legte ihm beide Hände auf den Brustkorb.

»Nichts, ich habe gar nichts mehr!«, rief Martin verzweifelt. »Ich bin ganz allein und ich werde verrückt.«

Er wollte Sofia erzählen, dass er das Interview mit Moretti gefälscht hatte und seitdem immer tiefer ins Verderben glitt; wollte ihr seine Furcht einflößenden Begegnungen mit Fanny schildern, doch er verkrampfte beim Versuch, nur ein Wort davon auszusprechen.

»Ich habe nichts«, wimmerte er stattdessen immer wieder.

»Was denkst du? Was macht dich so fertig?«, fragte Sofia.

»Die armen Menschen beim Sonnwendfeuer«, log und greinte Martin, denn er bedauerte an diesem Abend in seinem Zimmer nur sich selbst.

»Es ist schrecklich«, sagte Sofia und nickte langsam.

»All die toten Kinder, Frauen und Männer … die verbrannten und erschlagenen und überfahrenen Opfer!«, heulte Martin. »Wieso muss so etwas geschehen, warum muss ich so etwas mit ansehen?«

Sofia griff seine Unterarme und zog ihn hoch, dass er wieder auf der Bettkante saß.

»Warum musste ich nach Kirching kommen?«, winselte Martin.

Zugewandt klopfte Sofia ihm auf die Schulter.

»Fahr nach Hause, Martin. Ruh dich aus. In ein paar Tagen wird es dir besser gehen«, sagte sie und zog ein Taschentuch aus der Tasche ihres gelben Friesennerzes. »Glaubst du nicht?«

Martin schnäuzte sich und wurde ruhiger, sein Heulkrampf löste sich langsam.

»Doch, wahrscheinlich«, flüsterte er. »Danke … danke dir.«

Sofia stand auf und half Martin aufzustehen.

»Du packst jetzt deine Sachen und wir gehen zusammen runter«, schlug sie vor. »Und dann läufst du zum Bahnhof und nimmst die S-Bahn in die Stadt. Und ich geh zur Festwiese. Einverstanden?«

Sofia stand vor ihm und lächelte ihn Mut machend an.

»Danke«, sagte er noch einmal leise und versuchte, ebenfalls zu lächeln.

Martin beugte sich nach vorne, schob mit den Fingerspitzen einer Hand Sofias Locken vor ihrer Wange zur Seite, spitzte den Mund und schloss die Augen.

»Sag mal, hast du sie noch alle?«, rief sie entrüstet aus und trat schnell einen Schritt zurück. »Wie krank kann man sein?«

»Entschuldigung«, stammelte Martin.

»Wir waren gerade mittendrin, als Dutzende Leute getötet wurden, und du versuchst, mich nach deiner Heulerei zu küssen?«

Martin ließ sich wieder aufs Bett plumpsen und vergrub sein Gesicht in den Händen.

»Entschuldigung«, jammerte er. »Du hast mir das Leben gerettet.«

Sie war schon bei der Tür und drehte sich noch einmal um. Die Wut stand ihr ins Gesicht geschrieben.

»Das ist so erbärmlich, ey! So was Peinliches habe ich noch nie erlebt«, schimpfte Sofia. »Fahr am besten zu deinem Koks-Chef nach scheiß Berlin!«

Sie zog die Tür krachend zu und verschwand.

Martin vergrub sich in seinem Bett und suhlte sich in Scham, Ekel und Selbstmitleid. Den von zahllosen Polizei-, Kranken- und Übertragungswagen verursachten Krach auf der Starnberger Straße nahm er kaum wahr. Eine Stunde nachdem Sofia gegangen war, schlief er ein.

6. Kapitel

Am frühen Montagmorgen gegen halb fünf wurde Martin von lautem Gepolter auf dem Flur geweckt. Er schreckte hoch, und als es an der Klinke seiner abgesperrten Tür rüttelte, war sein erster panischer Gedanke, dass Fanny bei ihm einbrechen und wer weiß was mit ihm anstellen wollte. Einen Moment später erinnerte er sich, dass er wenige Stunden zuvor aus nächster Nähe gesehen hatte, wie sie frontal von einem tonnenschweren Löschfahrzeug erfasst worden war – und also nie wieder an Türklinken rütteln können würde. Aber wer war es dann?

»Nein, nicht dieses Zimmer, da wohnt ein Kollege von Ihnen«, hörte er Monika Keiler auf dem Flur laut flüstern. »Wir wollen ihn nicht wecken, gell? Der ist schon ein paar Tage da.«

Mit wem sprach sie?

»Da, schauen S'! Die Tür daneben. Möchten S' eine Brezn? Hab ich aus meinem zertrümmerten Stand gerettet«, sagte Keiler leise. »Ich schmeiß sie sonst eh weg.«

»Nein, danke«, sagte eine Frauenstimme.

Monika Keiler schluchzte.

»Entschuldigen S', ich bin so mitgenommen von dem

grauenhaften Unglück«, flüsterte sie und schniefte. »Warum so was bei uns in Kirching passieren muss ... Ich tu heut kein Auge mehr zu.«

Die Frauenstimme auf dem Flur sagte etwas, das Martin, der inzwischen an seiner Tür stand und lauschte, nicht verstehen konnte.

»Ja, schlafen S' sich nur aus. Sie haben sicher morgen früh viel zu tun fürs Fernsehen«, sagte Keiler.

Martin hörte, wie eine Tür ins Schloss fiel und abgesperrt wurde. Monika Keiler schluchzte immer noch auf dem Flur.

»Lieber Gott, ich versteh dich heute nicht«, wimmerte sie vor sich hin. »Heute versteh ich dich gewiss nicht.«

Danach verschwand sie ins Erdgeschoss, Martin hörte die Treppe knarzen. Sein Fuß schmerzte nicht mehr, wie er verwundert feststellte. Er ließ das Licht in seinem Zimmer ausgeschaltet und huschte rüber ans Fenster, um auf die Straße zu gucken. Direkt vor dem Gasthof parkte ein großer Wagen der ARD, hinter ihm zwei Kleinbusse mit den Logos von Privatsendern. Natürlich, dachte Martin, ganz Altkirching musste sich in den letzten Stunden mit Presse gefüllt haben. Kollegen aus Österreich und der Schweiz waren wahrscheinlich auch schon eingetroffen. Und mit den ersten Maschinen am frühen Morgen würden demnächst Journalisten aus aller Welt in München landen und sich auf den Weg in den Vorort machen, in dem am späten Sonntagabend ein Unglück stattgefunden hatte, das allerersten Nachrichtenrang haben musste. Ein Stück weiter die Starnberger Straße hoch erspähte Martin Busse und schwere Einsatzwägen von Polizei und Spezialeinheiten. Das SEK, die GSG 9 oder wen auch immer der Staat schickte, wenn auf einem Volksfest Dutzende

Menschen überfahren und von brennenden Holzbalken erschlagen wurden. Martin wollte sich gar nicht vorstellen, was auf der Festwiese gerade los war.

»Das war ein Anschlag«, hatte Sofia vorhin gesagt, und wie die internationale Presse diesen vermeintlichen Terror wochenlang zelebrieren würde, mochte sich Martin im Moment gar nicht ausmalen. Dem Gedanken, dass es sich bei der Katastrophe um etwas anderes als einen Terroranschlag handeln konnte, um etwas, das Fanny ihm mehr oder weniger direkt als eine Art Experiment von Maike und Paul angekündigt hatte, wollte Martin ebenfalls nicht nachgehen. Und schließlich auch an seinen Versuch, Sofia zu küssen, und seinen vorangegangenen sentimentalen und hoch albernen Anfall von Heimweh wollte er sich am liebsten nie wieder erinnern. Er wollte nur eines: zurück ins Bett und seiner unendlichen Erschöpfung nachgeben. Nachdem er sich durch sein dunkles Zimmer zurückgetastet hatte, kroch er unter die Decke und schlief sofort ein.

Erst um neun Uhr wachte Martin wieder auf und es war allein der Hunger, der ihn aufstehen ließ. Ob ihm die Gastwirtin erneut ein Frühstück mit Weißwürsten kredenzen würde? Dass er sich am Vorabend übergeben hatte, schmälerte seinen Appetit darauf nicht. Er hatte schließlich auch nicht die Weißwürste erbrochen, sondern einen schwarzen Schleim, der unerklärlicherweise rußige Blättchen mit sich getragen hatte, was zwar, wie Martin sich beim Duschen überlegte, aus medizinischer Sicht bedenklich sein mochte, aber bestimmt nicht auf die Speisen im Gasthof zurückzuführen war. Er gab sich selbst das Versprechen, dass er sich, wenn er erneut ein tiefschwarzes Sekret auskotzen sollte, sofort um einen Arztbesuch bemühen würde. Nachdem er sich die Zähne gründlich geputzt hatte, lief er auf der Suche nach etwas zum Anziehen nackt aus dem Bad ins Zimmer. Zu seiner großen Verwunderung stellte er fest, dass die Klamotten, die er am Nachmittag des Vortags aufs Bett geworfen hatte, frisch gewaschen und gebügelt auf dem Schreibtischstuhl lagen. Und war das Bett nicht auch bereits frisch bezogen gewesen, als er sich neben Sofia heulend darin herumgewälzt hatte? Martin verdrängte den Gedanken an Sofia und fragte sich, wann Monika Keiler, die ja bereits vor ihm beim Sonnwendfeuer gewesen war, seine Wäsche und das Bett gemacht hatte? Oder war es doch Fanny gewesen, die kurz vor ihrem Ableben Zimmermädchen gespielt hatte? Martin glaubte nicht mehr so recht daran, dass sie offiziell im Gasthof beschäftigt gewesen war. Bei nächster Gelegenheit musste er Keiler fragen, wer Fanny war. Er unterdrückte die aufwühlenden Gedanken an die letzte Begegnung mit ihr, schlüpfte in die frische Kleidung und verließ sein Zimmer.

Aus der Gaststube drang lautes Stimmendurcheinander in den Flur. Doch als Martin die Tür öffnete, sah er in einen menschenleeren Raum. Er rieb sich verwirrt die Augen und öffnete sie wieder. Plötzlich waren alle Plätze an allen Tischen besetzt. Halluzinierte er oder war er einfach noch neben der Spur? Er ließ den Blick wandern und erkannte, dass es sich ausschließlich um Pressevertreter handelte, die hier laut diskutierten. Einige trugen Kappen mit den Logos ihrer Sendeanstalten, andere hatten Schreibblöcke vor sich liegen oder eine Kamera um den Hals hängen. Monika Keiler musste in ihrem Gasthof nachts alle Journalisten einquartiert haben, die kein Bett in den edlen Kirching Suites mehr bekommen oder wie Martin strenge Spesenobergrenzen einzuhalten hatten. Gerade wollte er sich, weil er keinen freien Stuhl sehen konnte, wieder umdrehen und die Stube verlassen, da kam die Gastwirtin aus der Küche herein. Auf einem Arm balancierte sie ein Holzbrett mit Aufschnitt und Käse, mit dem anderen winkte sie Martin zu.

»Bin gleich bei Ihnen, Herr Kreutzer!«

Sie stellte die Wurstplatte einer Gruppe Männer hin, die gemeinsam am Tisch saßen und allesamt Kappen mit ARD-Aufdruck trugen, kam dann flink zu Martin herüber, packte ihn am Arm und zog ihn an den größten Tisch.

»Machen S' einmal Platz da, Ihr Kollege will auch frühstücken, gell?«

Keiler flitzte ans andere Ende des Raums, zog aus einer Ecke einen Stuhl hervor, eilte zurück, bedeutete Martin, Platz zu nehmen, und schob ihn wie ein Kind an den Tisch.

»Herr Kreutzer, was möchten S' denn essen?«, fragte Keiler freundlich.

Sie schien sich trotz der schrecklichen Erlebnisse des Vorabends im Griff zu haben. Vielleicht, weil sie sich durch den unerwarteten Gäste-Boom in Arbeit stürzen konnte, dachte Martin. Er bat Keiler um eine Speise, die sie empfehlen konnte, und einen Kaffee.

»Freilich, kommt sofort!«, trällerte die Gastwirtin und verschwand.

Niemand schien sich für Martin zu interessieren. Die Tischgesellschaft hatte ihm beiläufig zugenickt, doch gleich danach hatte sich links eine Runde aus zwei Frauen und einem Mann, rechts eine aus drei Herren wieder in ihre Unterhaltungen vertieft. Martin hörte abwechselnd auf beiden Seiten mit.

Die Gesprächsrunde zu seiner Linken, das konnte Martin sich anhand ihrer Äußerungen schnell zusammenreimen, kam von einer Boulevardzeitung. Aber nicht von irgendeiner, sondern von jener, die im selben Verlag erschien wie Martins Tageszeitung. Natürlich kannten sie ihn nicht – Martins Verlagshaus hatte allein in Berlin Hunderte Mitarbeiter –, und das war auch gut so. Nichts lag ihm ferner, als sich als Kollege zu erkennen zu geben. Sollte ihn hier jemand ansprechen, wollte er sich als Urlauber vorstellen, nicht als Journalist. Aber man schenkte ihm dankenswerterweise keine Beachtung, während er auf seinen Kaffee wartete. Das Gespräch der Boulevardjournalisten drehte sich darum, ob es brauchbare Videoaufnahmen vom Anschlag auf das Sonnwendfeuer gab.

»Der BR hat Aufnahmen«, sagte eine der Frauen. »Die laufen gerade rauf und runter, aber man sieht nur, wie die Polizei zehn Minuten nach dem Anschlag alles absperrt.«

»Zum Glück!«, sagte der Mann, der direkt neben Martin saß. »Vielleicht finden wir als Erstes was. Irgendjemand wird mit dem Handy bestimmt zufällig gefilmt haben, als der Laster durch die Lederhosen gepflügt ist.«

Die Dritte im Bunde berichtete, dass sie es noch am frühen Morgen bei der Freiwilligen Feuerwehr versucht habe.

»Die Kameras am Hof haben angeblich nicht aufgezeichnet«, klagte sie. »Vielleicht versuche ich es später noch mal und gebe mich als LKA-Beamtin aus. Diese Dorfdeppen glauben einem alles.«

Die Boulevardjournalisten lachten, erhoben sich und vereinbarten, dass der Mann gleich zur Pressekonferenz mit Bürgermeister und Polizei ging, während die beiden Frauen am Anschlagsort nach Zeugen suchen wollten, die am Vorabend vielleicht gefilmt oder wenigstens Fotos aufgenommen hatten.

»Und was wir jetzt vor allem brauchen, sind alle Opfernamen«, hörte Martin den Mann noch zu seinen Kolleginnen sagen, als sie sich entfernten. »Die kommen morgen mit Fotos auf die Titelseite.«

Alle Opfernamen, dachte Martin. Er hatte sich seit gestern noch keine Gedanken gemacht, wer wohl unter den Toten des Sonnwendfeuers sein mochte. Monika Keiler hatte es offensichtlich überlebt, so lebendig, wie sie hier deftige Frühstücksplatten austeilte. Fanny hatte es erwischt, das hatte er selbst mit angesehen. Wer im Weg eines tonnenschweren Einsatzwagens stand, wenn dieser mit sechzig, siebzig Sachen angeschossen kam, war ohne Zweifel perdu, dachte Martin. Der Bürgermeister musste hingegen noch putzmunter sein, sonst könnte er keine Pressekonferenz mehr geben. Aber was war mit Fredl Huber, mit Peter Hirsch und Pfarrer Jake Bluth? Martin war sich nicht mehr sicher, meinte aber, Bluth im Laufe des Abends auf dem Fest begegnet zu sein.

»Mindestens vierzig Tote«, sagte einer der drei Männer, die noch am Tisch sitzen geblieben waren.

»Fünfzig inzwischen. Feuerwehrmänner und Festbesucher, aber wie durch ein Wunder keine Kinder«, sagte sein Kollege.

Sofort hörte Martin heraus, dass die Männer aus Österreich kamen. Unauffällig beobachtete er sie. Einer trug ein Polohemd mit dem ORF-Logo als Aufnäher auf der Brust.

»Apropos Wunder: Der Pfarrer liegt im Koma«, sagte der dritte Österreicher. »Die Haushälterin vom Pfarrhaus hat's mir bestätigt.«

»Jetzt kann ihm nur mehr Gott helfen«, sagte er Erste bitter.

»Ich glaub eh nicht, dass hier noch ein Gott sein Auge drauf hat«, sagte der Zweite und musterte Martin.

Er steckte seinen Kopf näher zu seinen Kollegen und sprach leise weiter. Martin konnte trotzdem jedes Wort verstehen.

»Mir hat heute früh einer von den Feuerwehrleuten gesagt, dass es auch Tote gibt, die nicht überfahren oder erschlagen wurden.«

»Verbrannt?«, fragte sein Kollege.

»Nein … irgendwie unversehrt, wie tot umgefallen«, zischte der andere.

»Schmäh!«, lachte der Dritte auf. »Die sind traumatisiert und übernächtigt. Das war ein Anschlag, kein Spuk.«

Sein Kollege beugte sich noch ein Stück weiter über den Tisch.

»Und die Tatsache, dass mehrere Zeugen berichten, dass die Fahrerkabine leer war?«, fragte er. »Festnahmen gab's bisher auch keine.«

»Der Wagen muss präpariert gewesen sein, Backstein am Gaspedal oder Fernsteuerung«, sagte der andere und tunkte sein letztes Stück Brot ins flüssige Gelb eines Frühstückseis.

»Das spricht alles für organisierten Terror von irgendwelchen Tschuschen!«, pflichtete ihm sein Kollege bei.

Die drei erhoben sich, einer wandte sich Martin zu.

»Und Sie? Kommen S' von der Zeitung?«

»Nein, ich bin kein Journalist«, improvisierte Martin. »Ich bin nur zufällig da, auf Montage.«

»Handwerker?«

»Klempner«, bestätigte Martin.

»Ist eh ein besserer Job als unserer«, nickte ihm der Mann vom ORF zu.

Monika Keiler setzte Martin ein Holzbrett vor, auf dem eine einzige Brezel lag.

»O mei, mehr kann ich Ihnen nicht anbieten, es tut mir leid«, jammerte sie in die Stille des Raumes.

Martin bemerkte, dass das Stimmengewirr um ihn herum aufgehört hatte. Irritiert blickte er um sich. Die Gaststube war menschenleer.

»Was haben S' denn, Herr Kreutzer?«, fragte Keiler besorgt. »Ist Ihnen nicht gut?«

Er rieb sich die Schläfen und schloss die Augen. Leise erklangen wieder die Stimmen der Journalisten um ihn herum, langsam wurden sie lauter. Als sich wieder alles normal anhörte, blickte Martin wieder auf. Die Tische waren erneut voll besetzt und vor ihm auf dem Tisch lag ein Brett so vollgeladen mit Wurst, Käse und Radieschen, dass es für vier Personen gereicht hätte.

»Essen S' nur, Herr Kreutzer«, sagte sie und stellte ihm einen Korb mit einem Dutzend Semmeln dazu. »Ich krieg ja heute doch keinen Bissen runter. Haben S' schon von unserem Pfarrer g'hört?«

»Im Koma«, sagte Martin und fragte sich, ob er selbst

vielleicht auch in einer Art Wachkoma lag. Oder war es ein Fiebertraum?

Monika Keiler bekreuzigte sich.

»O mei, ich frag mich, was uns der Herr damit sagen will«, seufzte die Gastwirtin.

Sie stützte sich auf Martins Tisch auf und bekam feuchte Augen.

»Es tut mir leid für Sie«, sagte Martin und wollte seine Hand beinahe auf die von Keiler legen. »Auch wegen Fanny. Der Verlust muss schrecklich für Sie sein.«

Keiler sah ihn irritiert an.

»Welche Fanny?«, fragte sie.

»Na, Ihre … Aushilfe, oder?«, druckste Martin herum.

»Ich hab keine Aushilfe und kenne keine Fanny«, sagte Keiler und schüttelte den Kopf. »Sind S' auch ein bisschen durch den Wind, Herr Kreutzer? Sie sind ja noch jung, gell?«

Die Gastwirtin entfernte sich und Martin starrte auf seine Frühstücksplatte. Fanny war nicht die gewesen, als die sie sich gegenüber Martin ausgegeben hatte, seit er im Gasthof eingetroffen war. Das stand jetzt fest. Aber wer war sie dann gewesen? Eine Verrückte, die ihn ebenfalls in den Wahnsinn hatte treiben wollen? Aber warum? Kurz überlegte Martin, ob es vorstellbar war, dass Fanny eine Agentin von Hellwig oder Michels gewesen war. Das konnte zumindest erklären, woher sie ihre Informationen gehabt hatte. Sie hatte stets verdächtig gut Bescheid gewusst über die Leichen an der Fischzucht, über Maike und Paul und über ihn selbst. All diese Informationen konnte ihr die Chefredaktion zugespielt haben. War es Fannys Auftrag gewesen, ihn zu quälen und auf die Probe zu stellen? Hatte sich Michels eine Art bizarre Aufnahmeprüfung ausgedacht, durch die alle mussten, die Starreporter werden wollten? Martin dachte, dass seine Gedanken schon fast krankhaft paranoid waren. Das konnte nicht die Antwort auf das Rätsel um Fanny sein. Vielleicht sollte er mit seinen Ideen besser zu den zahlreichen Notfallseelsorgern gehen, die sich in Kirching heute gewiss einfinden würden, um die Hinterbliebenen der Opfer zu betreuen. Immerhin hatte er aus nächster Nähe mit ansehen müssen, wie Fanny überfahren worden war. Wenn das nicht traumatisch war, was dann? Aber er war ganz und gar nicht traumatisiert, dachte Martin und glotzte den Wurstaufschnitt vor sich an. Eigentlich fühlte er sich ruhig und – wie er an sich selbst diagnostizierte – voller Neugierde. Er wollte wissen, wie es weiterging in Altkirching. Am Tag nach der Katastrophe. Was würde der Bürgermeister sagen? Und was würde Peter Hirsch, sofern er noch lebte, mit seiner Bürgerwehr unternehmen? Dass man nach großen Unglücken Nachrichten aus der Zeitung aufsog und dabei eine Sensationsgier entwickelte, das kannte Martin auch von sich selbst. Nun war er mittendrin in einem Münchner Vorort, in dem sich die tödlichen Katastrophen häuften, steigerten und ihn um ein Haar selbst das Leben gekostet hatten – und er spürte große Lust darauf, mehr zu erfahren und alle Details zu kennen. Er war jetzt mittendrin, im Auge des Sturms. Er musste das alles aufschreiben, selbst wenn es ihn womöglich Verstand und Leben kosten würde. Ohne einen Happen von seiner Frühstücksplatte zu nehmen, stand Martin auf. Da musste Monika Keiler halt einmal was wegschmeißen, dachte er.

Die Pressekonferenz mit Polizei und Bürgermeister wollte er auf keinen Fall verpassen.

Martin flitzte auf sein Zimmer, um seinen Notizblock zu holen, und war gerade dabei, es wieder zu verlassen, da klingelte sein Handy.

»Kreutzer!«, rief Frank Nietner. »Sitzen Sie?«

Martin nahm auf seinem Bett Platz.

»Ja, Herr Nietner, ich sitze. Wieso?«

»Meinetwegen können Sie auch stehen«, keuchte Nietner. »Hauptsache, Sie halten sich fest.«

Martin wusste nicht, was er sagen sollte.

»Kreutzer, sind Sie noch dran? Sind Sie bereit?«

»Ja, bin ich!«, seufzte Martin. »Aber bereit wofür? Wollten Sie nicht längst in Kirching sein?«

Nietner stöhnte angestrengt auf.

»Es nicht alles so einfach, wie Sie Jungspund sich das vielleicht vorstellen … Sind Sie jetzt bereit für meine Neuigkeiten?«

Martin bejahte.

»Entlassen!«, brüllte Nietner furios in den Hörer. »Michels, dieser Menschenhändler, hat mich entlassen! Können Sie sich das vorstellen, Kreutzer?«

»Das tut mir leid«, sagte Martin. »Aber sind Sie nicht freier Fotograf?«

Nietner lachte gekünstelt auf.

»Frei! Ohne Aufträge bin ich frei, ja! Aber mir tut es nicht leid! Bestimmt nicht! Ich wurde entlassen, weil ich keine Fotos von dem Anschlag gestern Abend geliefert habe.«

»Und wo waren Sie gestern?«, fragte Martin.

»Wo ich war oder wo ich nicht war, das spielt doch keine Rolle!«, rief Nietner. »Michels sagt, ich hätte einen Auftrag gehabt und diesen nicht erfüllt!«

»Schade«, sagte Martin, weil ihm nichts Besseres einfiel.

»Schade, schade – ich sage Ihnen jetzt mal was! Selbst wenn ich gestern in Kirching gewesen wäre, hätte ich keine Fotos gemacht. Wollen Sie wissen, warum?«

Nietner hustete, räusperte sich und fuhr fort.

»Weil unsere Branche verkommen ist und kaputt!«, rief Nietner und lachte wieder. »Moralisch am Nullpunkt! Ich nehme mich nicht aus. Weil, ich habe schon viele Unfallopfer geknipst, ich habe schon vielen die Würde genommen! Posthum! Soll ich Ihnen noch was sagen?«

Martin dachte, dass seine Antwort gewiss keinen Einfluss auf Nietners Rede haben würde, und nickte nur stumm in den Hörer.

»Der ganze Journalismus ist im Eimer! Man müsste alle rauskegeln und von vorne anfangen. Alle raus! Auch mich. Und deshalb fange ich damit an.«

»Was meinen Sie?«

Martin konnte nicht folgen.

»Na, ich kündige, junger Kollege. Ich rufe Michels gleich an und kündige! Und die anderen Redaktionen rufe ich auch an und kündige!«

»Aber sagten Sie nicht, Michels hätte Ihnen gekündigt?«, fragte Martin vorsichtig.

Nietner lachte vergnügt auf.

»Na und! Es geht ums Prinzip. Ich rufe an und kündige!«

Er machte eine kurze Pause und schnaufte direkt in den Hörer.

»Kreutzer, wie lange sind Sie schon dabei?«

»Bald drei Jahre«, antwortete Martin wahrheitsgemäß.

»Dann sind Sie schon genauso kaputt wie wir alle! Sie müssen auch raus. Es ist noch nicht zu spät für Sie! Ich bitte Sie, Kreutzer, tun Sie das Richtige und werfen Sie hin.«

»Und was dann?«

Martin wollte mehr wissen.

»Egal!«, lachte Nietner auf. »Ich weiß es nicht. Irgendwer wird immer Nachrichten aufschreiben und vorlesen und die Kamera draufhalten, wenn ein Zug entgleist, nicht? Haha! Irgendein Schlaumeier wird immer mit seinem Notizblock kommen, wenn ein Politiker eine Pressekonferenz geben will. Glauben Sie, dass heute noch irgendeiner aufgeklärt werden muss? Von Ihnen, Kreutzer, oder von mir? Die Leute wissen doch bereits alles! Die Wirtschaft muss wachsen, im Kino laufen ständig neue Filme und die Welt ist rund. Und sie wird sich nie verändern, das ist nicht vorgesehen. Braucht irgendjemand Ihre Texte oder meine Fotos?«

»Nein«, sagte Martin.

»Ahhh!«, ächzte Nietner zufrieden. »Sie haben es verstanden. Ich würde glatt mit Ihnen anstoßen! Aber Sie werden nie wieder von mir hören, Kreutzer! Ich komme nicht nach Kirching. Leben Sie wohl!«

Der Mann war vollkommen verrückt, dachte Martin, als Nietner aufgelegt hatte. Aber recht hatte er dennoch. Was hatte Martin der Welt als Journalist zu geben? Nichts. Und was bekam er im Gegenzug? Nur Ungemach, Stress und Druck. Es war Zeit, einen Schlussstrich zu ziehen. Er musste Michels und Hellwig keinen Text liefern. Sollten sie doch selbst herkommen und sich anschauen, was in Kirching passierte! Er würde es ihnen nicht auf dem Silbertablett liefern. Nach Frankfurt abhauen wollte Martin aber auch nicht mehr. Er wollte in Kirching bleiben und sehen, was als Nächstes passiert. Nicht mehr als Journalist, sondern als Privatperson. Im Prinzip als Gaffer, dachte Martin. Aber nach Nietners Philosophie stand ein Gaffer in der moralischen Rangordnung bestimmt weit über der Presse, weil er wenigstens kein Geld für die Befriedigung seiner abgründigen Gelüste nahm. Gerne hätte er noch weiter mit Nietner gesprochen. Es war schade, dass der Fotograf nun doch nicht mehr nach Kirching kam.

»Ich kündige«, sagte Martin vor sich hin und wählte Oliver Michels' Büronummer.

Eine Frau aus dem Vorzimmer des Chefredakteurs nahm ab. Martin bat darum, Michels in einer dringenden Angelegenheit zu sprechen, und bekam als Antwort, dass die Leitung aktuell belegt sei. Wahrscheinlich sprach Michels gerade mit Nietner und bekam einen Vortrag über die Verkommenheit der Medienbranche zu hören, dachte Martin. Es sollte ihm recht sein.

»Dann richten Sie Michels bitte etwas von mir aus«, sagte Martin. »Haben Sie etwas zu schreiben?«

Die Frau am anderen Ende der Leitung bejahte.

»Sagen Sie Michels, dass ich kündige und dass er sich den würdigen Rahmen für das Interview mit Moretti in die Haare schmieren kann. Er wird verstehen, was ich meine. Haben Sie das?«

Martin wartete kurz ab, während Michels' Assistentin schrieb.

»Und dann richten Sie ihm noch aus, dass ich meine Spesen für diese Reise trotzdem bezahlt haben will und außerdem drei Monatsgehälter als Abfindung. Sonst zeige ich ihn wegen Drogenmissbrauchs an. Dann kann die Polizei den Konferenztisch beschlagnahmen und auf Kokainreste untersuchen.«

»Alles notiert«, sagte die Frau. »Aber sagen Sie, mit wem spreche ich da gerade überhaupt?«

»Mit Martin Kreutzer, seit fast drei Jahren Volontär in Ihrer Redaktion«, sagte Martin mit etwas Trotz in der Stimme und legte auf.

Die Pressekonferenz zum mutmaßlichen Terroranschlag aufs Kirchinger Sonnwendfeuer fand, wie Martin beim Frühstück mitgehört hatte, in der Wagenhalle der Freiwilligen Feuerwehr statt. Drei Mal ließ er sich auf dem Weg dorthin aufhalten. Zunächst am Rand der vollständig abgesperrten Festwiese, die er genau betrachtete: Die hölzernen Bierzeltgarnituren waren verschwunden, der Traktoranhänger, auf dem die Kapelle gespielt hatte, ebenfalls. Die Wiese, deren hinterer Teil abgebrannt war, war leer geräumt worden. Nur in der Mitte, wo das Feuer gebrannt hatte, war mit hohen Absperrgittern und weißen Stofftüchern ein großer Bereich uneinsehbar gemacht worden. Wahrscheinlich stand das Wrack des Feuerwehrfahrzeugs noch auf den verkohlten Resten des großen Holzstapels. Eigentlich hätte man auch noch die mit weiß-blauen Rauten bedruckte Plane, die den Einsatzwagen gestern verhüllt hatte, darüberwerfen können, dachte Martin. Von der Straße führten zum abgesperrten Bereich gut sichtbare Reifenspuren über die platt getrampelte Wiese, die hier und da braune Flecken aufwies. Hatten hier die Leichen gelegen?

Martin wandte sich mit diesem finsteren Gedanken ab und überquerte die Starnberger Straße, die wieder für den Verkehr geöffnet war. Kurz hinter dem Mittelstreifen trat er fast in eine kleine Pfütze aus schwarzem Matsch. Auf der anderen Seite drehte er sich um, sah eine Minute dabei zu, wie ein Auto nach dem anderen durch den Matsch fuhr, und fragte sich, ob es sich dabei wohl um seine eigene Kotze handelte. War Fanny gestern an genau dieser Stelle tödlich erfasst worden?

Seinen letzten Stopp auf dem Weg zur Pressekonferenz legte Martin direkt hinterm offenen Tor des Feuerwehrhofs ein, wo an einer Mauer unzählige Kerzen und Blumen am Boden verteilt waren. Auf Pappschilder stand »Warum?«, »Wir trauern« und »Der Schmerz ist unendlich groß«. Martin zählte drei Teddybären, die traurig zwischen Tulpen und Rosen saßen. In der Mitte des Trauermeeres lagen fünf Ausdrucke auf A4-Format um ein Herz aus Teelichtern herum. Auf jedes Blatt war schwarz-weiß das Gesicht eines Feuerwehrmannes gedruckt. Alle fünf waren leicht als solche zu erkennen, weil sie auf den Fotografien ihre Helme und Uniformen trugen. Die Bilder mussten am selben Tag in der Station aufgenommen worden sein, so sehr glichen sie sich. Fototermin bei der Feuerwehr, dachte Martin. Und jetzt waren fünf tapfere Männer tot. Er ließ seinen Blick im Uhrzeigersinn über die Gesichter der Verstorbenen wandern. Als er beim Letzten ankam, erschrak sich Martin so sehr, dass er laut »Nein!« ausrief. Fredl Huber lachte ihn vom Boden an. Martin fühlte schmerzhafte Stiche im Magen. Fredl Huber war tot, gestorben auf seinem geliebten Sonnwendfeuer.

»Das ist mein liebster Tag im Jahr«, hatte Huber ihm am Vorabend gesagt. »Alle kommen, wir von der Feuerwehr organisieren alles, passen auf und die Leute danken es uns.«

Hubers Gesicht verschwamm vor Martin, weil ihm Tränen in die Augen schossen. Er wischte sie weg. Huber prostete der Kamera auf dem Foto scherzhaft mit einer großen Flasche Apfelsaft zu. Das durfte doch nicht wahr sein! Der Feuerwehrmann, der nüchtern blieb, um für Sicherheit zu sorgen, war vom neuen Spritzenwagen, auf den er so unfassbar stolz gewesen war, getötet worden. Martin kamen die Feuerwehrleute vom 11. September in New York in den Sinn – Huber war jetzt ein Held wie sie, auch wenn das wohl kaum sonst jemand so einordnen würde, dachte Martin und ging vor den Fotos auf die Knie. Sein Informant war tot. War es als Journalist nicht seine Aufgabe gewesen, seine Informanten zu schützen? Er hatte versagt, da war es nur richtig, dass er seit seinem Anruf in Michels' Vorzimmer kein Journalist mehr war. Trug er Schuld an Hubers Tod? Wieder kamen Martin Fannys letzte Worte in den Sinn, nach denen Maike und Paul sich an einer Art Experiment versuchten. »Das geht hier ewig so weiter im Vorort«, hatte Fanny gesagt, kurz bevor das Tanklöschfahrzeug losgerollt war. »Wenn du ihnen nicht auf die Sprünge hilfst.«

Martin erhob sich, rieb sich die Augen und warf seinen Kopf hin und her, als wollte er seine Gedanken herausschütteln. Das war doch alles Unfug, dachte er. Was sollten Maike und Paul mit einem so perfiden Anschlag zu tun haben? Fanny war eine Verrückte gewesen, die es, warum auch immer, auf ihn und seinen Verstand abgesehen hatte. Jetzt war sie tot. Zum Glück hatte es sie erwischt, dachte Martin und war sich darüber im Klaren, wie zynisch und kaltherzig dieser Gedanke war. Fanny war jung gestorben, sie mochte in etwa in seinem Alter gewesen sein. Aber sie konnte ihn nie wieder heimsuchen, und das erleichterte ihn nach den letzten Tagen ungemein. Martin blickte Fredl Huber noch einmal in die Augen und tat mit der Hand so, als würde er ihm ebenfalls mit einer 1,5-Liter-PET-Flasche Apfelschorle zuprosten.

»Danke für alles, Fredl«, sagte er leise.

Wie schon zwei Tage zuvor traf Martin auf der Pressekonferenz ein, als sie schon fast gelaufen war. Die Wagenhalle war gerammelt voll: Hunderte Journalisten, Dutzende Fernsehkameras und riesige Mikrofonsträuße vor den Klapptischen, an denen Bürgermeister Maximilian Pröstler, eine Beamtin vom Bundeskriminalamt, eine Staatsanwältin und ein Polizeipräsident saßen. Die Fahrzeuge der Freiwilligen Feuerwehr mussten aus der riesigen Halle herausgeschafft worden sein. Martin dachte, dass es auch einigermaßen befremdlich gewirkt hätte, wenn die Pressekonferenz zu diesem Unglück zwischen schweren Einsatzwägen abgehalten worden wäre.

»... zählen wir aktuell 32 Tote und 47 Verletzte, davon zehn im kritischen Zustand«, sagte die Staatsanwältin. »Wir werden nun einige Fragen von Medienvertretern beantworten. Bitte haben Sie Verständnis, dass wir zum jetzigen Zeitpunkt nur vorangemeldete Fragen beantworten können.«

Der Polizeipräsident rief eine Journalistin vom Bayerischen Rundfunk auf, die im hinteren Teil der Halle aufstand und ihre Fragen nach vorne rief.

»Wie ist der Stand der Ermittlungen? Wer hat das Fahrzeug durch die Menge gesteuert? Gibt es Festnahmen oder Verdächtige? War es Terror oder Amok?«

Die Staatsanwältin steckte mit der Frau vom BKA und dem Polizeipräsidenten die Köpfe zusammen, Bürgermeister Pröstler saß mit leerem Blick reglos daneben. Sicher würden sie gleich sagen, dass in alle Richtungen ermittelt wird, dachte Martin.

»Wir ermitteln derzeit in alle Richtungen«, ergriff die BKA-Beamtin das Wort. »Dank zahlreicher übereinstimmender Zeugenberichte gehen wir davon aus, dass sich während der Fahrt des Tanklöschfahrzeugs niemand in der Fahrerkabine aufgehalten hat. Wir prüfen alle Möglichkeiten, darunter fallen Manipulation, Fernsteuerung oder ein technischer Defekt.«

Der Polizeipräsident las von einem Zettel den nächsten Namen ab.

»Mr. Tony Miller from the *New York Times*, your question please!«

Am anderen Ende der Halle sprang ein junger Mann in schwarzem Rollkragenpulli und braunem Jackett auf.

»Thank you, Sir! Do you see a connection to the recent mysterious cases of death in Altkirching? First and foremost: Is there a link between the death of the famous artist Lukas Moretti and the tragic events of the last days?«

Wieder steckten die Beamten die Köpfe zusammen, der Bürgermeister saß weiterhin wie versteinert daneben. In gebrochenem Englisch mit bayerischem Einschlag erklärte der Polizeipräsident, dass man jede Verbindung zu den Geschehnissen der Vortage kategorisch ausschließe. Die Ermittlungen zu den einzelnen Fällen liefen voneinander getrennt.

»Wie können Sie das heute schon ausschließen, wenn Sie noch nicht einmal wissen, was genau gestern passiert ist?«, rief ein anderer Journalist rein.

»Bitte heute nur vorangemeldete Fragen«, sagte die Staatsanwältin.

»Next question, ähh«, sagte der Polizeipräsident und kratzte sich am Kopf. »Ähh, nächste Frage bitte Gustl Zwickbeil vom *Miesbacher Merkur*.«

Ein Gustl vom *Miesbacher Merkur* folgt auf Tony Miller von der *New York Times*, das konnte man sich nicht besser ausdenken. Tony Miller, dachte Martin. Gab es tatsächlich einen Tony Miller von der *New York Times*? Hatte Moretti einen solchen nicht im Monolith erwartet? Oder hatte Martin das nur geträumt? Er kam nicht dazu, den Gedanken weiterzuverfolgen, weil hinter ihm ein Tumult entstand. Laute Männerstimmen brüllten am Eingang durcheinander. Als Martin sich nach ihnen umdrehte, wurde ihm schwindelig. Er ging in die Knie, sein Blick verschwamm und er hörte das Geschrei nur noch dumpf. Und dann mit einem Mal war die große Wagenhalle menschenleer, dunkel und still. Martin ließ sich zur Seite auf den kühlen Boden fallen und rollte sich zusammen. Er durfte jetzt nicht verrückt werden. Er schloss die Augen und massierte sich die

Schläfen. Aufwachen, dachte Martin und die Geräuschkulisse kehrte zurück. Vorsichtig rappelte er sich auf, blickte sich um und fand sich zwischen zahlreichen Kollegen in der rappelvollen, hellen Halle wieder. Martin fragte sich, ob neben den Presseleuten womöglich auch ein Nervenarzt anwesend war, der ihm helfen konnte.

Es hatte jedenfalls niemand um ihn herum von seinem Anfall Notiz genommen, alle starrten zum Halleneingang, wo sich mehrere Herren in orangen Warnwesten ihren Weg durch die dicht an dicht stehenden Journalisten bahnten und sie dabei unsanft zur Seite schoben. Die Bürgerwehr Altkirching marschierte in die Halle ein, anders konnte man diesen Auftritt nicht bezeichnen. Über Nacht schien die Truppe Zulauf bekommen zu haben: Erst nach einem Dutzend Männern kam Peter Hirsch mit ausladenden Schritten herein, hinter ihm folgten über zwanzig weitere Warnwestenträger.

»Stoppt die Propaganda-Show!«, schrie Hirsch in ein Megafon und die ganze Halle drehte sich nach ihm um.

Die Bürgerwehr schlug sich durch die Menge bis ganz nach vorne und baute sich direkt vor den Tischen zwischen den Pressevertretern und denjenigen auf, die eigentlich gerade befragt werden sollten. Hirsch scheuchte einen Mann mit Fotokamera um den Hals aus der ersten Reihe weg, nahm den frei gewordenen Klappstuhl, zog ihn in die Mitte vor seine Truppe und nutzte ihn als Podest. Mit einem Fuß stand er auf der Sitzfläche, den anderen stellte er auf die Lehne. Selbst von ganz hinten konnte Martin erkennen, dass Hirsch wieder seine Zehenschuhe trug.

»Die Pressekonferenz ist beendet!«, rief Hirsch. »Wir

brauchen keine Polizei, die uns vorm Terror von al-Qaida und Co nicht schützt! Ab sofort übernimmt die Bürgerwehr Altkirching die Verteidigung unseres Ortsteils.«

Hirsch nickte seinen Männern zu und ließ den Blick dann erwartungsvoll über sein Publikum aus Journalisten wandern, die meisten starrten fassungslos zurück. Kurz herrschte Stille, dann hörte man, wie die Staatsanwältin hinter der Bürgerwehr rief:

»Sie können hier doch nicht wie eine Miliz einmarschieren! Ich fordere alle anwesenden Polizeibeamten auf …«

»Die Polizisten draußen haben uns friedlich passieren lassen«, schnitt ihr Hirsch das Wort ab. »Haben die anwesenden Pressevertreter Fragen an die Bürgerwehr Altkirching?«

Ein Mann im rot-weiß karierten Hemd meldete sich in der Mitte der Halle, Hirsch zeigte mit dem Finger auf ihn.

»Gustl Zwickbeil vom *Miesbacher Merkur*«, sagte der Mann. »Ich wäre ohnehin dran gewesen, dann frage ich halt Sie: Was wollen Sie als Bürgerwehr tun, um mutmaßliche Anschläge wie den gestrigen zu verhindern?«

»Nicht mutmaßlich, sondern zweifelsfrei handelt es sich um einen islamistischen Anschlag«, sprach Hirsch langsam und mit Nachdruck in sein Megafon. »Die Spur führt wie so oft in den letzten Tagen nach Neukirching, in die als Teestuben getarnten Moscheen und in die versteckten Terrorcamps, die unser Bürgermeister nicht sehen will!«

Die Warnwestenträger nickten zustimmend, Hirsch wurde noch lauter als zuvor.

»Wir als Bürgerwehr werden ab heute entlang der S-Bahn-Gleise Patrouille laufen, damit es kein Dschihadist aus Neukirching mehr zu uns rüber schafft. Außerdem kontrollieren wir seit dem frühen Morgen die wichtigsten Zufahrtsstraßen unseres bedrohten Ortsteils. Gibt es weitere Fragen?«

Niemand meldete sich, stattdessen kam ein nervöses Stimmendurcheinander unter den Presseleuten auf. Hirsch lenkte noch einmal alle Aufmerksamkeit auf sich und rief laut in die Halle.

»Wir laden alle neutralen und unabhängigen Journalisten ein, unseren Patrouillengang heute Abend zu begleiten. Die Bürgerwehr Altkirching steht für totale Transparenz. Wir starten bei Einsetzen der Dämmerung am S-Bahnhof.«

Der Anführer sprang vom Stuhl herunter und bedeutete seiner Truppe, die Halle wieder zu verlassen. Nach einer Minute waren alle orangen Westen wieder hinaus auf den Hof verschwunden. Martin wandte sich wie viele der Journalisten den Tischen zu, wo eben Bürgermeister Pröstler, die Staatsanwältin, die Frau vom BKA und der Polizeipräsident gesessen hatten – doch alle vier waren verschwunden. Hatten sie sich in Sicherheit gebracht? Einige Fotografen blickten sich irritiert um, Grüppchen von Reportern begannen intensiv zu diskutieren, viele zückten ihre Handys und sprachen hektisch hinein. Als man rings um ihn bereits begann, die Ausrüstung zusammenzupacken, sah Martin, der immer noch ganz hinten in der großen Wagenhalle stand, dass sich vorne bei den Tischen eine Frau in einem gelben Friesennerz erhob. Sofia Costa drehte sich in seine Richtung und machte sich auf den Weg zum Ausgang. Martin war im ersten Moment überrascht, sie zu sehen, dachte aber im zweiten, dass ihre Anwesenheit bei der Pressekonferenz nun wirklich keine Überraschung war. So oder so wollte er sie auf keinen Fall treffen. Am Ende bekam sie noch das Gefühl, er wollte ihr nachstellen. Eine Ahnung der peinlichen Erinnerung an seinen Kussversuch am Vorabend kam auf, und er nahm die Beine in die Hand. Martin schämte sich. Wie schon nach der Pressekonferenz im Rathaus erreichte er den Gasthof Keiler auch an diesem Montagmittag im Dauerlauf. Auf seinem Zimmer setzte er sich sofort an den Schreibtisch.

»Manfred Huber, freiwilliger Feuerwehrmann«, wollte er auf seinen Notizblock schreiben und darunter eine Stoffsammlung mit allem, was ihm zu Huber einfiel. Doch der Block war verschwunden. Martin durchwühlte seine Tasche und suchte erfolglos das Zimmer ab. »Spitzname Fredl« und »Lieblingsgetränk Apfelschorle aus großen Plastikflaschen« schossen ihm als Gedankenfetzen durch den Kopf. Er musste das alles sofort notieren, bevor ihm diese besonderen Charaktereigenschaften Hubers wieder entfielen. Unter der Bettdecke war der Block genauso wenig zu finden wie unter dem Bett selbst. »Schnauzbart«, »Holzaufschichter« und »Forellen mit Kescher fischen«, murmelte Martin vor sich hin. Er war kurz davor, sein Brainstorming in den SMS-Speicher seines Handys zu tippen, da fiel ihm ein, dass er noch nicht im Bad nachgesehen hatte. Tatsächlich fand er den Block auf dem Boden vor der Duschkabine. Martin konnte sich nicht erklären, wie er dort hingekommen war, aber das war ihm im Moment egal. Flink huschte er zurück an den Schreibtisch und schrieb auf die erste freie Seite:

Manfred »Fredl« Huber
Freiwillige Feuerwehr Kirching
Mittleres Alter, Schnauzbart
Zuverlässiger Informant, will anonym bleiben
Apfelschorle
Kescher an der Fischzucht
Tod am Sonnwendfeuer

Das war's, dachte Martin, mehr fiel ihm nicht ein. Was war er nur für ein hundsmiserabler Journalist! Auf dem Weg von der Pressekonferenz zum Gasthof hatte Martin das Gefühl überkommen, etwas für Fredl Huber tun zu müssen. Hubers Foto im Blumenmeer hatte etwas in ihm ausgelöst; es hatte ihn bewegt und den Impuls ausgelöst, Huber zu würdigen, indem er über ihn schrieb. Kurz hatte Martin das Gefühl gehabt, ein großes Porträt über Huber, den heldenhaften Feuerwehrmann, der sein Leben gelassen hatte, verfassen zu müssen. Er ahnte bereits einen langen Text, der vom schrecklichen Geschehen auf der Festwiese berichtete und die ganze Geschichte mit der tragischen Figur Fredl Huber im Mittelpunkt erzählte. Solche Texte gewannen Preise, hatte Martin eben noch gedacht, als er den Notizblock endlich gefunden hatte. Und jetzt erschöpfte sich alles, was ihm zu Huber einfiel, in diesen kümmerlichen Stichpunkten. Und das, obwohl er Huber bereits einige Male unter äußerst ungewöhnlichen Umständen begegnet war. Was hätte eine fähige Kollegin wie Sofia wohl alles aus diesen Treffen gezogen! Es war schon richtig, dass er Michels' Vorzimmer am Morgen seine Kündigung diktiert hatte. Er war ein Aufschneider, ein Interviewfälscher und ganz generell einer, dem man keinen Presseausweis ausstellen sollte, dachte Martin.

Er klappte den Block zu und begann, die beschriebenen Seiten von vorne zu durchblättern und zu überfliegen. Die jüngsten Notizen waren wie der Block ungefähr zehn Tage alt. »Mittwoch Große Konferenz mit Hellwig«, las Martin, und darunter: »Eindruck machen vor Michels, Artikel vorschlagen!« Er seufzte und blätterte weiter. »Fragen an Moretti: sarkastisch, perfide und entwaffnend!« Was für ein Schwachsinn, dachte Martin. Das las sich wie von einem Vierzehnjährigen mit gestörter Eigenwahrnehmung verfasst. In was für einer Welt hatte er in den letzten Jahren gelebt? Hatte er sich wirklich für einen ausgebufften Jungjournalisten gehalten? Martin wollte den Block gerade in den Papierkorb werfen, da löste sich aus dem hinteren Teil ein Blatt und segelte auf den Tisch. Verdutzt las Martin darauf vier Wörter in seiner eigenen Handschrift:

Mitläufer, Dilettant, Semmelknödel, Verssager

Einen Moment lang grübelte Martin, wann er diese Worte geschrieben hatte und was er damit wohl gemeint haben konnte, dann fiel es ihn wieder ein: Das war die letzte Zeile! Der letzte Vers des Schmähgedichts, das er Moretti in der Münchner Kunsthalle Monolith hinterlassen hatte. Deshalb auch Verssager mit zwei s, dachte Martin. Vers-Sager als abwertende Bezeichnung für einen, der wie Moretti Gedichte vortrug. Martin versuchte, sich an den Rest des Gedichts zu erinnern, aber es fiel ihm nicht mehr viel ein von dem, was er, von Maike und Pauls »Séance als Chance«-Performance inspiriert, in freier Assoziation über Lukas Moretti geschrieben hatte. Das Zwillingspaar hatte ihm seine Zeilen mit Schimpfwörtern abgeluchst, nachdem sie ihn beim Dichten überrascht hatten. Ob Moretti die Schmähungen vor seinem Tod noch zu Gesicht bekommen hatte? Hoffentlich nicht, dachte Martin und erinnerte sich an den Titel, den er dem Gedicht gegeben hatte: »Verwünschungen«. Martin betrachtete den Zettel. Am besten würde er ihn vernichten, schließlich passte die Zeile zu denen, die Maike und Paul möglicherweise noch immer mit sich führten. Und Martin fürchtete noch immer, dass seine Handschrift der Polizei zufallen könnte und er damit zum Zeugen oder Verdächtigen in den Todesfällen im Haus am Dorfweiher werden könnte. Als er den Zettel faltete, sah er, dass die Rückseite ebenfalls beschrieben war. Nur schwach mit Bleistift zwar, aber das ganze Blatt war mit einem heillosen Durcheinander aus Buchstaben und Wörtern gefüllt, die in immer anderer Reihenfolge Martins Vers wiedergaben. Ganz oben standen die vier Wörter alphabetisch: »Dilettant, Mitläufer, Semmelknödel, Verssager«. Darunter tauchten sie in immer anderer Reihenfolge auf, teilweise waren die Wörter auch untereinander vermischt: »Milettant« und »Knösager«, las Martin. Er war sich sicher, dass nicht er es gewesen war, der die Rückseite vollgekritzelt hatte. Das Ganze wirkte, als hätte sich jemand fieberhaft an der Lösung eines Worträtsels versucht. So sah die krakelige Handschrift jedenfalls aus, dachte Martin und versuchte vergebens, ein System im Buchstabensalat zu erkennen. Die Person, die den Bleistift geführt hatte, schien am Ende keinen Erfolg gehabt zu haben. Nirgends im Durcheinander fand sich etwas, was wie ein Ergebnis aussah. Martin konnte sich keinen Reim darauf machen, was hier mit seinem Vers veranstaltet worden war, aber wer es gewesen war, das wusste er mit einem Mal ganz genau. Diese krakelige Schrift – es war die von Fanny. Ohne Zweifel war es die gleiche Handschrift wie auf dem Zettel mit der falschen Botschaft von Fredl Huber und wie auf dem, den sie ihm unter der Tür durchgeschoben hatte, als er abreisen wollte. Irgendwann vor ihrem Tod musste Fanny sich in den letzten Tagen seinen Notizblock geschnappt haben. Martin blätterte ihn hektisch durch, um zu prüfen, ob sie noch andere Seiten beschrieben hatte. Doch die meisten waren leer oder lediglich mit seinen eigenen zweifelhaften journalistischen Notizen versehen.

Was hatte ihm Fanny mit diesem chaotischen Eintrag auf der Rückseite seines albernen Verses sagen wollen? Oder gab es gar keine Botschaft und Fanny war einfach verrückt gewesen? Vielleicht war es auch die Botschaft einer verwirrten Person. Kurz vor ihrem Tod hatte sie jedenfalls von einer Formel gesprochen, an der sich Maike und Paul versuchen würden. War Fanny in seinen Notizen auch auf der Suche nach einer Formel gewesen? Aber darin stand ja nur ein Vers, dachte Martin, die anderen elf hatten Maike und Paul an sich genommen. Hing das alles zusammen und er, Martin, war mittendrin?

Nervös faltete er den Zettel, steckte ihn in die Tasche seiner Jeans und lief ins Badezimmer, wo er den Hahn aufdrehte und sich mit den Händen kaltes Wasser ins Gesicht schlug. Martin dachte, dass er jetzt nicht verrückt werden durfte. Irgendetwas in Kirching war faul, das stand fest.

Aber es hatte gewiss nichts mit einer Formel zu tun. Und schon gar nicht mit einer, an der er in irgendeiner Weise beteiligt war. Der Gedanke beruhigte ihn. Ein paar Sekunden ließ er das kalte Wasser noch über seine Unterarme laufen, dann stellte er es ab. Möglicherweise hingen die vielen Todesfälle in Altkirching entgegen den Verlautbarungen der Polizei doch zusammen. Vielleicht hatte Fanny darüber etwas in Erfahrung gebracht, und wenn, dann wahrscheinlich bei Maike und Paul. Er musste die beiden ausfindig machen und mit ihnen reden. Vielleicht hatten sie schon im Haus am Weiher etwas gesehen, das alles, das folgte, erklären konnte. Und wenn er das in Erfahrung brachte, konnte er es in einer großen Reportage niederschreiben. Oder, dachte Martin und warf einen Blick auf seinen Notizblock, er würde einfach eine Zeugenaussage bei der Polizei machen. Schließlich hatte er den Journalistenjob gerade erst an den Nagel gehängt.

Ab Einsetzen der Dämmerung wollte Peter Hirschs Bürgerwehr unter Pressebegleitung entlang der S-Bahn-Gleise patrouillieren, erinnerte sich Martin. Gut denkbar, dass dieser ungewöhnliche Termin auch Maike und Paul anzog.

Der Parkplatz auf der Altkirchinger Seite des S-Bahnhofs leuchtete schon von Weitem. Kurz nach Sonnenuntergang lief Martin die leicht ansteigende Bahnhofstraße hinauf, vorbei an den Vorgärten, in denen bei seiner Ankunft vor ein paar Tagen die Anwohner ihre Pflanzkübel und Beete gewässert hatten. Vom Parkplatz her schienen helle und schwache, warme und kalte Lichter. Manche standen still, andere flackerten, wuselten herum oder blitzten. Martin setzte sich kurz vorm Bahnhof auf die Bank einer kleinen Bushaltestelle. Männer in orangen Warnwesten trugen entzündete Fackeln in den Händen. Die Bürgerwehr Altkirching war noch nicht losmarschiert, sie sammelte sich auf der Mitte des Parkplatzes. Sicher fünfzig Männer, aber Hirsch war nicht zu sehen. Die Warnwesten reflektierten das Licht von den Leuchten mehrerer Kamerateams, deren Reporter sich bemühten, mit der Truppe ins Gespräch zu kommen. Gewiss zwanzig Fotografen flitzten über den Platz und machten in allen möglichen Posen blitzend Fotos aus allen möglichen Winkeln. Und dann war da noch eine große Zahl Journalisten, die mit Aufnahmegeräten und Notizblöcken bewaffnet darauf warteten, dass sich die Bürgerwehr wie angekündigt in Bewegung setzte. Mitten unter ihnen erkannte Martin Sofia in ihrem gelben Friesennerz, die einem Interview zu lauschen schien, das neben ihr von einem Team von *Euronews* geführt wurde. Martin beschloss, seinen Abstand zu wahren. Er wollte Sofia nicht erneut zu nahe treten. Und noch etwas mehr wollte er sich selbst schonen und auf keinen Fall der Peinlichkeit einer Konfrontation aussetzen.

»Männer! Wir marschieren los!«

Plötzlich erklang Peter Hirschs Stimme. Wieder wurde sie durch ein Megafon verstärkt. Martin konnte ihn noch immer nicht sehen.

»Wir schützen unsere Grenze zum Terror-Ortsteil!«, schrie Hirsch. »Entlang der Gleise, Marsch!«

Hirsch trat aus dem Pulk aus Presse und Warnwesten heraus. Wie immer setzte er seine Zehenschuhe in ausladenden Schritten auf den Boden. Und – Martin traute seinen

Augen kaum – auf dem Kopf trug er einen dunklen Fahrradhelm, der wie der eines Rennradlers hinten schnittig zusammenlief. Martin musste kurz auflachen. Hatte Hirsch auf seinem Dachboden keinen alten Stahlhelm auftreiben können?

»Bleibt zusammen, Männer, und gebt aufeinander acht!«, befahl Hirsch.

Seine Truppe folgte direkt hinter ihm in Zweierreihe, ungefähr jeder Zweite trug eine Fackel. Erst als die letzten Warnwestenträger den Parkplatz verlassen hatten, setzten sich die Journalisten in Bewegung, aber schon nach wenigen Metern kamen alle wieder zum Stehen.

»Vier Männer bleiben hier und sichern die Unterführung!«, rief Hirsch. »Wachablösung in zwei Stunden!«

Die Abkommandierten liefen den Weg hinunter, der nach Neukirching führte. Unten angekommen stellten sich zwei, die je eine Fackel trugen, links und rechts der Unterführung auf. Die anderen beiden posierten mit verschränkten Armen und Blick Richtung Neukirching auf der Mitte des Wegs. Sofort flitzten ein paar Fotografen an ihnen vorbei in die Unterführung, gingen dort auf die Knie und machten aus günstiger Perspektive Fotos der frischgebackenen Grenzkontrolleure.

»Unterführung gesichert!«, brüllte Hirsch. »Zu den Gleisen, Marsch!«

Die Bürgerwehr setzte sich wieder in Bewegung. Martin, der mit Abstand folgte, sah jetzt nur noch Journalisten. Sie hatten den kurzen Stopp genutzt, aufzuschließen und Hirschs Männer von allen Seiten zu umringen. Da vor dem Anführer der Bürgerwehr mehrere Kameramänner rückwärts gingen und auf ihn draufhielten, kam der ganze Tross nur sehr langsam voran. Rechts lagen hinter einem Maschendrahtzaun die S-Bahn-Gleise, links Bäume und Büsche, bis sich nach gut hundert Metern ein Maisfeld öffnete. Die Pflanzen standen etwa hüfthoch. Am Ende des leicht abschüssigen Feldes sah Martin eine Reihe Altkirchinger Wohnhäuser und dahinter noch etwas Restlicht am Horizont. Da er von hinten kaum etwas erkennen konnte, lief er zwischen den Maispflanzen hindurch schräg auf das Feld, um die Patrouille von der Seite beobachten zu können.

»Wir marschieren die Gleise stadtauswärts entlang bis zur Ortsgrenze, machen dann kehrt und laufen wieder zum Bahnhof!«

Hirschs Stimme drang zwischen den vielen Journalisten hervor, die ihn und seine Männer wie eine Eskorte umgaben. Martin ging im Maisfeld auf gleicher Höhe und fragte sich, ob er so etwas Bizarres schon einmal gesehen hatte. Zwischen den Blitzlichtern der Fotografen und den kalten, hellen Leuchten der Kamerateams zog ein Fackelmarsch durch die Dunkelheit. Als ob für eine Dokumentation ein historischer Naziaufmarsch nachgestellt würde. Er war sich sicher, dass keiner der Journalisten, die mitliefen, nachher von einem Naziaufmarsch sprechen oder schreiben würde. Höchstens die ausländische Presse, dachte Martin. In hiesigen Medien würde man maximal vom »verstörenden Anblick« lesen, den »eine Gruppe wütender Bürger« abgab. Naziaufmarsch – ein solches Wort verwendete man nicht leichtfertig in deutschen Redaktionen. Martin erinnerte sich, wie Michels bei der Konferenz im Stechschritt den Tisch umrundet hatte.

»Halt!«, schrie Peter Hirsch schrill.

Der Tross kam zum Stehen, Hirsch rief einige Sätze am Megafon vorbei, die Martin vom Maisfeld aus nicht verstehen konnte. Die Journalisten bildeten einen Halbkreis, aus der Mitte rief Hirsch wieder durch das Sprachrohr verstärkt.

»Sehen Sie dieses Loch in den Zaunmaschen? Es ist noch frisch!«

Die Presseleute drängten sich noch kompakter um die Bürgerwehr.

»Das können nur Terroristen aus Neukirching aufgeknipst haben, wahrscheinlich zum Waffenschmuggel!«, rief Hirsch mit inzwischen heiserer Stimme.

Einige Fotografen betätigten die Auslöser und es blitzte durch die Nacht.

»Wir wissen schon lange, dass Sprengstoffgürtel und Kalaschnikows über die Gleise geschmuggelt werden. Wahrscheinlich gibt es auch versteckte Tunnel!«

Hirsch kam aus der Menschentraube getreten und zeigte hinaus aufs Maisfeld.

»Die Tunnelausgänge können überall sein. Im September, wenn der Mais hoch steht, gehen die Islamisten auf diesen unterirdischen Wegen ein und aus!«

Ein Kamerateam schwenkte aufs Feld und strahlte mit der Leuchte direkt in Martins Richtung. Er ließ sich zwischen die hüfthohen Maispflanzen fallen. Wenn man ihn jetzt entdeckte, hielt Hirsch ihn am Ende für einen Terroristen, der gerade aus dem Untergrund gekrochen war, und gab ihn zum Abschuss frei. Martin wagte es nicht, den Kopf zu heben. Im Kameralicht sah er vor sich hellbraune Erde und das junge Grün der Stängel. Einen Moment später war wieder alles pechschwarz.

»Zwei Männer bleiben hier und sichern das Loch im Zaun!«, kommandierte Hirsch. »Patrouillengang wird fortgesetzt, Marsch!«

Vorsichtig richtete Martin sich auf. Der Pulk bewegte sich weiter und ließ zwei Warnwestenträger zurück, die sich mit ihren Fackeln am Zaun aufstellten. Für einen Moment blieb noch eine dritte Person bei ihnen stehen, die einen gelben Friesennerz trug. Sofia schien die beiden Wachleute kurz zu befragen, schloss dann wieder zügig zur Patrouille auf und verschwand zwischen den anderen Journalisten.

Martin schlich parallel dazu zwischen zwei Reihen Maispflanzen. Aufmerksam beobachtete er die Schar auf dem Weg, die ihn, wie sie sich langsam und leuchtend vorwärtsbewegte, jetzt weniger an einen Naziaufmarsch, sondern eher an einen St.-Martins-Zug erinnerte. Eigentlich sah es aus der Ferne recht idyllisch aus, dachte Martin. Solange Hirsch nicht rumbrüllte, wirkte es wie eine gemütliche Prozession, zu der man sich gerne gesellen wollte. Still bewegte sich der Tross den Weg entlang. Martin hörte Grillen zirpen, das leise Rascheln der Maispflanzen im leichten Wind – und auf einmal irgendwo im dunklen Feld ein Wispern.

Er hielt inne, ging in die Hocke und lauschte. Zwei Stimmen konnte er ausmachen, die gleichmäßig und gemeinsam einzelne Wörter flüsterten, stets mit einer kurzen Pause dazwischen. Martin versuchte, im Dunkeln etwas zu erkennen. Ganz sicher war er sich nicht, aber er meinte, ein Stück vor sich die Oberkörper und Köpfe zweier Personen ausmachen zu können. Gebückt schlich er sich ein Stück näher ran. Tatsächlich: Da waren zwei Gestalten im Maisfeld. Ihn schauderte es, weil er nicht erkennen konnte, ob sie mit dem Rücken zu ihm standen oder mit den Gesichtern. Martin ging auf die Knie, die beiden Figuren flüsterten ungerührt weiter. Noch immer konnte er das meiste nicht verstehen, nur einzelne Fetzen hörte er deutlicher, als der leichte Wind, der von hinten wehte, kurz nachließ.

»Zündet was an«, flüsterten sie mit kindlichen Stimmen.

Ein Windstoß kam und Martin konnte wieder nichts verstehen. Aber um wessen Stimmen es sich handelte, das wusste er jetzt ganz sicher: Es waren Maike und Paul. Ohne Zweifel. Martin hielt sich die Hände hinter die Ohren, um seine Hörmuscheln zu vergrößern.

»Feuer so heiß!«, hörte Martin Maike und Paul zischeln.

Fünf oder sechs unverständliche Wörter folgten noch, dann schwiegen die Zwillinge. Sie blieben regungslos stehen, auch Martin hielt die Luft an. Plötzlich ertönte von den Gleisen her der laute panische Schrei eines Mannes. Ein zweiter stimmte mit einem entsetzten Jaulen ein. Es waren die beiden, die Hirsch zum Bewachen des Zaunlochs abgestellt hatte. Martin fuhr herum und sah, wie die Fackeln der beiden Männer in der Dunkelheit über ihren Warnwesten durch die Luft sausten. Ihre Arme, Beine und Gesichter waren nicht zu erkennen.

»Es passiert, es passiert«, jammerte Maike.

»Schon wieder, schon wieder«, winselte Paul.

Die beiden Männer wedelten mit ihren Fackeln über den Köpfen, als ob sie Stechmücken vertreiben wollten, und stießen weiter Schreie des Entsetzens aus. Ihre Kameraden und das Presseheer hatten ungefähr zweihundert Meter entfernt angehalten und sich nach ihnen umgedreht. Niemand aus dem Tross lief los, um nachzusehen, was mit den zwei Zaunbewachern passierte. Die beiden Fackeln wirbelten weiter durch die Dunkelheit und begannen, langsam nach oben zu steigen. Unmöglich konnten die beiden Männer, die immer panischer durch die Nacht schrien, sie so hoch über ihren Köpfen halten. Kletterten sie den Zaun hinauf?

»Es fehlt, es fehlt!«, hörte Martin die Zwillinge kindlich wimmern.

Immer wieder und mit immer flehentlicherer Stimme wiederholten sie sich.

»Es fehlt, es fehlt!«

Als die beiden Fackeln vier, fünf Meter in die Luft gestiegen waren, hörten sie auf, sich hektisch hin und her zu bewegen, und die Schreie der beiden Männer verstummten. Hoch über dem Zaun leuchteten ihre orangen Westen.

»Was ist da hinten los?«, schrie Peter Hirsch ins Megafon.

Einige Ausrufe der Verwunderung ertönten aus der Menge um ihn und die Fotografen ließen es blitzen. Martin fasste sich ein Herz.

»Maike, Paul!«, zischte er. »Was passiert hier?«

Sofort duckten sie sich nach unten zwischen die Maispflanzen, ihre schwarzen Silhouetten verschwanden.

»Er hat uns gefunden«, sagte Maike ängstlich.

»Warum hilft er uns nicht?«, schluchzte Paul irgendwo im Mais.

»Weil es ihm gefällt.«

Martin setzte an, »Was wollt ihr von mir?« zu rufen, da

flammten die beiden Fackeln in der Luft auf, als hätten Artisten für eine waghalsige Zirkusnummer in der Höhe Spiritus gespuckt. Kurz wurde es hell über Feld und Gleisen und Martin sah die beiden Männer in voller Gestalt bewegungslos überm Zaun schweben.

Einen Augenblick später schossen die Fackeln kurz hintereinander los. Wie Feuerpfeile flitzten sie durch den Nachthimmel und schlugen vorne im Pressepulk ein. Zwei Kamerateams wurden von den reglosen Körpern der beiden Männer, die wie von den Fackeln gezogen mit durch die Luft gerast waren, getroffen und von den Beinen gerissen. Ihre Ausrüstung flog nach allen Seiten davon. Sofort brach die Hölle los, die Journalisten liefen in Panik schreiend auseinander.

»Angriff der Terroristen!«, rief Hirsch heiser ins Chaos. »Formation halten!«

In Zweierreihe stand die Patrouille mit ihren Fackeln auf dem Weg, während sich die Presseleute ins Maisfeld flüchteten.

»Marsch zum Zaunloch!«, kreischte Peter Hirsch, doch seine Truppe setzte sich nicht in Bewegung.

Wie gelähmt stand Martin im Maisfeld und starrte rüber zur Bürgerwehr, während links und rechts verschreckte Journalisten vorbeiliefen. Eine davon war Sofia in ihrem gelben Friesennerz.

»Bring dich in Sicherheit!«, rief sie ihm zu und war verschwunden.

Wieder erklang Peter Hirschs Stimme.

»Ich habe gesagt: Marsch zum …«, krächzte er, dann klang es, als hätte er das Megafon fallen lassen.

Die Fackeln der Bürgerwehr flammten mit einem Mal so gewaltig auf, dass sie sich über der Patrouille zu einem gewaltigen Feuerball vereinten. Er blähte sich nach oben auf und verflog in Millionen Funken. Martin spürte die Hitze in seinem Gesicht und begann einen Moment später, nach Luft zu schnappen. Es fühlte sich an, als hätte die Flammenkugel in einer Sekunde fast allen Sauerstoff verzehrt. Er griff sich an den Hals und spürte, wie ihm schummrig wurde. Die Männer der Bürgerwehr, die eben noch ordentlich in Marschformation gestanden hatten, kippten zur Hälfte wie ohnmächtig um, die anderen flüchteten wie zuvor die Journalisten ins Maisfeld. Ihre Fackeln ließen sie zu Boden fallen, die Flammen wurden kleiner und erloschen. Ohne Sauerstoff kein Feuer, dachte Martin. Hinter sich hörte er die S-Bahn über die Gleise fahren. Während es ihm schwarz vor Augen wurde, merkte er noch, dass seine Beine losrannten und ihm die jungen Maispflanzen gegen die Oberschenkel schlugen.

Eine Viertelstunde später, als Martin wieder einigermaßen zu sich kam, hangelte er sich im Gasthof Keiler bereits die Treppe in den ersten Stock hoch. Vom Weg dorthin hatte er nicht viel mitbekommen. Aber er spürte in den Beinen und in der Lunge, dass er um sein Leben gerannt war.

Er sperrte sein Zimmer auf, ließ das Licht aus und legte sich aufs Bett. Wenn er die Augen schloss, sah er den Feuerball über das Innere seiner Lider aufflammen, wenn er sie öffnete, war ihm, als hätten sich die beiden schwebenden Fackeln in seine Netzhäute gebrannt, auf jeder Seite eine. Er drehte seinen Kopf ruckartig hin und her. Die Fackeln flitzten über die Zimmerdecke. Was er eben gesehen hatte, widersprach, soweit er es einschätzen konnte, allen geltenden Naturgesetzen. Schon ein paar Mal hatte er sich in Kirching gefragt, ob er verrückt geworden war, doch heute Abend tat er das nicht. Was geschah, war wahnsinnig, dachte Martin, aber er selbst war es nicht. Irgendwie hing er mittendrin. Genau wie Maike und Paul, die aus einem Grund, den er noch nicht kannte, auf seine Hilfe angewiesen waren. Er verstand nicht, wofür sie ihn brauchten und wie das mit dem zusammenhing, was in Kirching geschah. Aber es hing alles zusammen, das spürte er. Und er würde schon noch dahinterkommen.

Was würde morgen wohl passieren? Wie würden die Journalisten mit dem umgehen, was sie gesehen hatten? Martin fragte sich, ob die Aufnahmen der Fotografen und Kamerateams brauchbar waren. Er würde es morgen früh genug herausfinden, dachte Martin und gähnte. Fast war er eingeschlafen, da hörte er aus dem Badezimmer jemanden schluchzen. Wer konnte das sein? Sofia? Martin rollte sich aus dem Bett. Aber warum sollte sie nach der Erfahrung vom Vorabend auf sein Zimmer gekommen sein? Im Dunkeln tappte er voran, zog die Tür zum Bad auf und tastete nach dem Lichtschalter.

»Sofia?«, flüsterte Martin. »Bist du es?«

Das Schluchzen kam aus der Dusche, er trat näher.

»Ich komme jetzt zu dir rein, okay?«

»Ja«, schniefte eine Stimme, die nicht Sofias war.

Martin zog den Vorhang zur Seite. Auf dem Boden der Dusche kauerte Fanny. Ihre schwarze Jeans war zerrissen. Durch die Löcher waren Schürfwunden zu sehen. Ihren

Kopf hatte sie zur Seite auf die Schulter gelegt. Martin rieb sich die Schläfen und schloss dabei kurz die Augen. Als er sie wieder öffnete, war Fanny immer noch da. Es wunderte ihn, aber er dachte, dass er es wohl akzeptieren musste.

»Martin«, sagte sie und blickte ihn dabei schräg an. »Was ist an den Gleisen ... passiert?«

Nachdem sie sich eine Träne von der Wange gewischt hatte, rutschte ihr Kopf nach hinten aufs Schulterblatt. Ihr Hals klappte einfach weg, als ob sich kein Wirbel in ihm befand.

»Entschuldige«, sagte sie leise. »Bitte nicht erschrecken ... Mein Genick ist gebrochen vom Unfall, gell?«

Mit beiden Armen griff sie nach hinten und legte ihren Kopf wieder seitlich auf dem Schlüsselbein ab. Martin betrachtete Fanny ruhig, sie ängstigte ihn nicht mehr. Er wusste nicht warum, aber er fragte sich auch nicht warum.

»Ich helfe dir«, sagte er. »Darf ich?«

»Bittschön«, flüsterte Fanny.

Martin schob ihr einen Unterarm unter die Kniekehlen, den anderen in den Nacken und trug sie zum Bett. Fannys Kopf hing senkrecht nach unten und wackelte bei jeder Bewegung, als ob ihr Hals aus Gummi bestand. Behutsam legte Martin sie auf dem Rücken ab und brachte ihren Kopf in eine natürliche Position. Er deckte sie zu und setzte sich auf den Schreibtischstuhl.

»Komm zu mir«, sagte Fanny einen Moment später.

Martin zog Schuhe, Socken und Hose aus und legte sich Fanny zugewandt am Bettrand auf die Seite.

»Seit dem Unfall weiß ich nicht mehr, was ich dir sagen wollte«, flüsterte Fanny.

Erst jetzt fiel Martin auf, dass sie erstmals alle Wörter normal betonte.

»Ich erinnere mich nur noch, dass wir ein Gedicht üben müssen.«

»Wir überlegen morgen«, sagte Martin.

Fanny schob eine Hand zwischen seine Beine.

»Hilfst du mir noch aus den zerrissenen Klamotten?«, fragte sie leise.

Martin half ihr, streifte auch seine Unterwäsche ab und schlief mit Fanny.

7. Kapitel

Das Kopfkissen zwischen den Beinen, die Decke in den Armen und splitterfasernackt – so wurde Martin wach. Er musste nicht vergebens nach Fanny tasten, um zu wissen, dass sie verschwunden war. Es überraschte ihn nicht. Sie würde wiederkommen, dachte Martin. Wenn schon ein tonnenschweres Feuerwehrfahrzeug sie nicht stoppen konnte.

Das Fenster stand gekippt und kühle Morgenluft ließ ihn nicht nur frösteln, sondern bis auf die Knochen frieren. Er zog den verklebten Bezug vom Kopfkissen und warf ihn auf den Boden. Sperma auf der Bettwäsche, dachte Martin. Was Monika Keiler dazu sagen würde? Wann in ihrem Gasthof wohl zuletzt jemand Sex gehabt hatte? Aber vielleicht trieben es manche Handwerker auf Montur ja bunter, als man sich das vorstellte. Martin schlurfte in die Dusche und blieb lange unterm heißen Wasser stehen, bis er aus seinem Zimmer das Handy klingeln hörte.

Während er sich anzog, schloss er mit sich selbst Wetten ab, wer wohl versucht haben mochte, ihn zu erreichen. Einem Anruf Linda Hellwigs gab er lediglich zehn Prozent Chance, denn ihr war, wie sie ihm gesagt hatte, inzwischen egal, was er trieb. Wahrscheinlicher war da schon Oliver

Michels als Anrufer, der ihn nach seiner Kündigung noch einmal rund machen wollte. Martin dachte Michels sechzig Prozent zu. Dreißig Prozent blieben für einen Anruf des Netzbetreibers, der ihm einen neuen Tarif verkaufen wollte. Eigentlich war es deprimierend, dass ihm außer diesen drei Optionen niemand anderes in den Sinn kam, der ihn anrufen konnte. Hatte Fanny ein Telefon? Wollte sie sich vielleicht mit dem Handy zwischen Kopf und Schulter geklemmt für die schöne Nacht bedanken? Bestimmt nicht, dachte Martin.

»Verpasster Anruf von: Frank Nietner«, las er zu seiner großen Verwunderung. Der Fotograf hatte ihm doch bereits Lebewohl gesagt. Vielleicht war es ein versehentlicher Hosentaschenanruf? Martin drückte trotzdem auf Rückruf.

»Kreutzer, ich freue mich!«, rief Nietner fröhlich. »Ich bin da, also in Kirching! Wie verabredet in der Bäckerei Wimmer.«

»Ich dachte, Sie haben sich für immer verabschiedet«, sagte Martin verwirrt. »Welche Bäckerei?«

Nietner schmatzte in den Hörer. Er schien etwas zu essen.

»Was reden Sie da, Kreutzer? Sie sind spät dran! Ich bin geduldig, aber warte auch nicht gerne.«

Der Fotograf lachte auf und trällerte »Bringen Sie mir noch einen Kaffee, bitte!« am Hörer vorbei.

»Wimmer, Bäckerei Wimmer heißt der Laden. Kreutzer, der Streuselkuchen hier ist ein Gedicht! Beeilen Sie sich!«

Martin erinnerte sich, dass neben dem griechischen Restaurant, das er nach der ersten Pressekonferenz mit Sofia besucht hatte, eine Bäckerei war.

»Ist das beim Rathaus gegenüber?«, fragte er zur Sicherheit.

Nietner schlürfte laut, vermutlich seinen frischen Kaffee.

»Ja, Kreutzer, wir haben das doch alles besprochen. Stellen Sie sich nicht so an und kommen Sie her!«

Er war misstrauisch, aber trotzdem versprach Martin, sogleich aufzubrechen. Gut vorstellbar, dachte er, dass Nietner gar nicht in der Bäckerei war und er ihm ein paar Stunden später in einem weiteren Anruf erzählen würde, dass er aus irgendeinem Grund aufbrechen musste und schon im Fernbus nach Barcelona oder sonst wo saß. Aber frühstücken wollte er ohnehin, also konnte er auch zur Bäckerei laufen.

Im Fenster der Bäckerei Wimmer lagen auf einer weißblauen Tischdecke versteinerte große Brezeln, auf denen sich nicht wenig Staub gesammelt hatte. »Bäckerhandwer aus radition« war auf der Scheibe zu lesen, zwei Buchstaben mussten in der langen Historie des Ladens irgendwann abhandengekommen sein. Als Martin die Tür aufstieß, erklang ein elektronisches Glöckchen. Das kleine Geschäft hatte einen Boden aus ziegelroten Fliesen, eine beleuchtete, in die Jahre gekommene Auslage mit Süßgebäck und dahinter Fächer und Regale aus dunklem Holz, in denen Brotlaibe, Laugengebäck und Semmeln untergebracht waren. Am einzigen Stehtisch stand vor einer Kaffeetasse Frank Nietner. Er trug eine Fleecejacke, hatte eine Kameratasche über die Schulter gehängt und sah glatt rasiert aus wie ein jung gebliebener Sechzigjähriger. An der Kasse stand eine hochbetagte Frau in langem Rock und Strickjacke.

»Kreutzer, sind Sie's wirklich? Ich dacht' schon, Sie versetzen mich wieder!«

Nietner klopfte vergnügt auf den Tisch. Auch die Greisin hinterm Tresen schien erfreut.

»Grüß Gott, junger Mann! Sind Sie auch von der Presse? Was möchten S' denn?«

Sofort antwortete Nietner mit seinem leichten, sächsischen Einschlag.

»Ja, das ist ein Spitzenjournalist, ein Nachwuchsstar!«, feixte er. »Bringen Sie ihm bitte Streuselkuchen und Kaffee!«

Der Fotograf strecke die Hand aus und drückte fest und verbindlich zu.

»Schön, dass wir uns endlich treffen«, sagte Martin. »Aber ich arbeite nicht mehr als Journalist. Ich habe gekündigt.«

Nietner knallte seine Tasse auf den Unterteller.

»Warum das denn? Sind Sie verrückt geworden?«

Martin sah Nietner fragend an. Hatte er ihm nicht gestern am Telefon noch eine Rede darüber vorgetragen, dass der Journalismus im Eimer war und man lieber hinwerfen sollte?

»Wollten Sie nicht auch kündigen?«

Schallend lachte der Fotograf auf und boxte Martin leicht den Arm.

»Kreutzer, ich kündige ständig! Seit Jahren kündige ich immer wieder, und danach mach ich halt wieder weiter!«

Er nahm schlürfend einen Schluck aus seiner Tasse.

»Was soll ich denn auch sonst machen, Kreutzer? Pilot werden vielleicht?«

Die alte Frau kam um den Tresen und setzte Martin Kuchen und Kaffee vor.

»Lassen S' sich's schmecken! Ich hab mich noch gar nicht vorgestellt: Waltraud Wimmer, mein Mann und ich führen die Bäckerei.«

Nietner legte Wimmer die Hand auf die Schulter.

»Stellen Sie sich das vor, Kreutzer! Der Ehemann steht hinten und backt jeden Tag ab zwei Uhr morgens. Frau Wimmer, sagen Sie es dem Jungspund: Wie alt ist Ihr Mann?«

»Fünfundneunzig Jahre, gell? Ich selbst bin sechsundneunzig«, sagte Wimmer sehr stolz und ein wenig geschmeichelt.

Wieder klopfte Nietner auf den Tisch.

»Fünfundneunzig und sechsundneunzig!«, brüllte er begeistert. »Und Sie, Kreutzer, sind wie alt? Siebzehn vielleicht, und wollen schon hinschmeißen!«

Wimmer lachte vergnügt auf, Nietner holte seine Kamera heraus und machte ein paar Bilder von der alten Bäckerin und vom Süßgebäck in der Auslage.

»Leisten Sie uns noch eine Weile Gesellschaft, Frau Wimmer?«, fragte der Fotograf charmant. »Herr Kreutzer will mir gerade berichten, was in Kirching in den letzten Tagen alles vorgefallen ist.«

Martin stopfte sich ein großes Stück Streuselkuchen in den Mund, um Zeit zu gewinnen. Wie viel sollte er Nietner erzählen? Welche Informationen waren lieber auszusparen? Er nahm einen Schluck Kaffee, um den staubtrockenen Kuchen runterzuspülen, und erzählte Nietner die offizielle Version der Ereignisse. Angefangen von Morettis Tod bis zum mutmaßlichen Anschlag auf das Sonnwendfeuer. Dabei hielt er sich streng an das, was auf den Pressekonferenzen verlautbart worden war, und ging in keinem Detail darüber hinaus. Waltraud Wimmer und Frank Nietner beäugten ihn kritisch.

»Und gestern Abend gab es bei einer Patrouille der Bürgerwehr noch einen Zwischenfall, von dem man aber noch nicht allzu viel Genaues weiß«, schloss Martin seinen Vortrag.

»Eine Bürgerwehr?«, prustete Nietner überrascht. »Also Nazis?«

»Im Grunde eine Gruppe wütender Bürger aus Altkirching«, bemühte sich Martin um eine unaufgeregte Einordnung.

Wimmer räusperte sich.

»Na ja, junger Mann. Ein bisserl verharmlosen Sie das alles schon!«

Die alte Bäckerin holte aus zu einem zehnminütigen Vortrag, in dem sie, weil sie sehr langsam sprach, nicht besonders viele Informationen gab, aber wiederholt andeutete, dass ihrer Meinung nach alles, was in der vergangenen Woche geschehen war, zusammenhing.

»Und außerdem«, sagte sie und deutete auf Martin, »hat unser Pfarrer ihm den Teufel ausgetrieben. Ich war selbst dabei!«

Nietner kicherte amüsiert auf.

»Lachen S' nicht!«, ermahnte ihn die Greisin. »Der Herr Pfarrer ist nicht wieder erwacht aus dem Koma, sondern für immer entschlafen.«

Wimmer bekreuzigte sich mit kummervoller Miene.

»Entschuldigen Sie bitte«, sagte Nietner und zwinkerte Martin zu. »Ich werde für Ihren Pfarrer beten!«

Vier Männer in orangen Warnwesten stellten sich draußen vor dem Schaufenster auf, und einen Moment später flog die Tür auf. Peter Hirsch setzte einen Zehenschuh in die Bäckerei, blickte sich um, entdeckte Martin und trat an den Stehtisch.

»Ahhhh, der junge Reporter aus Berlin! Ich wusste, dass Sie nicht desertieren!«

Hirsch fixierte Frank Nietner.

»Und wer sind Sie?«

»Darf ich vorstellen?«, sagte Martin. »Mein Kollege Frank Nietner.«

Das klang wie bei einem Sektempfang, dachte Martin und kam sich albern vor. Aber nun verlangte es die Etikette, die beiden auch noch andersherum bekannt zu machen.

»Und das ist Peter Hirsch, der, äh, Führer der Bürgerwehr Altkirching!«

Waltraud Wimmer sah Hirsch abschätzig an, murmelte »O mei, dieser Nichtsnutz schon wieder!« und verließ den Verkaufsraum nach hinten in die Backstube.

»Ich habe noch nie den Anführer einer Bürgerwehr getroffen«, rief Nietner und rollte dabei das r. »Muss ich strammstehen?«

Der Fotograf stieß Martin mit dem Ellbogen in die Seite und gluckste. Hirsch schien nicht nach Scherzen zumute. Er wartete mit strenger Miene, bis Nietner sich beruhigt hatte.

»Wir befinden uns im Krieg! Gestern Abend wurde unsere Patrouille von Dschihadisten aus Neukirching beschossen.«

Hirsch starrte Martin an. Seine Augenringe verrieten, dass er in der Nacht keinen Schlaf gefunden hatte.

»Mit Raketenwerfern beschossen! Zwanzig Todesopfer. Männer im besten Alter, Männer mit Familie. Jetzt suchen wir Zeugen.«

»Zeugen?«, fragte Martin irritiert. »Da waren doch zig Journalisten, die Ihre Patrouille begleitet haben.«

»Die Presse hat uns wieder einmal verraten«, sagte Hirsch bitter.

Fahrig berichtete er, dass die meisten Journalisten, die den Marsch der Bürgerwehr begleitet hatten, heute nicht mehr in Kirching anzutreffen waren, und dass diejenigen, die er und seine Truppe bisher aufgespürt hatten, angaben, über keine brauchbaren Filmaufnahmen und Fotos vom Vorfall an den Gleisen zu verfügen.

»Die wollen das klein halten!«, rief er empört aus. »Der Terror soll nicht bekannt werden in diesem Land, wo Multikulti Staatsräson ist!«

Wieder lachte Nietner auf.

»Multikulti! In welchem Land? In Bayern?«

Hirsch ignorierte den feixenden Fotografen und kam mit seinem Gesicht nah vor Martins.

»Waren Sie da, junger Kollege? Haben Sie gesehen, was uns passiert ist an den Gleisen?«

Für einen Moment hatte Martin den Eindruck, Hirsch würde in Tränen ausbrechen.

»Ich bitte Sie, schreiben Sie in Ihrer Zeitung über die Islamistenbanden, die uns angreifen!«

»Es tut mir leid, ich war nur am Anfang auf dem Parkplatz dabei, nicht später an den Gleisen«, log Martin.

Hirsch kam noch ein Stück näher. Er roch wie ein Mann, der seit Tagen kein Badezimmer mehr betreten hatte. Ganz leise sprach er, als ob er nicht wollte, dass Nietner mithörte.

»Hören Sie, Kreutzer! Glauben Sie nicht die Verschwörungstheorien, die man sich inzwischen erzählt. Es spukt nicht in Kirching!«

In wenigen Sätzen schilderte Hirsch, wie er die islamistische Raketenwerferattacke am Vorabend erlebt hatte, und bat Martin, ihn bei der Chefredaktion als Interviewpartner ins Gespräch zu bringen.

»Die Wahrheit muss ans Licht, auch wenn die meisten Ihrer Kollegen das verhindern wollen«, flüsterte Hirsch. »Ich zähle auf Sie, junger Kollege.«

Nietner hatte sich inzwischen eine Zeitung vom Tresen genommen und sich darin vertieft. Immer wieder lachte er beim Lesen vergnügt auf. Als Hirsch das Lokal verließ hob er nicht mal den Kopf.

»Wir müssen weiter, uns um den Gefangenen kümmern«, rief Hirsch zum Abschied in die Bäckerei.

Martin musste die naheliegende Frage nicht einmal aussprechen, da gab Hirsch schon Auskunft.

»Heute Morgen haben wir den Bürgermeister festgenommen. Wegen Hochverrat!«, rief er. »Er bekommt einen fairen Prozess.«

Kaum war Hirsch mit seinen Männern verschwunden, da kehrte Waltraud Wimmer zurück an den Tresen.

»Dieser unmögliche Mann«, schimpfte sie. »Der ist ja gemeingefährlich! Aber schon immer.«

Sie wartete ab, bis Nietner, der durch die Scheibe Fotos von der davonmarschierenden Bürgerwehr machte, seine Kamera wieder gesenkt hatte, und wandte sich an ihn.

»Es ist mir peinlich, aber er ist mein ehemaliger Schwiegersohn. Irgendwann ist meine Tochter zum Glück zur Vernunft gekommen, gell?«

»Wenn Sie Glück haben, erwischen ihn bald die Islamisten mit der Panzerfaust«, scherzte Nietner fröhlich.

Die alte Bäckerin winkte ab.

»Ich sag schon lang, dass der ins Sanatorium gehört. Möchten S' noch ein Stück Kuchen?«

Martin überlegte, was Nietner und Wimmer wohl sagen würden, wenn er ihnen von den schwebenden Fackelträgern erzählte. Wie sie durch den Nachthimmel gesaust und im Pulk aus Presse und Bürgerwehr niedergegangen waren. Von zwanzig Toten an den Gleisen hatte Hirsch gesprochen. Ob wenigstens das der Wahrheit entsprach? Er hatte nur verschwommene Erinnerungen an das Chaos, das an den Gleisen ausgebrochen war, und daran, wie er noch eine Zeit lang wie gelähmt im Maisfeld gestanden war. Wohin waren eigentlich Maike und Paul verschwunden? Und wohin – Sofia? Erst jetzt fiel Martin wieder ein, dass sie ihn auf ihrer Flucht noch erkannt und aufgefordert hatte, sich ebenfalls in Sicherheit zu bringen. Er musste mit ihr sprechen, dachte Martin. Das hieß: sich erst für seinen Kussversuch entschuldigen und dann mit ihr sprechen. Sie war die Einzige, der er in Kirching halbwegs über den Weg traute, und er musste sie finden.

Nietner und Wimmer tauschten sich inzwischen über den Streuselkuchen aus, der Fotograf ließ sich das Rezept geben. Geduldig wartete Martin ab, bis Wimmer vom Boden bis zu den Streuseln alles mehrfach erläutert hatte.

»Das ist meine Art von Recherche!«, zwinkerte Nietner der Bäckerin zu und wandte sich an Martin.

»Und was machen wir jetzt?«

Kurz tat Martin so, als müsse er überlegen, bevor er Nietner von der gut informierten Kollegin vom *Spiegel* berichtete, mit der er in Kirching eine Recherchegemeinschaft gebildet habe. Sofort prustete Nietner los.

»Recherchegemeinschaft mit einer vom *Spiegel*? Was soll das denn heißen, Kreutzer? Sind Sie in die Kollegin verliebt?«

Waltraud Wimmer schnippte mit den Fingern.

»Mir fällt was ein, mir fällt was ein«, sagte sie aufgeregt.

In ihrem Kopf schien es zu rattern. Nachdem sie einige Zeit geschnippt hatte, klatschte sie in die Hände.

»Ja, das war's! Hier war heute Morgen eine junge Frau vom *Spiegel*. Die wollt' wissen, ob ich die Mutter kenne von dem bedauernswerten toten Künstler, den die S-Bahn zerbatzt hat.«

Wimmer bekreuzigte sich und fuhr fort.

»Aber ich kenne die Mutter nicht. Und dann hat die Frau vom *Spiegel* gesagt, dass sie rübergehen will nach Neukirching zur Recherche.«

»Neukirching? Was soll das denn sein?«, ächzte Nietner und rieb sich die Augen.

Martin klärte ihn über die beiden Ortsteile Kirchings auf, die durch die S-Bahn-Gleise getrennt waren. Über Altkirching, den traditionellen Ortsteil, in dem sie sich befanden, und über Neukirching, wo Plattenbauten standen und außerdem, wenn man Hirsch folgte, geheime und getarnte Moscheen, in denen Terroranschläge koordiniert wurden. Nietner grinste amüsiert.

»Und an der Gleisgrenze patrouilliert dieser Nachwuchs-Goebbels jetzt? Waren Sie denn schon mal drüben, Kreutzer?«

Als Martin zugab, noch keinen Fuß nach Neukirching gesetzt zu haben, lachte der Fotograf schallend auf.

»Was sind Sie eigentlich für ein Journalist, Kreutzer? Recherche ist nicht so Ihres, was? Aber dafür führen Sie ja sensationelle Interviews!«

Nietner winkte mit der zusammengerollten Zeitung in der Luft, die er zuvor gelesen hatte. Es war das Boulevardblatt, das im selben Verlag erschien wie die Tageszeitung, bei der Martin gerade erst gekündigt hatte.

»Kreutzer, Sie Teufelskerl!«, rief Nietner, rollte die Zeitung auf und las aus dem Innenteil vor. »Exklusiv: Das letzte Interview mit Kunst-Star Lukas Moretti!«

Er kniff die Augen zusammen und suchte mit dem Finger etwas in der aufgeschlagenen Zeitung.

»Hier steht Ihr Name: Martin Kreutzer! Sensationell!«

Begeistert klatschte Nietner in die Hände, Waltraud Wimmer nickte anerkennend.

»Das sieht man Ihnen gar nicht so an, gell? Dass Sie ein erfolgreicher Journalist sind. Ich gratuliere!«

Es dauerte einen Moment, bis Martin einen Gedanken fassen konnte. Wortlos nahm er Nietner die Zeitung ab und verließ die Bäckerei. Am unteren Rand des Titelblattes las er:

Exklusives Interview:
DAS SAGTE PERFORMANCE-STAR LUKAS MORETTI (†) KURZ VOR SEINEM TOD!

Über dieser Ankündigung waren Gesichter vieler Menschen gedruckt, die als Fotocollage die Zeilen »Deutschland weint um die Opfer aus Kirching« und »Polizei rätselt: Wer lenkte das Todes-Fahrzeug?« umgaben. Martin entdeckte das Bild von Fredl Huber, das er schon zwischen den Blumen auf dem Hof der Freiwilligen Feuerwehr gesehen hatte. Schnell prüfte er das Datum – es handelte sich um die aktuelle Ausgabe: Dienstag, 26. Juni –, dann blätterte er die Zeitung mit zitternden Fingern von vorn bis hinten durch. Wo war das Interview? Als er schon beim Sportteil angekommen war, wunderte sich Martin, dass es zwar eine riesige Story über das Sonnwendfeuer gab, die Geschehnisse vom Vorabend es aber nicht mehr ins Blatt geschafft hatten. Nicht einmal als kleine Meldung. Wahrscheinlich war es für den Druck einfach zu spät gewesen, aber »Bürgerwehr-Patrouille unter Feuer« – das gab doch eine gute Zeile ab. Martin wollte schon in die Bäckerei zurückkehren, um Nietner zu fragen, ob ein Teil der Zeitung fehlte, da fand er das Interview doch noch. Er hatte es in seiner Aufregung überblättert, es war direkt auf die Rückseite des Titels gedruckt und füllte die gesamte Seite 2. Der Text umrahmte ein großes Foto von Lukas Moretti, das ihn bei einem Auftritt zeigte und mit der Zeile »Verunglückter Künstler Moretti: Ahnte er seinen Tod?« versehen war. Bevor er das Interview anging, versicherte sich Martin, dass da tatsächlich sein Name stand. Nietner hatte nicht gelogen: »Das Gespräch führte Martin Kreutzer« war am Ende in kleinen Buchstaben geschrieben. Martin brach der Schweiß aus. Nervös lief er vor der Bäckerei auf und ab und konnte nicht glauben, was er da las.

Das Interview war wie eine Fälschung seiner eigenen Fälschung. Nur Bruchstücke seiner Fragen erkannte Martin wieder, die Antworten Morettis waren vollständig ausgetauscht worden. Wo Martin sich in seiner Version des Gesprächs kritisch nach Morettis künstlerischem Konzept erkundigt hatte, fragte er hier, welche Gefühle der Künstler in seine »Beschwörungen«-Performance einfließen ließ. Und wo Moretti in Martins Fälschung ins Schwimmen kam, gab er in der Boulevardfälschung Einblick in seine Abgründe aus Todessehnsucht und der Ahnung, dass die »Beschwörungen« der Höhepunkt seiner Karriere waren.

»Diese Performance ist so kräftezehrend, dass ich nicht weiß, ob ich danach noch weitermachen kann«, sagte Moretti gegen Ende des Gesprächs.

Alle Antworten des Künstlers ließen durchblicken, dass er sich bereits auf der Schwelle zwischen Leben und Tod wähnte. An einer Stelle verglich sich Moretti sogar mit Kurt Cobain. In einem Extrakasten am Rand der Seite wurde über Morettis Todesursache spekuliert und ein »S-Bahn-Tod im Drogenrausch« nahegelegt. Martin dachte, dass seine Fälschung schon verwerflich und perfide gewesen war, was hier aber publiziert wurde, das war an Niederträchtigkeit und Schlechtheit nicht zu überbieten. Welches kranke Hirn dachte sich so etwas aus? Und warum musste er, Martin Kreutzer, dafür mit seinem Namen stehen? Er wollte kein Journalist mehr sein, hatte gekündigt – und jetzt wurde ihm ein widerwärtiges Interview im Boulevard zugeschrieben. Was würde Sofia von ihm denken? Und wer war dafür verantwortlich?

Michels, dachte Martin. Das konnte nur die Rache seines ehemaligen Chefredakteurs sein, der ihn für seine dreiste Kündigung bestrafen wollte. Vielleicht hätte er beim Anruf in Michels' Vorzimmer nicht drohen sollen, dessen Kokainkonsum anzuzeigen. Was sollte er tun? Er konnte von Michels kaum verlangen, die Kollegen vom Boulevard dazu zu bringen, eine Richtigstellung zu drucken. »Das Interview in unserer gestrigen Ausgabe wurde nicht von Martin Kreutzer geführt« – keine Chance. Das Einzige, was ihm blieb, war ein Anruf bei Linda Hellwig. Sie war vernünftiger als Michels, dachte Martin. Wenn er ihr gestand, was sie ohnehin bereits vermutete, nämlich dass er kein Interview mit Moretti geführt hatte, konnte er sie vielleicht dazu bewegen, etwas zu unternehmen. Zur Not konnte er damit drohen, Sofia die ganze Wahrheit zu erzählen. Wenn die Gefahr bestand, dass der *Spiegel* einen Fälschungsskandal bei der Berliner Konkurrenz aufdeckte, musste Hellwig handeln, dachte Martin und wählte ihre Büronummer.

Der Hörer wurde von der Frau aus Michels' Vorzimmer abgenommen. Sie informierte ihn, dass Hellwig aktuell nicht zu erreichen sei, es sich aber gut treffe, da Michels ihn ohnehin sprechen wolle. Bevor Martin irritiert etwas erwidern konnte, ertönte eine Warteschleifenmelodie, Jon Bon Jovi sang »You Give Love a Bad Name«. Nach dem Refrain klickte es und Michels brüllte gut gelaunt in die Leitung.

»Kreutzer! Haben Sie's schon entdeckt?«

Meinte er das Interview? Martin bekam nicht mehr als ein »Ja, äh, was ..?« heraus.

»Ihre Kündigung hat mir imponiert! Das traut sich nicht jeder!«

Michels klang so begeistert, als ob er gleich aus dem Hörer hüpfen würde.

»Aber Sie hatten ja recht, Kreutzer! Sie brauchen eine andere Aufgabe, Sie müssen sich entwickeln!«

»Ich verstehe nicht ganz«, sagte Martin.

»Was gibt's da nicht zu verstehen? Ich hab zwei Etagen höher ein gutes Wort für Sie eingelegt!«

Zögerlich gestand Martin, immer noch nicht zu begreifen.

»Kreutzer, hören Sie zu«, diktierte Michels. »Sie sind kein Volontär mehr, sondern in Festanstellung Reporter bei den Kollegen vom Boulevard! Sie verdienen jetzt das Vierfache! Keine Ursache übrigens!«

Überrumpelt war kein Begriff für das, wie Martin sich fühlte.

»Wie kommt mein Interview ...«

»Das Interview haben die Kollegen auch gerne genommen! Die brauchen auch keinen würdigen Rahmen.«

Durch den Hörer klang es, als würde Michels mit den Händen auf seinen Oberschenkel trommeln.

»Aber das sind nicht meine Fragen und nicht Morettis Antworten«, sagte Martin um einen empörten Unterton bemüht.

»Mein Gott, Kreutzer!«, rief Michels aufgepeitscht. »Die haben das Gespräch halt noch ein bisschen frisiert. Jetzt freuen Sie sich doch mal!«

Martin wusste nicht, was er Michels entgegnen sollte.

Warum hatte er überhaupt ihn in der Leitung und nicht Linda Hellwig?

»Ich wollte eigentlich Frau Hellwig sprechen«, sagte er wie ein schüchterner Schüler. »Ist sie da?«

»Frau Hellwig!«, prustete Michels los. »Frau Hellwig arbeitet nicht mehr bei uns. Die Alte hat hingeworfen. Aber keine Sorge!«

Michels schien eine Nachfrage abzuwarten, aber da Martin nichts sagte, fuhr er nach einer Pause fort.

»Keine Sorge! Hellwig hat eine Verschwiegenheitserklärung abgegeben. Natürlich gegen eine ordentliche Abfindung. Aber Schwamm drüber!«

»Schwamm drüber«, wiederholte Martin perplex.

»Kreutzer, ich mach's kurz!«, sagte Michels abgeklärt. »Sie kommen jetzt sofort nach Berlin und melden sich beim Kollegen Richling vom Boulevard. Zwei Stockwerke über uns! Wenn Sie das gut machen, holen wir Sie in zwei, drei Jahren zurück! Dann stehen Ihnen hier alle Türen offen.«

Boulevardreporter, dachte Martin, nachdem er sein Handy wieder eingesteckt hatte. Er war jetzt Boulevardreporter. Aber warum sollte er als solcher zurück nach Berlin kommen? Bekam man dort nicht mehr mit, was in Kirching los war?

Die Tür der Bäckerei flog auf, Nietner stapfte heraus.

»Was ist los, Kreutzer?«, rief er. »Gehen wir nach Neukirching?«

8. Kapitel

Martin, Sofia und Frank Nietner wunderten sich noch über die vielen Polizisten am Kirchinger S-Bahnhof, da sprach sie kurz vor der Unterführung schon einer an.

»Stopp! Keinen Schritt weiter.«

»Warum das denn?«, fuhr es gleichzeitig aus Nietner und Sofia.

Der Beamte warf einen Blick auf seine Armbanduhr.

»17 Uhr 10. Seit zehn Minuten ist Altkirching vorübergehend gesperrt. Der gesamte Ortsteil wird evakuiert.«

Nietner zog seine Kamera, ging auf die Knie und machte von unten eine Reihe von Bildern vom Polizisten, der mit verschränkten Armen vor ihm stand.

»Sehr lustig, Herr Wachmann! Versteckte Kamera! Fast hatten Sie mich. Aber jetzt bin ich am Auslöser!«

Sofia war nicht nach Scherzen zumute, sie zückte ihren Presseausweis.

»Was soll das? Lassen Sie uns durch, wir arbeiten hier.«

Unbeeindruckt schüttelte der Polizist den Kopf.

»Ich darf seit zehn Minuten niemanden mehr durchlassen, nicht mal Presse.«

»Und warum?«, fragte Sofia verärgert.

»Gefahr im Verzug, der Ortsteil ist nicht mehr sicher. Über Details informieren Polizeipräsident und die Landesregierung am frühen Abend.«

Drei Stunden zuvor war Martin mit Frank Nietner durch die Unterführung von Altkirching nach Neukirching gegangen. Auf der anderen Seite hatten sie sich kurz orientiert und waren dann geradeaus in die Fußgängerzone spaziert, die Martin schon einmal kurz vom Bahnsteig gesehen hatte, als er eine Woche zuvor in Kirching angekommen war. Schon nach wenigen Minuten – sie hatten nicht mehr als ein paar ganz normale Geschäfte von außen gesehen – waren sie direkt Sofia in die Arme gelaufen. Martins Herz war beim Anblick ihres gelben Friesennerzes fast stehen geblieben. Er hatte vor Scham weglaufen wollen, doch Sofia war schnurstracks auf sie zugelaufen und hatte ihn freudig begrüßt. Noch mehr als das hatte ihn verwundert, dass sie ihm sofort zu seinem Boulevard-Interview gratuliert hatte. Sie hatte sogar ein paar Stellen daraus zitiert und ihn gefragt, wie zur Hölle er so viel aus Moretti herausbekommen hatte, wo sie sich an dem Künstler doch die Zähne ausgebissen hatte. Nervös war Martin der Frage ausgewichen und hatte Sofia stattdessen Frank Nietner vorgestellt und dem Fotografen, nachdem dieser keck nachgefragt hatte, was Martin und Sofia bereits alles gemeinsam erlebt hatten, halbwegs offenherzig berichtet, dass Sofia ihm beim Sonnwendfeuer das Leben gerettet hatte.

»Und danach hat er versucht, mich zum Dank zu küssen!«, hatte Sofia ergänzt und mit den Augen gerollt, worauf Nietner einen Lachanfall bekommen hatte.

»So selbstlos zeigt man sich bei einer Lebensretterin erkenntlich!«, hatte der Fotograf gescherzt und auch Sofia war danach in Gelächter ausgebrochen.

Die Situation war Martin sehr unangenehm gewesen, gleichzeitig hatte er aber große Erleichterung darüber verspürt, dass die beiden sich über ihn lustig machten, statt ihn als übergriffig zu schelten. Als die Heiterkeit verflogen war, hatte Sofia berichtet, dass sie schon seit Stunden durch Neukirching gelaufen und auf nichts, aber auch gar nichts Berichtenswertes gestoßen war. Sie hatte auf die trostlosen, aber keineswegs heruntergekommenen Ladengeschäfte und Plattenbauten gezeigt und gesagt, dass dies alles ganz anders wirkte als im traditionell bayrisch dominierten Altkirching.

»Aber es ist alles völlig normal und harmlos, wir sind halt immer noch im Speckgürtel Münchens«, hatte sie bilanziert.

Nietner hatte ihr beigepflichtet und seinerseits bedauert, dass sie nicht Peter Hirsch mitgebracht hatten, damit er ihnen die versteckten Terrorwerkstätten zeigte, von denen er ständig sprach.

Sie waren aus der Fußgängerzone herausgegangen und um ein paar Plattenbauten geschlichen, doch auch dort hatte tote Hose geherrscht. Ein paar Jugendliche in Trainingsanzügen, die auf einer Parkbank herumlungerten, hatten die Musik ihrer Boombox rücksichtsvoll leiser gedreht, als die Journalisten vorbeigelaufen waren. Hier konnte man lange und vergebens nach Terroristen suchen, hatte Martin gedacht. Nach gut zwei Stunden in Neukirching waren sich Sofia, Nietner und Martin einig, dass man sich einen längeren Aufenthalt auf dieser Seite der Gleise schenken konnte.

Auf dem Weg zurück hatten sie in der Fußgängerzone noch an der Eisdiele »Italia Gelato« haltgemacht, und das obwohl es kühl war und nieselte. Sofia hatte Pistazie und Joghurt gewählt, Nietner einen Banana-Split-Eisbecher und Martin zwei Kugeln Vanille, wofür er von Nietner mit »Originell, junger Mann!« verspottet worden war. Am Stehtisch vor der Eisdiele war eine junge Frau an sie herangetreten und hatte sich als Nehir Özen vorgestellt. Mit Klemmbrett in der Hand hatte sie den drei Journalisten berichtet, dass sie Hilfsgüter für die Menschen in Altkirching sammle.

»Es ist so schrecklich, was dort passiert ist, und ich habe das Gefühl, wir hier in Neukirching müssen helfen.«

Nietner hatte losgekichert, sich aber sofort bei Özen dafür entschuldigt und erklärt, dass er nicht über sie und ihr Anliegen lache, sondern weil in Altkirching ein Haufen Nazis in orangen Warnwesten herumlaufe, deren Anführer angebliche Islamisten aus Neukirching für alles Geschehene verantwortlich machte. Özen hatte erwidert, dass sie natürlich von der Bürgerwehr wusste, aber darauf bestanden, dass es sich bei diesen Männern nur um eine Minderheit handelte und dass die meisten Menschen in Altkirching sicher nicht so dachten.

»Ich finde es rührend, dass Sie das glauben!«, hatte Nietner ausgerufen und wieder gelacht. »Wenn ich gläubig wäre, würde ich jetzt Ihr gutes Herz segnen!«

Özen hatte ihm erwidert, dass er ganz gewiss irrte, und dass nach ihrer Meinung sogar die Männer von der Bürgerwehr irgendwo noch Gutes in sich trugen.

»Jeder Mensch hat ein Herz«, hatte sie mit Trotz in der Stimme gesagt und sich abgewandt.

Sofia war ihr noch ein paar Meter hinterhergelaufen, hatte sich für Nietner entschuldigt und Özen gefragt, ob sie ihr ein Interview geben wollte.

»Ich würde in einer Reportage, die wahrscheinlich im *Spiegel* erscheint, gerne auch über Ihr Engagement schreiben«, hatte Sofia die junge Frau gelockt.

Doch Özen hatte entgegnet, dass sie nicht in journalistischen Texten auftauchen, sondern helfen wollte, und war verschwunden.

Nachdem er seinen halb vertilgten Eisbecher fotografiert hatte, war Nietner an Sofia herangeschlichen, um sich zu erkundigen, ob sie in Festanstellung beim *Spiegel* war oder frei arbeitete.

»Weil Sie gesagt haben, dass Ihr Text *wahrscheinlich* im Spiegel erscheint.«

Sofia hatte genervt geantwortet, dass es nur noch eine Frage der Zeit war, bis sie eine feste Stelle bekam.

»Es geht Sie im Prinzip überhaupt nichts an, aber ich arbeite seit Jahren zuverlässig«, hatte sie gesagt. »Und es wäre mir jetzt lieber, wenn wir uns nicht mit solchen unangebrachten Nachfragen aufhalten, sondern nach Altkirching zurückkehren.«

Nachdem sich Nietner auch dafür entschuldigt und mit ironischem Unterton versichert hatte, dass Sofia bestimmt kurz vor einer Anstellung stand, waren sie zurück zum Bahnhof geschlendert und dort vor der Unterführung von dem Polizisten angehalten worden, der sie jetzt bat, wieder umzukehren.

»Ich wiederhole mich: Der Durchgang nach Altkirching ist für die nächste Zeit gesperrt, bitte gehen Sie auf Abstand und warten Sie auf weitere Informationen«, sagte der Beamte bestimmt.

Die drei Journalisten blickten sich an. Nietner zog eine Grimasse, Sofia legte die Stirn in Falten und Martin zuckte mit den Schultern.

»Die können doch nicht unbegründet einen ganzen Ortsteil abriegeln!«, sagte Sofia.

Fotograf Nietner lachte, seine gute Laune war offensichtlich durch nichts zu brechen.

»Doch, das können die! In Bayern ist die Polizei wie das FBI. Wahrscheinlich sind da drüben Aliens gelandet.«

Vielleicht waren die schwebenden Männer von der Bürgerwehr wirklich von einem Ufo in die Luft gezogen worden, dachte Martin. Außerirdische Aktivitäten konnte man jedenfalls nicht ausschließen, wenn man die letzten Tage in Altkirching miterlebt hatte. Aber von diesem ganzen Wahnsinn wusste Nietner, der Glückliche, im Moment fast noch nichts. Ob sich Sofia wohl einen Reim auf das machen konnte, was sie am Vorabend an den Gleisen gesehen hatte? Martin sah sie an. Als sie den Blick erwiderte, kam ihm eine Idee.

»Das Loch im Zaun«, sagte er und lüpfte die Augenbrauen.

Sofia verstand sofort.

»Wo die fliegenden Männer mit den Fackeln gestern …«, sagte sie und brach den Satz ab, weil Martin mit dem Kopf unauffällig zu Nietner nickte und den Zeigefinger auf den Mund legte.

»Was für fliegende Fackelmänner?«, fragte Nietner.

Martin musste improvisieren. Er wollte Nietner immer noch nicht die ganze Geschichte erzählen.

»Nicht fliegende Fackelmänner«, sagte Martin. »Sie meinte: gediegene Dackelmänner. Also das ist hier eine beliebte Gassi-Route entlang der Gleise.«

Sofia blickte Martin fragend an und schüttelte den Kopf, aber Nietner nickte, als ob es ihm sofort einleuchtete.

»Wir suchen also ein Loch im Zaun, was?«, sagte er und betonte seinen sonst dezenten sächsischen Einschlag. »Das kenne ich noch von früher!«

Der Fotograf lachte kurz, aber herzlich über seinen eigenen Witz und machte danach noch ein paar Fotos von dem Polizisten, der sie auf dem Weg zur Unterführung aufgehalten hatte.

Zusammen mit Sofia und Nietner lief Martin einen schmalen Weg an den Gleisen entlang. Auch auf der Neukirchinger Seite war das Gleisbett durch einen Maschendrahtzaun begrenzt, auf der anderen Seite säumten Büsche und Bäume den Wegesrand, durch die man auf die vorderste Reihe der großen Plattenbauten schauen konnte. Sofia äußerte gerade Verwunderung darüber, dass auf dem Weg keine Polizisten anzutreffen waren, obwohl Altkirching doch vollständig abgeriegelt werden sollte, als Martin ein Loch im Zaun entdeckte. Er lief hin, blickte hindurch und erkannte, dass auch direkt gegenüber im Zaun auf der anderen Seite der Gleise ein Loch aufgeknipst worden war. Das war die Stelle, an der der Spuk mit den Fackeln begonnen hatte!

Eilig stiegen die drei Journalisten durch die Öffnung im

Zaun. Zuerst Nietner, dann Sofia und zuletzt Martin, der nach Polizei Ausschau gehalten hatte. Gebückt huschten sie über die Schienen, die stadtauswärts führten, und als sie sich gerade zwischen den beiden Gleisen befanden, hörten sie Stimmen von der Altkirchinger Seite. Sofia ließ sich fallen und gab Martin und Nietner zu verstehen, es ihr gleichzutun. Die Stimmen wurden lauter und Martin robbte sich den Gleisschotter hoch, um unauffällig über das Gleis zu schauen, das stadteinwärts befahren wurde. Hinterm Zaun spazierten zwei Männer in orangen Warnwesten den Weg entlang.

»Die Bürgerwehr!«, zischte Martin seinen Begleitern zu.

Als die beiden Männer auf ihrer Höhe waren, lagen Sofia, Nietner und Martin bewegungslos zwischen den Gleisen.

»Hier ist das gestern passiert«, hörten sie den einen Mann sagen.

»Warst du dabei?«, fragte der andere.

»Nein, aber mein Cousin«, sagte der eine.

»Und was sagt der?«, fragte der andere.

»Er mag nicht drüber reden«, sagte der eine.

»Traumatische Poststörung oder wie das heißt«, mutmaßte der andere.

»Hast du das auch gehört, dass die geschwebt sind?«, fragte der eine.

»Ich hab's gehört, aber ich glaub's nicht«, sagte der andere.

Vorsichtig spähte Martin über die Schienen, das Bürgerwehr-Duo war stehen geblieben.

»Warum glaubst du's nicht?«, fragte der eine Mann.

»Ich glaub, die waren von dem Islamistenangriff alle so

geschockt, dass die sich das eingebildet haben«, sagte der andere.

»Halogenazionen?«, fragte der eine.

»Was meinst du?«, fragte der andere.

»Halluzinatoren oder wie das heißt«, sagte der eine.

»Einbildungen«, sagte der andere.

»Genau, das mein ich«, sagte der eine.

»Wir müssen los!«, sagte der andere. »Der Gröhaz spricht gleich am Rathaus zur aktuellen Lage.«

»Gröhaz?«, fragte der eine.

»Größter Hirsch aller Zeiten«, gluckste der andere.

»Er ist schon ein Guter, der Peter«, sagte der eine.

»Unser Bester!«, bestätigte der andere.

Die beiden Warnwestenträger gingen weiter. Martin wollte sich gerade erheben, da erklang ein leises metallisches Fiepen aus der Schiene, auf die er sein Kinn gelegt hatte, um die beiden Männer zu beobachten. Die S-Bahn kam herangeschnellt.

»Bleibt unten!«, rief Martin Sofia und Nietner zu und warf sich zu ihnen zwischen die Gleise. Das laute Warnhorn der S-Bahn ertönte und sie donnerte ungebremst an ihnen vorbei. Die drei Journalisten hielten sich die Ohren zu, so einen irren Krach verursachte der lange, dreiteilige Zug. Als er vorüber war, blickten sie ihm nach, wie er ohne Halt durch den Kirchinger Bahnhof schoss. Der Ausstieg wäre auf der verbotenen Seite gewesen, dachte Martin. Anscheinend waren sogar die Verkehrsbetriebe schon in die Abriegelung Altkirchings eingeweiht.

Martin erhob sich, hielt zur Sicherheit noch einmal nach orangen Warnwesten Ausschau und schlüpfte dann durch das Loch nach Altkirching. Nietner und Sofia folgten ihm.

Das Maisfeld war in keinem guten Zustand. Die hüfthohen Pflanzen waren in der Nähe des Weges verbrannt und weiter hinten, wo das Feld leicht abschüssig zu einem Wohngebiet führte, zu einem großen Teil platt getrampelt. Am Wegesrand lagen mehrere Holzfackeln am Boden verteilt. Martin gingen die Bilder des Vorabends durch den Kopf und er sah Sofia an, dass es ihr genauso erging.

»Hier sieht's ja aus!«, sagte Frank Nietner. »Was ist denn hier passiert?«

»Keine Ahnung«, sagte Sofia und nahm Martin zur Seite.

»Siehst du das?«, flüsterte sie ihm zu. »Keine Absperrung, hier war nicht mal Polizei!«

Nietner fotografierte das Feld.

»Nicht tuscheln!«, rief er und feixte. »Oder wissen Sie mehr über den Islamistenangriff, von dem die beiden Westenheinis eben gesprochen haben?«

»Nein«, log Sofia. »Wir sollten hier verschwinden, bevor uns jemand sieht.«

Martin schlug vor, wie die beiden Bürgerwehrsoldaten zum Rathaus zu gehen, um Peter Hirschs Ansprache zu lauschen. Sie überquerten das Maisfeld und gingen durch das dahinterliegende Wohngebiet Richtung Rathaus. Einige Menschen bepackten vor den Häusern ihre Autos bis unters Dach mit Koffern, Taschen und Verpflegung. Nietner machte Fotos von ihnen.

»Die evakuieren tatsächlich«, rief er dabei aus. »Das ist alles verrückt!«

Obwohl es erst später Nachmittag war, leuchteten die vielen orangen Warnwesten im Halbdunkel. Der Himmel über dem Rathausplatz war von grauen Wolken verhangen, es war kühl und jeden Moment musste ein ungeheurer Regen einsetzen. Seit Martin in Kirching angekommen war, herrschte fast immer ein kaltes, finsteres Klima. Und das mitten im Sommer. Das Wetter passte so gut zu den verstörenden Geschehnissen, dass es ihm beinahe seltsam vorkam. Wie von einer höheren Macht perfekt eingerichtet, dachte Martin. Mit Sofia und Nietner hatte er sich an den Rathausplatz herangepirscht. Sie wollten nicht entdeckt werden und hatten sich hinter den Tischen auf der Terrasse des griechischen Lokals aufgestellt, das Sofia und Martin Tage zuvor besucht hatten. Alle Geschäfte in der Ortsmitte waren geschlossen, bei der Bäckerei Wimmer hatte man sogar ein paar Bretter vor die Eingangstür genagelt. Auf dem Rathausplatz hatten sich die Männer der Bürgerwehr Altkirching aufgestellt. Sie standen in Reih und Glied, jeweils mit ein paar Meter Abstand zueinander, sodass sie den gesamten Platz füllten. Der große Brunnen in der Mitte war anscheinend stillgelegt worden. Nietner schätzte sie auf 250 Mann, Sofia auf 150 und Martin auf 200. Die Wahrheit lag meist in der Mitte, dachte er. Am oberen Ende des abschüssigen Platzes, wo der künstliche Bachlauf entsprang, der den Brunnen, wenn er in Betrieb war, mit Wasser versorgte, stand ein Podest mit Rednerpult. Daneben knatterte ein Dieselgenerator vor sich hin. Nietner machte Fotos und löste dabei zum Entsetzen Sofias und Martins zweimal den Blitz aus, was von den Warnwestenträgern aber nicht bemerkt wurde.

»Diese Knalltüten denken höchstens, es gewittert«, sagte Nietner und kicherte gefährlich laut.

Einen Moment verstummten die Männer auf dem Platz. Nicht weil Nietner durch sein Gelächter das Versteck verraten hatte, sondern weil die Tür des Rathauses aufflog und Peter Hirsch in seinem unverwechselbaren ausladenden Gang zum Podest schritt. Er klopfte aufs Mikrofon, es übersteuerte und quietschte unerträglich laut über den Platz. Der Anführer der Bürgerwehr brüllte etwas hinter sich, wartete eine Sekunde und sprach dann vorsichtig in das Mikrofon.

»Test, Test«, sagte er leise. »Aha, jetzt geht es!«

Langsam ließ er einmal den Blick über den Platz schweifen, dann holte er tief Luft und schrie los.

»Männer! Der Ernstfall ist eingetreten!«, keifte Hirsch schrill. »Der internationale Dschihadismus aus Neukirching attackiert uns – und Politik und Medien verschleiern es mit wirren Verschwörungstheorien! Wir sind aufgerufen, unsere Heimat Altkirching zu verlassen und dem radikalen Islam zu überlassen. Wir sollen Kirching verlassen wie Polizei und Presse! Aber wir werden bis zur letzten Patrone kämpfen!«

»Jawohl!«, schrien die Männer auf dem Platz aus voller Kehle.

Einige reckten Jagdgewehre in die Höhe, andere verfügten nur über Holzlatten. Fackeln trauten sie sich nicht mehr, dachte Martin.

»Wir werden uns nicht kampflos ergeben, wir werden uns nicht vertreiben lassen«, schrie Hirsch. »Und deshalb haben wir heute Morgen Bürgermeister Pröstler wegen Hochverrats festgenommen!«

»Hängt die Drecksau auf!«, rief einer aus der Warnwestenmenge und die anderen johlten zustimmend.

Hirsch hob beschwichtigend den Zeigefinger.

»Pröstler bekommt einen fairen Prozess«, sagte er ruhig. »Bei uns gibt es keine Scharia.«

»Die sind doch alle vollkommen plemplem«, sagte Frank Nietner und schlug sich mit der Hand vor die Stirn.

Sofia und Martin nickten stumm, Hirsch fuhr fort.

»Männer, es ist mir eine Ehre, Folgendes zu proklamieren«, rief er.

Hirsch zog ein Megafon hervor und kreischte durch dieses hindurch in das Mikrofon.

»Altkirching wird unabhängig und eigenständig! Wir sagen uns hiermit mit sofortiger Wirkung los vom Islamistenortsteil! Und wenn ich eure Zustimmung habe, erkläre ich mich hiermit zum Bürgermeister auf Lebenszeit! Wollt ihr das?«

»Jaaa!«, schallte es über den gesamten Platz.

»Der totale Bürgermeister!«, rief Frank Nietner zeitgleich laut aus dem Versteck und duckte sich glucksend hinter die Restauranttische.

Sofia ermahnte den Fotografen energisch, still zu sein.

»Wenn die uns finden, lynchen sie uns!«, zischte sie.

Nietner versprach hoch und heilig, ab sofort garantiert Ruhe zu geben.

»Zu den Waffen, Männer! Verteidigt unsere Grenzen! Lasst niemanden mehr raus!«, schrie Peter Hirsch. »Wir werden …«

Weiter kam er nicht, weil hinter ihm ein ungeheurer Krach aufkam. Über dem Rathaus stand auf einmal ein dunkelgrüner Hubschrauber in der Luft. Er flog langsam keine fünfzehn Meter über Hirschs Podest hinweg. Den Anführer der Bürgerwehr wehte es fast herunter, er hielt sich die Ohren zu und bückte sich hinter das Rednerpult. Aus dem Helikopter erklang eine ohrenbetäubend laute Frauenstimme.

»Verlassen Sie Altkirching! Es geht um Ihre Sicherheit.«

Ungläubig betrachteten die drei Journalisten aus ihrem Versteck, wie der Hubschrauber eine Runde über den Männern der Bürgerwehr drehte. Ihre orangen Westen flatterten heftig im Wind der Rotoren.

»Ist das die Bundeswehr?«, brüllte Martin gegen den Lärm an, doch Sofia und Nietner verstanden ihn nicht.

»Verlassen Sie Altkirching! Es geht um Ihre Sicherheit«, wiederholte die Stimme wie vom Band gespielt.

Die Warnwestenträger duckten sich zwar weg und hielten die Arme über die Köpfe, setzten sich aber nicht in Bewegung.

Als der Hubschrauber seine zweite Runde über dem Platz begann, öffnete sich an seiner Seite eine Luke und etwas Weißes wurde hinausgestoßen. Es war ein großer Stapel Papier, der sich in seinem Fall schon auf Höhe der Kufen in Tausende Zettel auflöste, die der Wind der Rotoren über den ganzen Platz wirbeln ließ. Die Männer in ihren orangen Warnwesten kauerten wie in einem Schneesturm mit gigantischen Flocken in A4-Format.

»Verlassen Sie Altkirching! Es geht um Ihre Sicherheit«, schallte es durch den Papierorkan.

Erste Blätter wurden zum Versteck der drei Journalisten geweht, immer mehr flatterten über ihnen durch die Luft.

Martin versuchte vergeblich, sich eines zu schnappen, und hüpfte dabei auf der Stelle. Vom Platz hörte man es durch den Krach des tieffliegenden Hubschraubers knallen.

»Die schießen!«, schrie Sofia. »Die schießen auf den Helikopter!«

Nietner hielt mit seiner Kamera auf den Platz, wo mehrere Bürgerwehrsoldaten ihre Gewehre erhoben hatten und Schüsse in die Luft abgaben. An der Außenhülle des Hubschraubers blinkten kleine gelbe Funken auf.

»Treffer!«, brüllte Nietner und betätigte den Auslöser.

Die Rotoren heulten auf, ihr Wind drückte die Zettel, die eben noch durch die Luft geflattert waren, auf das Pflaster. Der Hubschrauber gewann schnell an Höhe, drehte waghalsig nach hinten ab und schoss wenige Meter über das Rathausdach. Ein paar Treffer landeten die Schützen der Bürgerwehr noch, dann war der Helikopter verschwunden. Das Geräusch der Rotoren wurde schnell leiser, und einen Moment später herrschte Stille auf dem Platz.

Martin wartete darauf, dass Hirsch wieder losschrie, doch es blieb ruhig. Die Männer auf dem Platz bückten sich nach den Zetteln und begannen zu lesen. Auch Nietner und Sofia hielten bereits ein Exemplar in den Händen. Zu seinen Füßen fand Martin mehrere Blätter. Er klaubte ein verknittertes Exemplar auf, strich es glatt und las:

Amtliche Anordnung
Verlassen Sie »Altkirching«!
Im gesamten Ortsteil herrscht
hohe Explosions- und Einsturzgefahr durch
ein massives unterirdisches Gasleck!

Bergung bis auf Weiteres unmöglich.
Helfen Sie Ihren Nachbarn!

»Was steht hier?«, sagte Frank Nietner und kratzte sich am Kopf. »Eier, Mehl, Butter, Kartoffeln, Müllbeutel ...«

»Was?«

Sofia nahm dem Fotografen seinen Zettel ab.

»Sehr lustig!«, sagte sie und stöhnte genervt.

Nietner gluckste vor sich hin.

»Bei mir steht etwas von einer amtlichen Anordnung. Bei euch nicht?«, fragte Martin irritiert, worauf der Fotograf noch heftiger zu kichern begann.

»Bei uns steht natürlich das Gleiche«, seufzte Sofia und rollte mit den Augen.

Als Nietners Heiterkeit verflogen war, blickten sich die drei Journalisten ratlos an.

»Was heißt das jetzt?«, fragte Martin.

»Ein massives unterirdisches Gasleck«, las Sofia vom Zettel ab. »Wer soll denn das glauben?«

»Das könnte schon sein«, flüsterte Nietner leise und verschwörerisch. »Ich habe mal eine Dokumentation gesehen über eine Bohrinsel im Atlantik, wo ...«

»Das hat nicht mal einen Stempel«, unterbrach ihn Sofia.

»Sag ich doch«, sagte Nietner. »Wahrscheinlich ein Vorwand!«

Martin betrachtete seinen Zettel. Tatsächlich wies nichts auf einen Absender oder Verfasser hin. Von wem kam die amtliche Anordnung? Von der Polizei, vom Freistaat Bayern oder direkt vom Bundespräsidenten? Er hob weitere

Zettel auf, die vor seinen Füßen lagen. Als er einen kleinen Stoß zusammenhatte, begann er zu blättern. Die Zeilen wirkten wie eilig massenhaft kopiert. Martin wollte die Blätter wieder zu Boden werfen, da entdeckte er eines, auf dem etwas anderes stand als auf den anderen.

Wir helfen Dir:
Klara Moretti, Am Dorfweiher 7
Du hilfst uns:
Entenbrust, Denkerstirn, Wirtshausdichter,
Erstsemester
X X X X
Komm zu M&P

Mit zitternden Händen faltete er den Zettel und schob ihn sich unauffällig in die Brusttasche seiner Jacke. Sein Herz pochte. Maike und Paul konnten nicht weit sein. Oder hatten sie im Hubschrauber gesessen? Nein, das konnte nicht sein, dachte Martin.

»Ist was?«, fragte Sofia.

Um ein Lächeln bemüht, schüttelte Martin den Kopf. Wie um alles in der Welt hatten ihm Maike und Paul in diesem Chaos eine Botschaft untergejubelt? Warum gaben sie ihm die Adresse von Lukas Morettis Mutter? Wenn die überhaupt stimmte! Am Dorfweiher 7. Das konnte nicht weit von der Nummer 21a sein, dem Elternhaus der Zwillinge, in dem die Leichen der *Unifarben*-Leute gefunden worden waren. Und was wollten sie mit dem albernen Vers aus seinem Gedicht an Moretti? Es war die Zeile, die er gerade noch niederschreiben konnte, bevor ihn Maike und

Paul gestört hatten. Standen die vier X für den allerletzten, für den fehlenden zwölften Vers? Warum waren alle mysteriösen Gestalten in diesem ganzen Schlamassel von seinem pubertären Schmähgedicht besessen? Fanny ja auch! Martin erinnerte sich, dass sich in der Tasche seiner Jeans der Zettel aus seinem Notizblock befand, auf dessen Rückseite mutmaßlich Fanny mit ebenjenem letzten Vers herumexperimentiert hatte. Er wollte ihn lieber nicht vor Sofia und Nietner hervorholen. Wie ging die Zeile noch? Irgendetwas mit Dilettant, Mitläufer und … – Peter Hirsch hatte sich wieder ans Mikrofon begeben und riss Martin aus seinen Gedanken.

»Männer!«, keifte Hirsch. »Wir haben den Feind in die Flucht geschlagen! Den nächsten Taliban-Hubschrauber schießen wir ab!«

Unter den Männern auf dem Platz kam nicht erneut die euphorische Stimmung auf, wie sie vor dem Eintreffen des Helikopters geherrscht hatte. Nur ein Einzelner rief »Jawohl!« aus einer Ecke.

»Sammelt euch! Und bezieht eure Posten! Wir müssen in der Nacht mit Selbstmordattentätern rechnen!«

»So spricht ein wahrer Bürgermeister«, flüsterte Sofia.

Nietner kicherte.

»Das glaubt mir in Berlin kein Mensch«, sagte er.

»Verhaftet alle, die fliehen wollen und …«, setzte Hirsch an, doch seine Männer unterbrachen die Anweisungen ihres Anführers mit Ausrufen der Verwunderung.

Mitten auf dem Platz schoss aus dem trockenen Brunnen eine Wasserfontäne mit großer Kraft in den Himmel. Plötzlich und heftig, wie aus einer entkorkten Sektflasche. Die umstehenden Männer in ihren orangen Warnwesten applaudierten, einige riefen »Ahhh!« aus, als ob sie die Aktivierung des Brunnens für einen gelungenen Zaubertrick ihres Chefs hielten. Die Fontäne wurde schnell wieder kleiner, der Brunnen begann laut zu gluckern und zu blubbern. Statt Wasser spie er mit einem Mal eine schwarze, zähe Flüssigkeit. In unregelmäßigen Schwallen wurde etwas, das wie Öl aussah, in alle Richtungen ausgeworfen. Die Warnwestenträger, die nahe am Brunnen standen, wichen zurück.

»Was ist da los?«, rief Hirsch.

»Unser Brunnen wurde vergiftet!«, krächzte einer seiner Männer alarmiert.

Ein ängstliches Raunen ging über den Platz. Schwarze Flüssigkeit trat jetzt auch oben aus der Quelle des künstlichen Bachlaufs und floss langsam wie Sirup hinunter. Doch da war noch etwas anderes; etwas, das sich in der Flüssigkeit an vielen Stellen zappelnd bewegte.

»Fische!«, schrie einer entsetzt über den Platz.

Forellen, dachte Martin, nicht schon wieder! Immer mehr zappelnde Fische platschten den Bachlauf runter. Einige sprangen heraus und zappelten auf dem Pflaster weiter. Die Fische glänzten tiefschwarz wie verendete Tiere bei einer Ölkatastrophe. Aber in diesen Exemplaren, die bald zu vielen Dutzenden in und um den Brunnen herumzappelten, steckte noch Leben. Die Männer von der Bürgerwehr ließen sich von den zuckenden Tieren an den Rand des Platzes drängen, während oben am Bachlauf immer mehr Exemplare ausgespuckt wurden.

»Knallt die Viecher ab!«, schrie Hirsch von seinem Podest.

Schüsse ertönten, Nietner und Sofia duckten sich hinter die Tische.

»Wir müssen weg!«, schrie Sofia.

»Ist das echt?«, stammelte der Fotograf.

Erstmals schien er vollkommen außer Fassung zu sein.

»Kreutzer, bin ich bei der versteckten Kamera? Oder träume ich?«

Martin hörte ihn nicht. Er blickte wie gebannt auf den Platz, wo mehrere Männer in orangen Warnwesten getroffen zusammenbrachen. Sie schossen sich versehentlich gegenseitig ab.

»Schießt! Schießt!«, brüllte Hirsch völlig außer sich.

Hinter ihm, vor der Eingangstür des Rathauses, standen zwei Gestalten mit gleicher Statur. Sie waren zu weit von ihm entfernt, als dass er ihre Gesichter hätte erkennen können, aber Martin war sicher, dass es Maike und Paul waren. Die Zwillinge waren da – nur Gott wusste, was jetzt noch passieren würde.

Die Schüsse hörten auf, unzählige Fische lagen still auf dem Pflaster und trieben in der schwarzen Brühe im Brunnen. Maike und Paul hatten sich auf eine Stufe vor dem Rathaus gekniet, als ob sie beteten. Hirsch und seine Männer, die zum größten Teil auf dem Boden kauerten, bemerkten das Zwillingspaar nicht.

»Es ist vorbei!«, rief Hirsch. »Steht auf und sammelt euch!«

Doch ehe sich die Warnwestenträger erheben konnten, stiegen die schwarz glänzenden Forellen in die Luft. Langsam, gleichmäßig und synchron. Es dauerte eine Monat, bis die Bürgerwehrsoldaten begriffen, was vor ihren Augen passierte. Da schwebten unzählige Tiere über dem Pflaster und stiegen immer höher!

»Die Fische fliegen! Hilfe!«, brüllte einer und lief panisch davon.

Einen Moment später schrien auch seine Kameraden ihr Entsetzen hinaus und rannten durcheinander. Hirsch stolperte rückwärts von seiner kleinen Bühne.

Die Fische stiegen weiter in die Luft, bis sie in gut drei Metern Höhe stehen blieben. Bewegungslos schwebten sie dort; die schwarze, ölige Flüssigkeit tropfte von ihren Bäuchen herunter auf den Platz. Die Bürgerwehr rannte kreuz und quer schreiend durch den entsetzlichen, schwarzen Regen.

»Was passiert da?«, fragte Sofia nervös.

Sie hockte immer noch neben Nietner hinter den Tischen am Boden.

»Ich kann nicht ...«, flüsterte Martin.

»Ihr müsst euch das angucken!«

Nietner hielt seine Kamera über den Tisch, richtete das Objektiv auf den Platz und betätigte aus der Deckung den Auslöser, ohne durch den Sucher zu gucken. Danach betrachtete er mit Sofia auf dem kleinen Display der Kamera die blind geschossenen Fotos.

»Sind das da oben die Fische?«, fragte Sofia mit brüchiger Stimme.

»Kreutzer, was passiert da?«, rief Nietner ängstlich.

Martin erinnerte sich plötzlich an seinen Traum aus seiner ersten Nacht im Gasthof Keiler. An die schwebenden Forellen über der Fischzucht. Daran, wie er in eines der Becken gestolpert war. An die Stimmen der Zwillinge.

»Ein Gedicht, ein Gedicht«, hatten sie gerufen

Martin erinnerte sich an die Flammen über ihm. Warum fiel ihm dieser Traum erst jetzt wieder ein?

»Jetzt brennt es gleich!«, rief er seinen Begleitern zu. »Wir müssen hier weg. Schnell!«

Während Sofia und Nietner sich aufrichteten, suchten Martins Augen noch einmal Maike und Paul. Auch sie hatten sich erhoben und fuchtelten mit den Armen. Winkten sie ihn zu sich? Plötzlich flammten die vielen Hundert Fische in der Luft auf wie Streichhölzer. Maike und Paul liefen los und die Forellen schossen durch die Luft wie brennende Hexenbesen.

»Rennt!«, schrie Martin.

Ein Fisch jagte wie eine Silvesterrakete über ihre Köpfe. Martin spürte, dass die Luft um sie herum dünner wurde, als würde der Sauerstoff aus ihr weichen. Er nahm Sofia und Nietner an den Händen und zog sie mit sich. Die Forellen flitzten brennend durch die Luft. Manche schlugen in den Brunnen ein und steckten ihn lichterloh an. Die schwarze Flüssigkeit brannte wie Spiritus. Die Männer der Bürgerwehr stießen markdurchdringende Schreie aus, viele ihrer Westen hatten bereits Feuer gefangen. Die drei Journalisten liefen am Rand des Rathausplatzes zu der kleinen Straße, die ihn teilte.

»Ich kann nicht atmen«, japste Nietner. »Ich brauche Sauerstoff!«

Links und rechts von ihnen kreischten panische Männer, die kreuz und quer durcheinanderstolperten. Manche wurden von den fischigen Feuerpfeilen am Kopf getroffen, andere kippten einfach von selbst wie ohnmächtig um. Martin ließ den Platz mit seinen Kollegen im Schlepptau hinter sich und folgte der kleinen Straße. Er wusste, wie man zur Adresse auf dem Zettel gelangte. Am Dorfweiher 7 hieß das Ziel. Er bog in die Starnberger Straße. Als sie um die Ecke waren, hörten sie die Schreie vom Rathausplatz nicht mehr. Waren sie verstummt?

»Stopp, stopp!«, rief Nietner. »Ich kann nicht so schnell!«

Martin wurde langsamer, doch er behielt ein Dauerlauftempo bei. Sofia hielt gut mit, aber der Fotograf keuchte bedenklich.

»Anhalten!«, rief Sofia.

Sie streifte ihren gelben Friesennerz ab, legte ihn sich über einen Arm und deutete mit dem anderen auf Nietner, der sich die Seite hielt und schnaufend angehumpelt kam.

»Seitenstechen, ahhhh!«, hechelte er. »Wir müssen eine Pause machen!«

»Gehen wir auf dein Zimmer«, sagte Sofia zu Martin.

Erst jetzt bemerkte er, dass sie vorm Gasthof Keiler standen. Aber sie mussten weiter, dachte Martin.

»Das geht nicht«, flunkerte er. »Da ist es nicht sicher!«

»Wieso nicht sicher? Was soll das heißen?«, rief Sofia entrüstet.

Nietner stützte sich auf ihre Schulter.

»Ja, was soll das heißen, Kreutzer?«, ächzte er. »Was ist hier überhaupt los in diesem Ort? Was war das gerade?«

Martin überlegte. Wie sollte er den beiden erklären, warum er jetzt zur Adresse am Dorfweiher 7 wollte.

»Ich weiß es nicht«, sagte er leise. »Aber ich weiß vielleicht, wo wir Antworten bekommen.«

»Und wo?«, riefen Nietner und Sofia im Chor.

»Bei Klara Moretti, ich habe ihre Adresse.«

Sofia warf Martin einen Blick zu, der misstrauischer nicht sein konnte.

»Du hast ihre Adresse? Das sagst du jetzt? Seit wann?«

Martin zögerte.

»Seit Kurzem erst«, stotterte er. »Ich hätte sie dir gegeben, wenn ich …«

Er brach den Satz ab und lief wieder los, um keine weiteren Fragen beantworten zu müssen. Sofia und Nietner folgten ihm.

Das Haus am Dorfweiher 7 wurde dem Klingelschild nach von fünf Parteien bewohnt. Martin war im Dauerlauf als Erster eingetroffen, Nietner und Sofia folgten mit etwas Abstand. Als er auf der Taste unten rechts »Moretti« gelesen hatte, ging er seinen Begleitern erleichtert entgegen.

»Hier wohnt sie«, rief er ihnen zu.

Sofia ging wortlos an ihm vorbei und klingelte. Nichts tat sich.

»Was wollen wir hier? Wer wohnt hier?«

Frank Nietner schien überhaupt nichts mehr zu verstehen. Vom Laufen stand ihm der Schweiß auf der Stirn, er keuchte und hustete.

»Klara Moretti«, antwortete Sofia und schellte erneut.

»Aha, und wer ist das?«, fragte Nietner.

Weil immer noch niemand aufs Klingeln reagierte, hatte Sofia Zeit, dem Fotografen in Ruhe zu erklären, dass Klara Moretti die Mutter des vor wenigen Tagen zu Tode gekommenen jungen Künstlers war.

»Den haben Sie doch interviewt, Kreutzer!«, krächzte

Nietner immer noch außer Atem. »Exklusiv vor seinem Tod! Da wär' ich an Ihrer Stelle jetzt vorsichtig bei der Mutter. Am Ende kriegen Sie was auf die Rübe!«

Sofia klingelte ein drittes Mal.

»Was wollen Sie beide eigentlich von dieser Frau? Die Story ihres Sohns ist doch bereits erzählt!«, sagte Nietner.

Martin wusste nicht, was er antworten sollte, auch Sofia schien nichts einzufallen. Der Fotograf lachte auf.

»Hier wird ein halber Ort abgesperrt, hier brennt es an jeder Ecke, hier marschiert eine Bürgerwehr, hier passiert weiß Gott was alles – und Sie suchen irgendein Mütterchen auf.«

Resigniert seufzte Sofia.

»Ich weiß auch nicht, was ich hier will. Ich habe diese Frau tagelang gesucht, und wahrscheinlich hat sie Kirching längst verlassen.«

Nietner klatschte aufmunternd in die Hände.

»Und das sollten wir auch tun. Auf nach München! Es wird schon einen Grund haben, dass hier außer uns keine anderen Presseleute mehr herumlaufen.«

So vernünftig und zusammenhängend hatte er Nietner bisher noch nicht reden hören, dachte Martin. Sollte er ihm ausgerechnet jetzt auftischen, dass seiner Meinung nach alles, von Lukas Morettis Ableben bis hin zu dem, was sie eben am Rathaus erlebt hatten, zusammenhing? Und dass er von einem seltsamen Zwillingspaar hierhergelockt wurde, das immer wieder auftauchte, wenn Schreckliches geschah? Und von dem Gedicht, das er selbst verfasst hatte und von dem die schrägsten Figuren in diesem ganzen Irrsinn aus irgendeinem Grund besessen waren?

»Vielleicht sitzt Frau Moretti ja auf der Terrasse«, sagte Martin. »Ich lauf noch mal ums Haus.«

»Auf der Terrasse? Man fasst es nicht!«, stöhnte Nietner, aber Martin war schon unterwegs.

Ein Weg führte um das frei stehende Wohnhaus und um die beiden kleinen Gärten, die vor den Wohnungen im Erdgeschoss lagen. Über einen kleinen Zaun mit niedriger Hecke konnte Martin in den Garten blicken, der zur Wohnung Klara Morettis gehören musste. Das Gras stand höher als im Nachbargarten und die Terrasse war vollständig mit Decken und Plastikplanen verhängt, die am Balkon der Wohnung im ersten Stock befestigt waren. Es wirkte wie der provisorische Vorbau eines Wohnwagens. An beiden Fenstern daneben waren die Rollladen heruntergelassen, sodass man an keiner Stelle in die Wohnung schauen konnte. Hatte Klara Moretti vor der Evakuierung des Ortes noch alles dicht gemacht? Fürchtete sie Plünderungen?

»Hallo!«, rief Martin über den Zaun. »Ist da jemand?«

Nietner und Sofia gesellten sich zu Martin, da erklang hinter den Decken und Planen eine brüchige Stimme.

»Wer ist da?«, rief eine Frau.

»Frau Moretti, sind Sie das?«, rief Sofia.

»Ich lass mich nicht evakuieren«, antwortete die Frau. »Ich bleibe!«

»Wir kommen von der Presse, wir wollen nur mit Ihnen reden!«, rief Sofia.

Zwischen zwei Planen streckte eine ausgemergelte Frau mit graublonden Haaren ihren Kopf heraus. Aus blutunterlaufenen Augen musterte sie die drei Journalisten.

»Reden über was? Über meinen Sohn?«

Sofia bejahte und lächelte freundlich.

»Dürfen wir zu Ihnen kommen?«

Klara Moretti schob die Planen wie Vorhänge auseinander.

»Kommen Sie rein! Bevor uns jemand sieht«, sagte sie und winkte ihren Besuch zu sich.

Klara Moretti hatte sich auf ihrer Terrasse tatsächlich wie in einem Wohnwagen eingerichtet. Auf einer Gartenliege lag eine Matratze, darauf Bettzeug. Wasser in großen Flaschen, Obst, ein paar Konserven und Brot waren auf einem Holztisch angerichtet, in einer Ecke lagen noch mehr Vorräte. Dort, wo ein Wasserhahn für Gartenschläuche aus der Außenwand des Hauses ragte, standen ein Waschbottich und Badezimmerutensilien. Sogar eine Zahnbürste fand sich in einem kleinen Plastikbecher, auf einem Wäscheständer hingen einige Klamotten und zwei Handtücher. Martin, Sofia und Nietner nahmen auf Plastikstühlen Platz, Klara Moretti setzte sich im Schneidersitz auf ihre Matratze. Eine Weile schwiegen alle, dann war es Nietner, der die Gastgeberin fragte, ob sie etwa hier auf der Terrasse campte. Klara Moretti nickte und bejahte einsilbig, worauf sich der Fotograf zu der Frage hinreißen ließ, ob sie sich etwa ausgesperrt habe. Die Terrassentür war aber keineswegs verschlossen, nur die Rollladen waren fast bis zum Boden heruntergelassen. Auch die anderen Fenster, durch die man aus Morettis Refugium in die Wohnung hätte sehen können, waren verdunkelt.

Sie wisse durchaus, wie das alles aussehe, nämlich als ob sie verrückt sei, erklärte Klara Moretti und begann dabei zu weinen. Es sei ihr aber seit dem Tod ihres Sohnes unmöglich, die Wohnung zu betreten. Sofia und Nietner versicherten ihr einfühlsam, dass sie das nicht für verrückt hielten, sondern ihre Trauer gut verstehen konnten. Warum sie aber der Aufforderung, Kirching zu evakuieren, nicht gefolgt sei, fragte Sofia, was zur Folge hatte, dass Moretti noch heftiger weinte und wimmerte, dass sie ihrem armen Lukas dann doch so fern sei.

»Ich glaube, er ist auf irgendeine Art und Weise noch da«, schluchzte sie. »Vielleicht in seinem Zimmer, aber ich traue mich nicht mehr rein seit …«

»Darf ich mal reingehen?«, unterbrach Martin.

Er hatte eine leise Ahnung von dem, was Klara Moretti daran hinderte, ihre Wohnung zu betreten. Oder er glaubte zumindest, den Hauch einer Ahnung zu haben. Und wenn er damit richtiglag, wollte er vorerst nicht, dass Sofia und Nietner darüber so viel wussten wie er. Zu viel müsste er erklären von dem, was kaum zu erklären war. Flink beugte er sich zu Klara Moretti.

»War Lukas mit den Zwillingen hier?«, flüsterte er. »Am Abend bevor er verstarb?«

»Ja, woher wissen Sie das?«, sagte Moretti erschrocken.

Martin hielt sich den Zeigefinger vor den Mund.

»Sagen Sie nichts weiter dazu! Ich gehe mal schnell rein«, wisperte er.

Nietner und Sofia sahen ihn entgeistert an, Martin winkte locker ab und versuchte ihnen mit einem Zwinkern zu vermitteln, dass sie ruhig bei Klara Moretti bleiben und auf ihn warten konnten. Er sprang vor die Terrassentür, wuchtete den Rollladen mit beiden Händen so weit hoch, dass er drunter durchschlüpfen konnte, und ließ ihn hinter sich herunterkrachen.

Vorsichtig tastete Martin sich durch die dunkle Wohnung, mit dem Display seines Handys konnte er nur ein schwaches Licht werfen. Er betätigte einen Lichtschalter, aber nichts passierte. Hatte Klara Moretti die Sicherungen rausgedreht? Langsam schlich er durchs Wohnzimmer und die angeschlossene Küche. Soweit er es erkennen konnte, war die Wohnung gepflegt, und zwar nicht teuer, aber modern eingerichtet. Er kam in einen Flur und sah an dessen Ende einen kleinen Lichtpunkt. Das musste der Türspion zum Treppenhaus sein. Martin öffnete die Tür zum Schlafzimmer und schloss sie wieder. Ein Stück weiter warteten zwei weitere verschlossene Türen. Erst meinte Martin sich zu täuschen, aber dann vernahm er, als er den Flur hinunterging, eine rauchige Note in der Luft. Es war gut, dass er Sofia und Nietner draußen gelassen hatte, dachte Martin und öffnete eine der zwei verbleibenden Türen.

Fanny saß auf dem Fliesenboden des Badezimmers. Sie hielt ihren Kopf in beiden Händen und drehte ihn Martin zu.

»Mein Hals ist immer noch gebrochen, gell?«, sagte sie.

»Ich weiß«, erwiderte Martin.

Er hatte sich schon gefragt, wann er Fanny wieder begegnen würde.

»Gut, dass du … endlich da bist«, sagte sie. »Aber das ist die falsche Tür, du musst gegenüber rein.«

Martin bedankte sich und schloss die Tür zur Toilette. Weil ihm noch eine Frage an Fanny einfiel, öffnete er die Tür noch einmal, doch sie war schon wieder verschwunden. Dann eben beim nächsten Mal, dachte Martin.

Er ging über den Flur und stand vor der Tür, die er gesucht hatte: der zu Lukas Morettis Zimmer. Wie komisch es war, dass dieser international erfolgreiche Künstler mit Ende zwanzig noch bei seiner Mutter gewohnt hatte, dachte Martin. Aber vielleicht erdete das einen wie Moretti, der ständig auf Reisen nach Tokio und New York war und quasi nur im Hotel wohnte. Womöglich wohnten viele internationale Topstars noch bei ihren Eltern und es fiel nur nicht weiter auf, weil sie ständig unterwegs waren.

Intensiver, kalter Rauchgeruch stieß Martin entgegen, als er eintrat. Durch die Schlitze der Rollladen fielen viele kleine Lichtpunkte ins Zimmer des Verstorbenen. Ein Bett, ein Schrank, ein Schreibtisch, ein großer Spiegel, eine Kommode mit Plattenspieler drauf, eine Gitarre in der Wandhalterung, daneben das Plakat des »Beschwörungen«-Festivals – und über allem eine schwarze, rußige Schicht. Es sah aus, als hätte es gebrannt. Allerdings nicht lange, nur für eine halbe Minute, bis die Flammen von selbst erstickt waren, denn es sah nicht aus, als wäre mit Wasser oder Schaum gelöscht worden. Der Zustand des Zimmers ihres Sohnes musste es sein, der Klara Moretti daran hinderte, die Wohnung zu betreten. In der Mitte des Raumes lagen drei angekokelte Sitzkisten, drum herum herrschte ein Durcheinander aus halb verbrannten Zetteln. Auf Zehenspitzen, als ob er keine Spuren verwischen wollte, tappte Martin zu den Sitzkissen, ging in die Hocke, schob die Blätter zusammen und hob sie auf.

»Hier müssen sie gesessen haben, gell?«, sagte Fanny.

Nur halb drehte sich Martin zu ihr um, sie saß am Schreibtisch, den Kopf schräg auf eine Hand gestützt.

»Am Abend vor Morettis Tod«, sagte er.

»Lukas, Maike und Paul«, flüsterte Fanny. »Ich bin so g'spannt, Martin. Was steht auf den Zetteln?«

»Was denkst du denn?«, fragte Martin.

»Wie immer das Gleiche wie du«, sagte Fanny.

»Mein Gedicht«, sagte Martin und drehte sich ganz zu Fanny um.

Sie war wieder verschwunden.

Martin kniete sich auf ein Sitzkissen nieder und sah die Blätter durch. Keine einzige Kopie war vollständig lesbar erhalten, aber auf jeder der leicht angebrannten waren Teile seines Gedichts zu lesen. Auf vielen der Titel und die erste Strophe:

Verwünschungen
für Lukas Moretti

Lulatsch, Kastrat, Nachmacher, House-Depp,
Angeber, Fangschrecke, Sprichwortschreiber, Auswurf,
Wehrdienstverweigerer, Vortäuscher, Meldehund, Kannibale,
Zündler, Edmund, Wasserkopf, Angeber,

Auf einigen Blättern, die oben und unten gebrannt hatten, nur der Mittelteil:

Fischkopf, Inzestler, Derblecker, Zuchthäusler,
Totgeburt, Aufschneider, Derwisch, Fluchtverdächtiger,
Vorgaukler, Ordnungsstörer, Gesinnungstäter, Trendtrottel,
Zwillenschießer, Linksradikaler, Partypoet, Rentnerschreck,

Und auf anderen der Schluss:

Fantast, Niete, Simulant, Weißwurst,
Feudel, Erfolgsautor, Soziopath, Heißsporn,
Entenbrust, Denkerstirn, Wirtshausdichter, Erstsemester –

Die zwölfte und letzte Zeile fehlte auf allen Zetteln, was aber nicht daran lag, dass das Papier verbrannt war, sondern daran, dass Maike und Paul ihm im Monolith nur elf Verse abgenommen hatten.

»Das behalten wir als Beweis! Vielleicht gefällt es uns«, hatten sie gesagt, bevor sie ihn aus der Kunsthalle gescheucht hatten, erinnerte sich Martin.

Hier lag er nun, der Beweis, und offensichtlich hatte er ihnen so gut gefallen, dass sie ihn abgetippt und zigmal ausgedruckt hatten. Martin fragte sich, ob das Original mit seiner Handschrift noch erhalten war. Auf fast allen Zetteln gab es beinahe unleserliche Notizen. Auf einem Exemplar waren über Martins Versen viele X und horizontale Striche eingetragen worden. Hebungen und Senkungen, dachte Martin. Aber das hätte man sich sparen können, in seinem dahingeschluderten Machwerk war garantiert kein Rhythmus zu finden. Martin ging den Papierstoß weiter durch. »Silben betonen?«, »Verse auslassen?«, »Zwei Silben, eine nicht?« – alle Anmerkungen waren mit Fragezeichen versehen. Auf dem letzten Blatt las Martin neben seinen Versen: »Beschwörungsritual: Immer nur eine Silbe, immer nur die«. Der Rest der Notiz war den Flammen zum Opfer gefallen.

»Martin, so hat alles angefangen«, sagte Fanny aus dem Flur.

Ihr Kopf hing seitlich durch den Türspalt. Martin hatte sich schon fast an den Anblick ihres gebrochenen Halses gewöhnt.

»Ein Ritual … mit meinem Gedicht?«, sagte Martin. »Aber wie ist das möglich?«

Fanny kicherte.

»Mit einem Kniff, gell? Du musst los. Zu den Zwillingen! Sie brauchen deine Hilfe.«

Martin erinnerte sich, dass er einen Zettel mit dem letzten Vers seines Gedichtes in der Hosentasche bei sich trug.

»Wo sind sie?«, fragte er.

»Bei M&P«, flüsterte Fanny.

Martin fiel die große Tanne ein, an der er die eingeritzten Buchstaben gefunden hatte, während gegenüber Fredl Huber tote Forellen aus den Becken der Fischzucht geborgen hatte.

»Der kleine Hain hinter der Tanne auf der großen Wiese«, sagte Martin vor sich hin.

»Schön gesagt«, säuselte Fanny. »Fast schon lyrisch, gell?«

Wieder verschwand Fanny.

Ein Beschwörungsritual, das vermutlich unter rätselhafter Zuhilfenahme eines Schmähgedichts durchgeführt wurde. Einen Moment fragte sich Martin, ob er dieser irren Idee wirklich nachgehen sollte. Er konnte auch einfach auf den alten Hasen Nietner hören und Kirching endlich verlassen. Nein, es war viel zu spät, um noch abzureisen. Er musste zu dem kleinen Wäldchen aus Laubbäumen, zu M&P, also zu Maike und Paul. Und wenn die Idee auch noch so absurd war. Immerhin war er seit seinem letzten Telefonat mit Michels offiziell Reporter eines Revolverblatts. In Festanstellung beim Boulevard des Schreckens, dachte Martin. Und dort ging man den irrsten und furchtbarsten Geschichten nach. Ohne Wenn und Aber.

Auf seinem Weg durch die Wohnung zurück zur Terrasse begegnete er Fanny nicht mehr.

Als Martin unter dem Rollladen durch aus der Wohnung schlüpfte, saß Klara Moretti zwischen Sofia und Nietner und heulte Rotz und Wasser. Sofia redete beruhigend auf sie ein und streichelte ihr über die Schultern, doch Lukas Morettis Mutter war nicht zu beruhigen. Immer wieder rief sie theatralisch abwechselnd »Es ist so ungerecht!« und »Mein einziger Sohn!« gegen die Planen ihres improvisierten Vorzelts.

»Na, Toilette gefunden?«, rief Nietner Martin durch Morettis Klagegeheul zu und feixte.

»Ich muss dringend wohin«, sagte Martin, in Gedanken schon beim Hain.

Wie sollte er sich unauffällig absetzen? Auf keinen Fall wollte er den Fotografen und die Hamburger Kollegin dabeihaben, wenn er zu Maike und Pauls Lager ging. Sofia machte es ihm einfach und schlug vor, dass man sich später am Gasthof Keiler treffen könne. Sie wolle ohnehin noch in Ruhe mit Klara Moretti sprechen. Nietner hingegen bestand darauf, Martin zu begleiten, und sprang blitzartig auf. Offensichtlich wollte er sich keine Sekunde länger Klara Morettis Gejammer anhören. Martin dachte, dass er Nietner gleich ohne Probleme mit einem kurzen Sprint abhängen konnte.

Sie schoben die Planen und Decken vor der Terrasse auseinander und liefen um das Haus zurück auf die Straße.

»Wissen Sie, warum ich keine Fotos von der Frau und ihrem Verschlag gemacht habe?«, fragte Nietner unvermittelt.

Abwesend schüttelte Martin den Kopf. Sollte er direkt loslaufen, um den Fotografen loszuwerden?

»Aus Taktgefühl«, sagte Nietner mit erhobenem Zeigefinger. »Merken Sie sich das als Boulevardreporter. Sie müssen den Menschen ihre Würde lassen, auch wenn sie ein gutes Motiv abgeben.«

Martin dachte, dass er Klara Moretti auf keinen Fall die Würde nehmen wollte, nachdem er das durch sein gefälschtes Gespräch schon mit ihrem Sohn gemacht hatte. Zum Glück wusste sie bisher nicht, dass er der vermeintliche Interviewer gewesen war. Er wollte gerade zum Sprint ansetzen, da schrie jemand über die Straße.

»Hände hoch!«

Peter Hirsch war in Begleitung zweier mit Gewehren bewaffneter Männer. Alle drei trugen die orangen Warnwesten der Bürgerwehr Altkirching.

»Wenn haben wir denn da?«, sagte Hirsch und schritt in seinen Zehenschuhen um Nietner und Martin herum. »Den jungen Kollegen und seinen vorwitzigen Fotografen!«

»Was wollen Sie mit Ihren Waffen?«, begann Nietner zu zetern.

Aggressiv fuhr Hirsch ihm über den Mund.

»Ruhe! Sonst schießen wir.«

Er musterte Martin sadistisch.

»Leider müssen wir Sie festnehmen, junger Kollege. Alle verbliebenen Pressevertreter gelten ab sofort als verdächtig!«

Der Anführer der Bürgerwehr wandte sich an seine zwei Soldaten.

»Fesseln, knebeln und abführen.«

Einer der beiden Warnwestenträger schnürte Nietner und Martin die Hände auf dem Rücken mit Kabelbindern zusammen und klebte ihnen Panzertape über die Münder, während der andere seine Waffe auf sie richtete.

»Sind hier noch mehr von euch?«, fragte Hirsch, als es erledigt war.

Martin schüttelte verneinend den Kopf und lauschte dabei bang, ob man Klara Moretti von der Straße aus weinen hören konnte. Zum Glück war Sofia auf der verhangenen Terrasse gut versteckt.

»Dann los! Zur Zelle!«, befahl Hirsch.

Während sie von ihren Geiselnehmern durch die beschaulichen Straßen Altkirchings geführt wurden, trug Hirsch Martin und Nietner ihre Rechte vor. Diese bestanden darin, den »Hochverrat an Altkirching« und die »Unterstützung des islamistischen Terrors aus Neukirching« zuzugeben und dadurch milder bestraft zu werden. Als der Anführer der Bürgerwehr fertig war, wurden sie durch den Vorgarten eines kleinen Hauses geführt. Auf dem Klingelschild las Martin »Peter Hirsch« und einen weiteren, durchgestrichenen Namen. Das war bestimmt seine Ex-Frau, dachte Martin, die Tochter der Bäckerin Waltraud Wimmer. An der Seite des Hauses wurden die beiden Gefangenen unsanft zu einer Kellertreppe gedrängt. Hirsch nahm selbst ein Gewehr und führte die Gefangenen runter zu einer schweren Tür.

»Hier warten Sie auf Ihren Prozess«, sagte er streng. »Es

gibt zwei Mahlzeiten am Tag, aber erst morgen. Ausbruchsversuche sind zwecklos, gute Nacht.«

Mit dem Kolben der Waffe stieß er Martin und Nietner in einen leeren Raum mit unverputzten Wänden und dreckigem Steinboden. Durch ein vergittertes Kellerfenster fiel nur wenig Licht. Martin hörte Hirsch mehrere Schlösser zusperren, da sprang in einer dunklen Ecke des Verlieses ein Mann auf. Mit den Händen hinterm Rücken gefesselt, näherte er sich. Weil auch er den Mund zugeklebt hatte, zog er zur Begrüßung stumm die Augenbrauen hoch. Es war Bürgermeister Maximilian Pröstler und er schien sich über Gesellschaft zu freuen.

9. Kapitel

Fotograf Frank Nietner und Bürgermeister Maximilian Pröstler schliefen schon, bevor es richtig Nacht geworden war. Die drei Gefangenen hatten sich, da sie alle mit Panzertape geknebelt waren, nicht mit Worten, sondern mit Blicken verständigt. Mit den Händen hinterm Rücken gefesselt, hatten sie im Kreis gestanden und versucht, mit Zwinkern, Augenrollen und Bewegungen des Kopfes Nachrichten auszutauschen. Viel mehr als die gegenseitige Versicherung, dass man sich freute, einander zu sehen, Ärger über Hirschs Bürgerwehr und die gemeinsame Absicht, irgendwie aus dieser Zelle herauszukommen, war aber nicht erfolgreich kommuniziert worden. Martin hatte sich zweimal mit Wucht vergeblich gegen die Zellentür geworfen, was Pröstler mit einem Kopfschütteln quittiert hatte, das Martin wiederum als ein »Es ist sinnlos!« interpretierte. So hatten sie sich stumm nebeneinander mit dem Rücken an der kühlen Kellerwand auf den Boden gehockt. Bald hatte draußen die Dämmerung eingesetzt und in der Zelle war es schnell stockdunkel geworden. Als Erstes war Nietner seitlich weggekippt und hatte zu schnarchen begonnen, wenig später war auch Pröstler mit ruhigem, tiefem Atem auf die Seite geglitten.

Martin saß mit geschlossenen Augen zwischen den beiden Schlafenden und wollte am liebsten auch selig schlummern, bevor er, gefesselt wie er war, durstig wurde oder aufs Klo musste. Aber ans Einschlafen war gar nicht zu denken. Seine Handgelenke schmerzten, weil die Kabelbinder einschnitten, sein Mund war unerträglich trocken und in seinem Kopf bohrten Fragen, die Potenzial hatten, ihn noch viele Stunden lang wach zu halten. Wollte Hirsch sie hier drin verdursten lassen? Oder würde die Bürgerwehr sie morgen früh aufknüpfen? Wo war Sofia? Hatte Hirsch sie auch noch entdeckt, war sie noch bei Klara Moretti oder doch aus Kirching geflüchtet? Was machten Maike und Paul? Warteten sie in ihrem Lager auf ihn oder zündeten sie gerade wieder den halben Ort an? Brauchten sie seine Hilfe bei einem Ritual? Und was war das Geheimnis seines Gedichts? Wenn es überhaupt eines gab! Immer schneller kreisten seine Gedanken und immer stärker hatte er das Gefühl, gar nichts mehr zu begreifen. Wahrscheinlich, dachte Martin irgendwann mitten in der Nacht, war er wirklich verrückt geworden. Das gab es ja, dass Menschen lange Jahre ein normales, unauffälliges Leben führten – und dann von einem Tag auf den anderen eine Psychose entwickelten. Zumindest glaubte er, so etwas schon einmal gelesen zu haben. Vielleicht gab es in seiner Familie eine psychische Erbkrankheit, die in der letzten Woche bei ihm ausgebrochen war. Und jetzt war er halt schizophren oder wie man das nennen sollte. Geisteskrank, dachte Martin, er war gewiss einfach geisteskrank. Welche Art von Geisteskrankheit, das mussten, falls er aus Kirching jemals lebend herauskam, irgendwelche Experten diagnostizieren. Ob man sich als Boulevardreporter direkt nach Einstellung aufgrund schwerwiegender psychischer Probleme krankschreiben konnte?

»Psychische Probleme sind beim Boulevard doch eine Qualifikation!«, hörte Martin Nietner rufen und lachen.

Es musste eine Einbildung sein, denn Nietner lag schnarchend und mit Klebeband überm Mund neben ihm. Die Erkenntnis, dass er verrückt geworden war, sedierte Martins rasende Gedanken. Immer wieder sagte er sich, dass er bestimmt an einer schweren Störung litt. Tröstlich war diese Einsicht – und so beruhigend, dass er endlich begann, wegzudämmern. Er war fast eingeschlafen, da stupste ihn jemand an.

»Du bist nicht verrückt«, flüsterte Fanny.

Sie hatte unbemerkt neben ihm Platz genommen und rückte ganz dicht an ihn ran. Langsam legte sie ihren Kopf, den sie mit beiden Händen festhielt, auf Martins Schulter ab.

»Ich habe vielleicht … ein gebrochenes Genick, aber dass du nicht verrückt bist …«

Fanny machte eine Pause und tastete nach Martins gefesselten Händen.

»… das weiß ich bestimmt, gell?«

Wieder hellwach lauschte Martin, ob Nietner noch schnarchte und Pröstler noch schnaufte. Sie schienen ruhig zu schlafen.

»Das alles passiert wirklich?«, fragte Martin leise. »Ich bin wirklich hier?«

Einen Moment zögerte er. Hatte sich das Klebeband vor seinem Mund von allein gelöst? Es hing lose an seinem Kinn herunter.

»Und du bist auch wirklich hier, Fanny?«

Zärtlich streichelte sie ihm die Hände.

»Ja, wirklich«, flüsterte Fanny. »Es war schön mit dir gestern Nacht. Weißt du noch?«

Martin schwieg. Er spürte, wie er errötete.

»Was beschwört wird, wird wirklich – zumindest …«, flüsterte Fanny.

»Zumindest was?«, wisperte Martin aufgeregt.

»Zumindest bis man es bannt, Martin. Willst du das?«

Er verstand nicht, was Fanny meinte.

»Wenn du es bannen willst«, erklärte Fanny, »musst du es mit den Zwillingen zu Ende bringen. Such sie auf und hilf ihnen – aber komm allein und … vergiss den letzten Vers nicht.«

Fest griff Fanny Martins Finger und bog sie schmerzhaft zu seinen Handgelenken.

»Was machst du?«, ächzte Martin.

»Sei still, sonst werden die anderen wach!«, flüsterte Fanny. »Du musst … den Hirsch erledigen.«

Unterm Nagel seines Zeigefingers spürte Martin ein kleines kantiges Stück Plastik. Fanny presste seine Hand mit einem Ruck zusammen. Ein Schmerz durchzuckte ihn, dann löste sich der Kabelbinder und seine Arme waren frei.

»Wie kann ich Maike und Paul helfen?«, fragte Martin. »Und was soll ich bannen?«

Doch Fanny war bereits wieder verschwunden.

Vorsichtig stand Martin auf und tastete sich durch die dunkle Zelle. Durchs Kellerfenster meinte er, das erste Morgengrauen zu erkennen. Hatte er so lange wach dagesessen, bis Fanny ihm zu Hilfe gekommen war? Nietner und Pröstler schliefen noch immer ruhig. Er holte sein Handy aus der Hosentasche und leuchtete mit dem Display durch den Keller. Verwunderlich, dass Hirsch ihm das Gerät nicht abgenommen hatte! Fürchtete er nicht, dass die Gefangenen die Polizei riefen? Wahrscheinlich nicht, dachte Martin. Altkirching war wegen angeblicher Explosionsgefahr durch ein unterirdisches Gasleck abgeriegelt. Ordnungshüter flogen nur noch mit dem Hubschrauber drüber und wurden dann von Männern in orangen Warnwesten unter Beschuss genommen. Bekam die Außenwelt noch mit, was hier vor sich ging? Außer Sofia, Nietner und ihm selbst waren keine Journalisten mehr in Altkirching. Zumindest keine, die er seit dem Vorfall mit den schwebenden Fackelträgern gesehen hatte. Lag Hirsch richtig damit, dass das, was in Altkirching vor sich ging, verschleiert werden sollte? Auch wenn es sich dabei nicht um schnöde islamistische Umtriebe, sondern um Unbegreifliches, womöglich Übernatürliches handelte? Peter Hirsch stand zwischen ihm und der Wahrheit in dieser Geschichte. Er hatte ihn aufgehalten auf seinem Weg zu Maike und Paul. Jetzt verstrich kostbare Zeit. Fanny hatte recht: Hirsch musste überwältigt werden. Oder hatte sie gesagt, Hirsch musste erledigt werden? So oder so konnte er dabei die Hilfe von Nietner und Pröstler brauchen. Martin tappte durch die Dunkelheit zu ihnen und rüttelte als Erstes den Bürgermeister wach.

Nachdem er seine Zellengenossen behutsam geweckt und sie von ihren Fesseln und dem Klebeband befreit hatte, schilderte er ihnen, wie er sich durch enorme Fingerfertigkeit hatte selbst befreien können. Nietner und Hirsch zeigten sich dankbar und hellauf begeistert. Pröstler fiel ihm sogar um den Hals.

»Und wie kommen wir jetzt hier raus?«, flüsterte Nietner.

Pröstler schlug vor, zu warten, bis Hirsch am Morgen nach ihnen sehen würde.

»Wenn dieser Faschist hier reinkommt, tun wir so, als wären wir noch gefesselt. Und wenn die Gelegenheit günstig ist, stürzen wir uns auf ihn!«

»Und dann fesseln wir ihn und sperren ihn ein!«

Nietner klatschte begeistert in die Hände und wurde von Pröstler ermahnt, sich leise zu verhalten.

»Wenn Hirsch mit mehreren Männern kommt, müssen wir gemeinsam kämpfen«, sagte der Bürgermeister ernst. »Kämpfen Sie beide mit mir für unsere Freiheit?«

Verbindlich sagten Martin und Nietner zu, auf jeden Fall zu dritt kämpfen zu wollen, wenn es nötig sein sollte. Pröstler schien davon bewegt, er legte seinen Zellengenossen die Arme auf die Schultern.

»Und dann verlassen wir diesen Höllenort!«, sagte er. »Wissen Sie schon, wohin Sie gehen, wenn das alles vorbei ist?«

Nietner gab an, dass er nie so genau wusste, wohin er eigentlich auf dem Weg war. Kurz überlegte Martin, ob ihm eine ähnlich philosophische Antwort einfiel, verneinte dann aber nur knapp.

»Sie beide sind meine Befreier, meine Retter«, sagte Pröstler feierlich. »Wenn wir es schaffen, Hirsch zu bezwingen, will ich mich erkenntlich zeigen!«

Der Bürgermeister zog Martin und Nietner noch näher

an sich und berichtete, dass er Kirching für immer verlassen wolle.

»Mein Cousin ist ein hohes Tier bei der Landesregierung in München«, flüsterte Pröstler. »Der bringt mich in der Staatskanzlei unter. Und wenn Sie beide wollen, nehme ich Sie mit! Als Pressereferenten. Gute Stellen, unbefristet, überschaubare Arbeit. Überlegen Sie es sich!«

Nietner hielt sich die Hand vor den Mund, um nicht loszuprusten, und kicherte hinein.

»Das ist ja schwer korrupt! Vetternwirtschaft!«

»Sie müssen ja nicht …«

Pröstler klang fast ein bisschen beleidigt.

»Doch, doch! Ich komme mit«, sagte Nietner vergnügt. »Ist das anständig bezahlt?«

»Natürlich«, flüsterte Pröstler verbindlich.

Der Fotograf streckte seine Hand aus und der Bürgermeister schlug ein.

»Meine erste Festanstellung in hohem Alter«, lachte Nietner. »Da mach ich doch gern ein paar Fotos vom Ministerpräsidenten.«

»Und Sie?«, fragte Pröstler und klopfte Martin aufmunternd auf die Schulter.

»Ich bleibe noch in Altkirching und … suche nach einer Kollegin«, wich Martin aus.

»Sofia Costa? Die ist doch längst über alle Berge!«, wandte Nietner ein. »Kreutzer, so ein Jobangebot bekommen Sie nie wieder!«

Erst seit Kurzem war er Reporter in Festanstellung beim Boulevard und jetzt bekam er die Möglichkeit, in der Bayerischen Staatskanzlei ein stattliches Gehalt zu beziehen –

was waren schwebende Feuerforellen gegen diese unwahrscheinliche Entwicklung? Vor einer Woche noch hätte er sich solche Karriereoptionen im Traum nicht erhofft, dachte Martin. Trotzdem lehnte er erneut freundlich ab.

»Sie können ja nachkommen!«, sagte Pröstler. »Bei der bayerischen Landesregierung wird immer ein Platz für Sie frei sein, Herr Kreutzer.«

Am frühen Morgen hörten die drei Gefangenen von oben, dass Hirsch in seinem Haus wieder auf den Beinen war. Türen knarzten, Schritte wanderten über der Kellerdecke umher und in der Küche klackerte Geschirr. Pröstler wies seine Zellengenossen an, wieder mit dem Rücken an der Wand Platz zu nehmen, das Klebeband wieder über die Münder zu legen und die Hände wie gefesselt zu verbergen. Als sich auch der Bürgermeister wieder setzte, ging oben die Türklingel. Durchs vergitterte Kellerfenster sah man zwei Schatten vorbeihuschen und hörte ein Stimmendurcheinander, das von Hirschs Haustür nach unten dringen musste. Martin sprang auf und kippte das Fenster.

Hirsch diskutierte mit zwei Besuchern, die Gefangenen im Keller verstanden erst nur Wortfetzen wie »Kirching verlassen«, »unsicher« und »lieber doch evakuieren«. Es dauerte nicht lange, bis Hirsch laut wurde.

»Ihr habt einen Eid geschworen!«, schrie er vollkommen außer sich. »Wenn ihr jetzt desertiert, wird euch die Bürgerwehr bezahlen lassen!«

Auch Hirschs Besucher wurden jetzt laut.

»Hirsch, es gibt keine Bürgerwehr mehr!«, rief der eine. »Es sind nur noch Sie und wir beide in Altkirching!«

»Wir werden hier nicht darauf warten, dass wir auch verbrennen oder tot umfallen, wenn wieder Fische durch die Luft fliegen!«, stimmte der andere zu.

Die zwei Männer gingen wieder am Kellerfenster vorüber und schienen das Grundstück zu verlassen.

»Geht nur, geht nur rüber zu den Islamisten! Bald werdet ihr zwangsbeschnitten zum Dank!«, brüllte Hirsch ihnen hinterher.

Die Haustür krachte zu, doch Hirsch war draußen geblieben und fluchte vor sich hin.

»Verräter! Desertierendes Pack!«

Hirsch ging oben am Kellerfenster vorbei und tappte dann die Treppe zur Zelle runter.

»Macht euch bereit, er kommt!«, zischte Pröstler.

Es hämmerte an die Stahltür.

»Alle Gefangenen hinsetzen!«, schrie Hirsch. »Ich komme zur Morgenkontrolle und bin bewaffnet.«

Die Schlösser klackerten, die Tür wurde aufgeschoben und Hirsch betrat mit einem Gewehr im Anschlag den Raum. Pröstler, Nietner und Martin stellten sich schlafend.

»Aufwachen!«, befahl Hirsch.

Er ging durch die Zelle zu Martin und gab ihm einen Tritt ans Knie. Wie aufs Kommando sprangen die drei Gefangenen auf und stürzten sich auf Hirsch. Der Fotograf und der Bürgermeister stießen eine Art Kampfesschrei aus, Hirsch entfuhr nur ein Ächzen. Er ging sofort zu Boden und Martin konnte ihm ohne große Mühe das Gewehr entreißen. Noch nie hatte er eine Waffe in den Händen gehalten, aber sie jetzt auf Hirsch zu richten kostete ihn keine Überwindung.

»Ich ergebe mich!«, rief Hirsch und warf die Hände über den Kopf.

Nietner und Pröstler ließen von ihm ab.

»Junger Kollege, ich bitte Sie …«, wimmerte Hirsch Martin an.

»Ruhe!«, schnitt ihm Pröstler das Wort ab. »Selbst ernannte Bürgermeister haben hier gar nichts mehr zu sagen.«

Der demokratisch gewählte Bürgermeister zog seinen Gürtel aus, band Hirsch damit die Hände zusammen und drängte ihn in eine Ecke des Kellers.

»Hier bleiben Sie sitzen, bis die Polizei Sie holt!«, sagte er streng.

Danach drehte Pröstler sich zu Martin, der noch immer das Gewehr auf Hirsch hielt.

»Das können Sie jetzt runternehmen, geben Sie mir die Waffe. Herr Hirsch macht uns keine Probleme mehr.«

Martin hielt Pröstler das Gewehr mit beiden Händen hin. Der Bürgermeister hatte die Hand schon am Lauf, als Martins Finger am Abzug zuckte. Ein Schuss löste sich mit lautem Knall. Hirsch, der schon am Boden saß, sackte in sich zusammen und kippte zur Seite. Nietner und Pröstler schrien erschrocken auf.

»Blattschuss!«, hörte Martin Fanny sagen. »Ein kapitaler Hirsch, gell?«

Erschrocken wirbelte er herum, doch sie war nirgends zu sehen.

Peter Hirsch lag auf dem Rücken, über seinem Brustkorb färbte sich das Hemd rot. Er seufzte einmal leise, dann verdrehte er die Augen und Blut lief aus seinem Mund. Martin ließ das Gewehr los, es fiel zwischen ihm und Pröstler zu Boden.

»Das war … das war«, stammelte Martin.

»Ein Unfall!«, rief Pröstler. »Ich hab's genau gesehen! Der Schuss hat sich versehentlich gelöst!«

Der Bürgermeister löste den Gürtel von Hirschs Händen und schob Nietner und Martin sanft aus der Zelle.

»Das war ein Unfall«, sagte er ruhig und sperrte die Tür hinter sich ab. »Herr Hirsch hatte das Gewehr nicht anständig gesichert. Und Herr Kreutzer ist nicht geübt im Umgang mit scharfen Waffen.«

»Ein Unfall«, bestätigte Nietner, als sie die Kellertreppe emporstiegen.

»Hatte Herr Hirsch heute Morgen nicht Ärger mit zwei Männern von seiner Bürgerwehr?«, fragte Pröstler und blickte Nietner und Martin abwechselnd eindringlich an. »Ist es auszuschließen, dass im Zuge dieser Auseinandersetzung ein Schuss fiel?«

»Auszuschließen ist es nicht.«

Nietner nickte.

»Ich habe nicht geschossen«, sagte Martin.

Fanny hatte seinen Finger zucken lassen, dachte er. So wie sie seine Finger auch bewegt hatte, als er sich in der Nacht des Kabelbinders ums Handgelenk entledigen konnte.

»Dann sind wir uns einig!«, sagte Pröstler. »Wir waren gar nicht dabei, als der Schuss fiel.«

»Wir waren schon auf dem Weg nach München, in die Staatskanzlei!«, rief Nietner aus.

Er schien den Schock bereits überwunden zu haben.

»Auf geht's nach München!«, sagte Pröstler. »Wollen Sie

nicht doch gleich mitkommen, Herr Kreutzer? Das Jobangebot steht!«

Martin verneinte, bedankte sich und versicherte, später nachzukommen. Der Bürgermeister und der Fotograf verabschiedeten sich, liefen eilig durch Peter Hirschs Vorgarten und verschwanden. Martin war allein – mitten in Altkirching.

Es war kalt, für einen Junimorgen unerhört kalt und dunkel. Es mochte sieben, acht Uhr sein, aber es war nicht richtig hell geworden. Ein starker Wind jagte dunkelgraue, tief hängende Wolken über den Himmel. Martin trat auf die Straße. Außer dem Rascheln der Baumkronen in den kräftigen Böen war nichts zu hören. Die Wohngegend mit beschaulichen alten Häusern war ausgestorben. Alle schienen der Aufforderung zur Evakuierung Folge geleistet zu haben. Peter Hirsch war noch hier, dachte Martin, aber von ihm war kein Muckser mehr zu erwarten. Altkirching war totenstill. Martin zählte durch: Klara Moretti, Sofia Costa, Maike und Paul, Martin Kreutzer – wahrscheinlich waren nur noch diese fünf Menschen im Ortsteil westlich der S-Bahn-Gleise. Vielleicht waren Moretti und Sofia, wie Nietner vermutet hatte, aber auch längst verschwunden. Ob er Fanny mitzählen sollte, wusste Martin nicht so recht. Ihre Anwesenheit ließ sich nicht leugnen, sie tauchte ja immer wieder auf mit ihrem gebrochenen Hals. Aber ob sie so richtig Teil der physischen Welt war, in der auch Altkirching lag? Als jemand, der in einer abgesperrten Zelle einfach auftauchen und wieder verschwinden konnte? Die Gedanken an Fanny führten in die Irre, dachte Martin. Oder in die Irrenanstalt. Aber er musste jetzt zu Maike und Paul. Den Weg zu Klara Morettis Wohnung, den er am Abend zuvor als Gefangener Hirschs zurückgelegt hatte, würde er irgendwie finden. Und von dort war es nicht weit zum Gasthof Keiler, zur Kirche, zur Brücke über den Kirchinger Bach, zur Fischzucht Schnapper und zur Feuchtwiese, auf der die Tanne mit der »M&P«-Inschrift vor dem Hain aus Laubbäumen stand.

Nur ein paar Schritte hatte sich Martin von Peter Hirschs Haus entfernt, da schnitt der Klingelton seines Handys durch die gespenstische Stille der verlassenen Straße. Wie zu Tode erschrocken fingerte Martin das Telefon hektisch aus seiner Tasche, ließ es auf den Boden fallen, wo es ein paar Meter von ihm wegflog und laut weiterbimmelte. Mit einer Art Hechtsprung bekam er das Gerät in die Finger und nahm an. Eine vertraute Stimme drang heraus.

»Kreutzer, Sie Niete!«, rief Oliver Michels. »Wo zur Hölle stecken Sie?«

Mehr als ein »Äh« bekam Martin nicht heraus. Er musste das Handy gar nicht ans Ohr halten, so laut brüllte Michels in den Hörer.

»Sagen Sie bloß nicht, Sie eiern noch immer in Bayern rum! Warum sind Sie noch nicht beim Boulevard vorstellig geworden? Wollen Sie Ihre Stelle gleich wieder loswerden?«

»Ich bin nicht in Bayern«, log Martin.

»Wo sind Sie dann?«, rief Michels. »Ich habe bei den Kollegen für Sie gebürgt, Kreutzer! Haben Sie vergessen, wo unser Verlagshaus steht?«

»Ich bin in zehn Minuten da!«, sagte Martin.

Er würde es einfach machen wie Frank Nietner: Immer

wieder behaupten, er sei auf dem Weg und treffe gleich ein – und in ein paar Tagen vielleicht überraschend doch noch auftauchen.

»In zehn Minuten?«

Michels klang skeptisch.

»Ich bin gerade im Zug, kurz hinter Leipzig«, sagte Martin.

Er hielt das Handy zur Seite und sprach mit verstellter Stimme daran vorbei.

»Die Fahrkarten, bitte!«

Es hörte sich an, als würde Michels mit der Faust auf seinen Schreibtisch hämmern.

»Im Zug hinter Leipzig? In zehn Minuten da?«, schrie er. »Kreutzer, wollen Sie mich verarschen?«

Höflich entschuldigte sich Martin und versicherte Michels, dass ihm nichts ferner lag, als ihn zu verschaukeln.

»Verzeihung, Herr Michels. Ich meinte, in zwei Stunden! Mir ist gestern etwas dazwischengekommen.«

Wieder schepperte Michels' Tisch.

»Mir egal, was Ihnen dazwischenkommt!«, wütete der Chefredakteur. »Sie melden sich beim Boulevard, und zwar sofort! In Brandenburg ist ein Bus voller Senioren und Heizdecken in einen See gefahren. Alle abgesoffen! Dreißig Tote! Da sollten Sie eigentlich schon als Reporter vor Ort sein, Kreutzer!«

»Ich bin in fünf bis sieben Stunden da«, trällerte Martin und legte auf.

Er schaltete das Handy aus und warf es so weit er konnte die Straße runter. Nicht nur Michels, die Kollegen beim Boulevard und ein gesunkener Reisebus warteten, sondern auch Maike und Paul. Und das schon seit gestern Abend, dachte Martin. Er musste sich beeilen.

Martin irrte durch die verlassene Wohngegend, nach Gefühl bog er an jeder zweiten Ecke in eine andere kleine verkehrsberuhigte Straße. Es war so still, dass es sich anfühlte, als liefe er um drei Uhr morgens durch eine schlafende Vorstadt. Aber niemand schlummerte hinter den Fenstern der Häuser, alle waren Hals über Kopf geflüchtet. Ein Paradies für Plünderer, dachte Martin. Aber er hatte leider keine Zeit, sich an Schmuckschubladen zu bedienen oder teure Stereoanlagen und Fernseher aus den Häusern zu tragen. Wo die Bewohner wohl gerade steckten? Bei Verwandten in Nachbardörfern? In den Saunas teurer Hotels in München? In Martins Fantasie saßen sie alle in Neukirching in einer riesigen, zur Notunterkunft umfunktionierten Turnhalle. Ganze Vorstadtfamilien, immer Mutter, Vater und zwei Kinder auf Feldbetten. Und gute Seelen wie Nehir Özen verteilten Zitronentee und Marmorkuchen an die Entwurzelten, bis das vermeintliche unterirdische Gasleck in Altkirching geflickt war und sie zurückkehren konnten in ihre Bausparer-Idylle. Wenn Explosionsgefahr die offizielle Begründung dafür war, einen halben Ort zum Sperrgebiet zu machen – was wollten die Behörden nun unternehmen? Mussten sie nicht das Technische Hilfswerk nach Altkirching entsenden? Oder Spezialisten von der Bundeswehr? Besser beraten waren sie, dachte Martin, wenn sie ein paar Exorzisten vom Schlag des verstorbenen Pfarrers Jake Bluth schickten. Aber er konnte sich nicht vorstellen, wie sich ein Landrat oder ein anderer ranghoher Politiker vor die Presse stellte, um mitzuteilen, dass man eine Truppe ausgebildeter Teufelsaustreiber in den abgeriegelten Ortsteil schickte, um der Lage Herr zu werden. So etwas war vielleicht in den USA möglich.

Demons and devils, leave this suburb! Martin war so damit beschäftigt, sich eine munter Weihwasser spritzende Prozession durch Altkirching vorzustellen, dass er fast am Wohnhaus Klara Morettis vorbeigelaufen war, ohne es zu bemerken. Ab hier kannte er den Weg! Maike und Paul waren nicht mehr weit. Noch einmal würde er sich hier nicht aufhalten oder gar festnehmen lassen, dachte er und lief weiter. Aber dann rang er kurz mit sich, blieb stehen und machte kehrt. Er musste nachsehen, ob Klara Moretti noch auf ihrer Veranda verharrte. Am Ende war sogar Sofia bei ihr geblieben. Doch als er um das Haus herumgelaufen war und vor Morettis kleinem Garten stand, war der Blick auf die Terrasse frei. Die Decken und Planen waren abgerissen worden und lagen im Garten verteilt. Alle Rollladen an den Fenstern waren immer noch heruntergelassen. Martin war sich sicher, dass sich niemand in Klara Morettis Wohnung befand. Hoffentlich waren sie und Sofia freiwillig aufgebrochen und nicht auch noch der Bürgerwehr über den Weg gelaufen. Gewiss saßen sie in einem Münchner Café und Sofia ließ sich für eine große *Spiegel*-Story von Moretti die ganze Lebensgeschichte des verstorbenen Sohnes erzählen. Ein sauber recherchiertes und doch emotional packendes Porträt. Mit so etwas gewann man Preise, dachte Martin. Und vielleicht auch endlich eine Festanstellung beim *Spiegel*. Das wünschte er Sofia.

Erwartet hatte Martin es nicht, aber er war, als er kurze Zeit später den Gasthof Keiler erreichte, auch nicht überrascht zu sehen, dass dieser vollkommen abgebrannt war. Die Fenster waren geplatzt, die Fassade verrußt. Von der Lüftlmalerei war nichts mehr übrig, und dort, wo das Dach gewesen war, qualmten ein paar kohlrabenschwarze Balken vor sich hin. Auch die Metzgerei Keiler war den Flammen zum Opfer gefallen. Martin bedauerte Monika Keiler. Ob sie vom Brand, der sich in der letzten Nacht ereignet haben musste, noch etwas mitbekommen hatte? Wahrscheinlich nicht, dachte Martin. Sie hatte Altkirching bestimmt gewissenhaft verlassen, als zur Evakuierung aufgerufen worden war. Wenigstens musste sie bei ihrer Rückkehr keine Wurstwaren oder Brezeln wegwerfen, dachte Martin bitter. Es war ja nichts mehr übrig. Auch seine wenigen Habseligkeiten auf seinem Zimmer mussten verbrannt sein: die Tasche mit seinen Klamotten, der Laptop, an dem er seit seiner Ankunft in Kirching keine Sekunde gesessen hatte, und der Notizblock mit den kümmerlichen Zeugnissen seiner Rechercheversuche. Um den Block war es am allerwenigsten schade. Die einzige Seite von Bedeutung, die mit der letzten Zeile seines Gedichts, hatte er herausgelöst. Er tastete zur Sicherheit mit der Hand in die Hosentasche nach ihr.

Martin ging weiter. Wer die Brandstifter waren, konnte er sich denken. Und als er entdeckte, dass auch die Turmspitze der Kirche St. Johannes abgefackelt war, wusste er mit Sicherheit, dass Maike und Paul am Werk gewesen sein mussten. Hatten sie ihm in der Nacht mit Signalfeuern den Weg zu ihrem Lager weisen wollen? Waren sie ungeduldig geworden? Hoffentlich war er nicht zu spät dran. Bis zur kleinen Brücke über den Kirchinger Bach legte er einen Sprint ein.

Weder lebendige noch tote Forellen konnte er im klaren Wasser sehen. Kein Ungeheuer aus Asche und verkohlten Blättern schlängelte sich den Bachlauf entlang. Doch irgendetwas kam Martin seltsam vor. Floss der Kirchinger Bach heute andersrum? Das Wasser strömte in Richtung der Fischzucht. Er wollte schwören, dass es vorher umgekehrt gewesen war. Die toten Forellen waren von der Fischzucht kommend unter der Brücke hindurchgespült worden, da war er ganz sicher.

Fanny stellte sich neben ihn ans Geländer und ließ den Kopf an ihrem Gummihals über dem Wasser baumeln.

»Martin, denk nicht zu viel nach, gell?«, sagte sie. »Alle Antworten findest du bei den Zwillingen.«

Sie löste sich in Luft auf und Martin überquerte die Brücke. Mitten auf der Feuchtwiese stand unter dem dunkelgrauen Himmel die große Tanne. Sie brannte lichterloh.

Wie magisch angezogen lief Martin querfeldein auf den in Flammen stehenden Nadelbaum zu. Je näher er kam, desto mehr Funken stieben in die Luft. Martin stolperte und fiel in den kleinen Bachlauf, der die Wiese durchzog. Er fand sich rücklings im knietiefen dunklen Wasser wieder. An der kleinen Böschung saßen unzählige ausgewachsene Kröten und starrten ihn still an. Vor wenigen Tagen, als er zum ersten Mal über die Wiese zum Hain gelaufen war, waren es noch Kaulquappen gewesen, die gerade erst Hinterbeine entwickelt hatten. Wie ging das so schnell? Wer dachte sich so etwas aus?

Er robbte sich aus dem Wasser, wrang Hose und Jacke am Leib aus und setzte seinen Weg fort. Die Laubbäume des Hains brannten nicht, aber sie bogen sich in Böen, die immer heftiger wurden. Als er die Hitze der brennenden Tanne spürte, näherte er sich so weit, bis er es nicht mehr aushielt. Martin drehte sich langsam um die eigene Achse, um seine Klamotten trocknen zu lassen. Ein bisschen wunderte er sich, dass er für solche Späße noch Nerven hatte. Die Flammen rauschten, die Tanne knarzte bedrohlich. Ein Windstoß ließ Tausende Funken auf Martin zufliegen. Zur Abwehr schloss er in Seelenruhe die Augen. Einem Impuls, der irgendwo tief aus seinem Inneren kam, folgend, trat Martin ein paar Schritte zur Seite. Der Stamm der Tanne knackte, Martin öffnete die Augen und sah, wie der Baum fiel und Meter neben ihm auf die Wiese krachte. Funkenflug umhüllte ihn. Es war Zeit, den Hain zu betreten.

Waren die Büsche und Sträucher, durch die er sich ins Innere schlug, dichter geworden? Nur langsam kam Martin voran, seine Ärmel und Hosenbeine blieben am dornigen Geflecht hängen und rissen ein. Ein Ast peitschte ihm ins Gesicht und ein wenig Blut lief seine Wange runter, doch er spürte davon nichts. Auf halbem Weg durch das Gestrüpp erkannte er die Silhouetten der Zwillinge. Maike und Paul standen sich mitten im Lager gegenüber. Um sie herum wirbelten unzählige Zettel und Zeitungsseiten durch die Luft. Sie befanden sich im Auge eines Tornados, zu ihren Füßen brannte zwischen ihnen die Feuerstelle. Martin kämpfte sich durch die letzten Zweige und Äste, er musste alle Kraft aufwenden, um vorwärtszukommen. Als ihn das Unterholz freigab, plumpste er ins Innere des Haines, wo ihn sogleich der Wirbelsturm erfasste. Durch die Luft sausende Papierfetzen streiften und trafen ihn, mit beiden Händen musste er sich an Wurzeln am Boden festhalten, um nicht mitgerissen zu werden. Ganz flach presste er sich an die Erde und kullerte um die eigene Achse weiter ins Innere. Als der tosende Wind nachließ, kam Martin auf dem Bauch zum Liegen. Unter seinem Kinn hatte sich Papier gesammelt, darunter mehrere Kopien der Evakuierungsaufforderung für Altkirching, seines Boulevard-Interviews mit Lukas Moretti und der ersten elf Verse seines Gedichts. Eine unwirkliche Stille herrschte mitten im Hain, nur das Flüstern zweier Stimmen war zu vernehmen. Was sprachen sie?

Martin rollte sich auf den Rücken und sah sich um. Wie eine sich drehende Wand wirbelten Abertausende Blätter ringsum, die Windhose schob die Kronen der Bäume auseinander und gab den Blick auf den dunklen Himmel frei. Sogar Holzbretter flogen im Kreis umher. Das kleine zusammengezimmerte Dach, das bei seinem ersten Besuch noch am Rand der Lichtung gestanden hatte, war fortgerissen worden. Hoch oben, wo der Sturm am heftigsten tobte, rasten kopfüber zwei Menschen durch die Luft. Als Martin den gelben Friesennerz erkannte, drehte sich sein Magen schneller als der Wirbelsturm. Sofia jagte mit schlackernden Armen und Beinen durch den Himmel. Die andere Person erkannte er als Klara Moretti. Beide Körper wirkten leblos. Martin konnte es nicht genau erkennen, aber ihre Augen und Münder schienen geschlossen zu sein. Sie schrien nicht um Hilfe, sondern wirbelten wie große Puppen über den Baumkronen. Martin sprang auf.

»Lasst sie runter!«, brüllte er.

Die Zwillinge reagierten nicht. Sie standen einander gegenüber in dunklen Jacketts mit breiten Schulterpolstern. Wie im Monolith, dachte Martin. Bewegungslos und kerzengerade, die fast kahl rasierten Köpfe zum Himmel gestreckt. Ihre Lippen waren spröde und aufgeplatzt, die Gesichter gerötet und ihre Augenlider zuckten, als ob sie immer nur einen Hauch Licht reinlassen wollten. Wie lange waren sie schon hier am Feuer? Unentwegt flüsterten sie etwas vor sich hin. Ihre Stimmen waren noch kindlicher und heiserer als sonst. Martin lief zu ihnen, um sie verstehen zu können.

»Lukas nach Haus',
Anfang sprich aus!
Wer Formel kann,
Zündet was an.

Fisch in der Zucht,
Tot auf der Flucht.
Vorort getrennt,
Zwillingspaar rennt.

Fanny, sie weiß:
Feuer so heiß!
Enden wird's erst ...«

Wie einen Kinderreim sagten sie die Zeilen auf und betonten eigenartigerweise jede einzelne Silbe. Als sie die elf Verse beendet hatten, schwiegen sie ein paar Sekunden und fingen wieder von vorne an. Drei Mal hörte Martin es sich an, dann hatte er genug.

»Hört auf!«, brüllte er. »Lasst sie runter!«

Er packte Paul an den Schulterpolstern und rüttelte heftig an ihm. Als das nichts half, lief er um das kleine Feuer und tat das Gleiche bei Maike.

»Lasst wenigstens Sofia runter!«, schrie er ihr ins Ohr.

Ungerührt sagten sie wie in Trance die Verse auf. Als Martin Anlauf nahm, um Paul umzuspringen, stieg Fanny zwischen den Zwillingen aus den Flammen, die ihr anscheinend nichts anhaben konnten.

»Martin, du verstehst es noch immer nicht, gell?«, sagte sie.

»Was verstehe ich nicht?«, rief er verzweifelt.

Fanny hob einen Arm und deutete mit dem Zeigefinger nach oben. Ein Zettel löste sich aus dem Wirbelsturm, segelte langsam nach unten und landete auf Martins Kopf.

»Lies!«, sagte Fanny.

Martin las.

Verwünschungen
für Lukas Moretti

Lulatsch, Kastrat, Nachmacher, House-Depp,
Angeber, Fangschrecke, Sprichwortschreiber, Auswurf,
Wehrdienstverweigerer, Vortäuscher, Meldehund, Kannibale,
Zündler, Edmund, Wasserkopf, Angeber,

Fischkopf, Inzestler, Derblecker, Zuchthäusler,
Totgeburt, Aufschneider, Derwisch, Fluchtverdächtiger,

Vorgaukler, Ordnungsstörer, Gesinnungstäter, Trendtrottel,
Zwillenschießer, Linksradikaler, Partypoet, Rentnerschreck,

Fantast, Niete, Simulant, Weißwurst,
Feudel, Erfolgsautor, Soziopath, Heißsporn,
Entenbrust, Denkerstirn, Wirtshausdichter, Erstsemester –

»Dieses dämliche Gedicht!«, schrie Martin. »Was soll das?«

Fanny kicherte.

»Wie kannst du es nicht sehen? Oder willst du es nicht sehen?«

»Ich weiß es nicht«, flüsterte Martin vor sich hin.

»Sprich von jedem Wort nur die erste Silbe aus«, sagte Fanny.

Ruhig betrachtete Martin den Zettel. Es fiel ihm schwer, sich zu konzentrieren.

»O mei! Versuch's mal!«

Fanny kam zu ihm, legte ihren Kopf auf seiner Schulter ab und schaute mit ihm aufs Blatt. Mit leiser Stimme begann Martin zu lesen.

»Lu, Kas, Nach, House,
An, Fang, Sprich, Aus,
Wehr, Vor, Mel, Kan,
Zünd, Ed, Was, An,

Fisch, In, Der, Zucht,
Tot, Auf, Der, Flucht,
Vor, Ord, Ge, Trend,
Zwil, Links, Par, Rent.«

»Verstehst du jetzt?«, flüsterte Fanny. »Es ist dein Werk, Martin!«

Maike und Paul fingen an, wie unter Strom gesetzt zu zucken. Statt wie bisher zu flüstern, krächzten sie die Verse jetzt mit sich überschlagenden Stimmen. Das war alles wahnsinnig, dachte Martin. Sofia und Klara Moretti flogen in einem Wirbelsturm umher und er sagte ein verzaubertes Gedicht auf, statt Hilfe zu holen. Vielleicht war noch jemand in Altkirching, der helfen konnte, vielleicht waren inzwischen irgendwelche Einsatzkräfte angerückt. Er musste sich aus dem Wirbelsturm herauskämpfen und Rettung rufen.

Martin versuchte, Fanny von sich wegzustoßen, aber sie war wie Luft. Er verlor die Balance und stolperte durch sie hindurch. Ein Gespenst, dachte er irritiert, hob dann aber einen Arm schützend vor die Stirn und rannte entschlossen los, geradewegs auf die im Kreis rasende Wand des Papiersturms zu. Als er sie erreichte, zischte es und ein monströses Fauchen ging einmal im Kreis herum. Martin wurde mit Wucht zurück, mitten auf die Lichtung geworfen. Der Hain brannte mit einem Mal ringsum lichterloh. Durch den Papierwirbel sah Martin alle Sträucher und Bäume in hohen Flammen stehen, von allen Seiten bedrängte ihn eine unerträgliche Hitze. Martin war zu Pauls Füßen gelandet und zog sich an dessen Beinen hoch. Die Zwillinge schrien immer noch heiser die elf Verse zum Himmel. Alle Blätter und Zeitungsseiten, die im Wirbelwind um sie herumtanzten, fingen nach und nach Feuer. Der Sturm wurde zur Feuersäule und die Hitze im Innern wurde immer extremer. Martin blickte zum Himmel, konnte Sofia und Klara Moretti aber zwischen Flammen und Funken nicht mehr erkennen. Die Luft wurde dünner und ihm wurde schwummrig.

»Ich ersticke!«, japste er. »Kein Sauerstoff …«

Fanny kam herbei und beugte sich über ihn. Ihr Kopf baumelte verkehrt herum über seinem.

»Du brauchst keinen Sauerstoff, wenn du nicht willst«, sagte sie und lächelte. »Hier gelten deine Gesetze.«

Martin hörte auf, nach Luft zu schnappen, und atmete die heiße, tödliche Luft ruhig und tief. Schnell ging es ihm besser. Fanny nahm seine Hand und legte sie in die Glut der Feuerstelle zwischen Maike und Paul.

»Tut nicht weh, gell?«

Er wühlte mit der Hand im glühenden Holz und spürte nur ein Kitzeln.

»Was hat das alles zu bedeuten?«, flüsterte Martin. »Was passiert hier?«

»Es ist deine Geschichte, Martin!«, sagte Fanny milde. »Du hast dir das alles ausgedacht … von Anfang an.«

Martin deutete nach oben.

»Sofia und Morettis Mutter«, sagte er. »Ich muss sie retten.«

Fanny schmunzelte und legte sich neben ihn.

»Du selbst hast sie doch hierhin gebracht und alles angezündet, Martin.«

Er schlug die Hände vors Gesicht und begann zu weinen.

»Ich verstehe es nicht, ich verstehe das alles immer noch nicht ganz«, wimmerte er. »Bitte erklär es mir!«

Flink griff Fanny nach Martins Hand, tastete mit ihr am Boden herum und hob eine angekokelte Zeitungsseite auf.

»Das Interview ist nicht alles, was du dir ausgedacht hast, oder?«, flüsterte sie ihm ins Ohr. »Was noch?«

»Das Gedicht«, sagte Martin zögerlich.

»Ein Gedicht, ein blödes Schmähgedicht«, kicherte Fanny. »Aber es ist nicht nur ein Gedicht!«

»Eine Beschwörung«, stammelte Martin.

»Genau, genau, genau!«

Begeistert klatschte Fanny in die Hände.

»Endlich verstehst du es! Lukas Moretti und die Zwillinge haben es viel früher kapiert.«

»Ein Ritual!«, flüsterte Martin.

Maike, Paul und Lukas – sie mussten es in Lukas Morettis Kinderzimmer durchgeführt haben, während er in München das Interview gefälscht hatte.

»Ja, im Kinderzimmer«, sagte Fanny, als hätte sie seine Gedanken gelesen. »Und dann bekam Lukas es mit der Angst und er ließ die Zwillinge allein.«

»Überall, wo es gebrannt hat, haben sie es versucht«, sagte Martin.

»Überall«, bestätigte Fanny. »Im Haus am Dorfweiher, an der Fischzucht, beim Sonnwendfeuer, an den Gleisen, vor dem Rathaus, beim Gasthof, am Kirchturm und hier.«

»Im Hain«, wisperte Martin.

Wieder nahm Fanny seine Hand und schob sie ihm in die Hosentasche.

»Aber es hat ihnen immer etwas gefehlt, um das Ritual abzuschließen.«

Der letzte Vers, dachte Martin. Er zog den Zettel hervor und hielt ihn gegen das Licht der tosenden Flammen.

Mitläufer, Dilettant, Semmelknödel, Verssager

Langsam deutete Fanny auf die Zwillinge.

»Sie haben die letzte Zeile verzweifelt gesucht!«, sagte sie.

Warum hatten sie ihn nicht einfach gefragt, dachte Martin. Sie wussten doch, dass er das Gedicht geschrieben hatte. Wieder erriet Fanny seine Gedanken.

»Weil sie Angst vor dir hatten«, sagte Fanny und gluckste. »Sie halten dich für eine Art Hexenmeister!«

Martin Kreutzer – ein dunkler Hexenmeister, dachte er und musste ein bisschen in sich hineinlachen. So hatte er sich noch nie betrachtet. Aber er hätte sich noch vor wenigen Tagen auch niemals vorstellen können, als Reporter beim Boulevard zu landen. Was sollte er als solcher jetzt tun? Und was als Hexenmeister?

»Hilf ihnen«, sagte Fanny. »Sag ihnen den letzten Vers!«

»Was passiert dann?«, fragte Martin.

»Dann ist das Ritual vollständig«, flüsterte Fanny. »Und die ganze Geschichte endet.«

»Was heißt das?«

»Das weiß nicht mal ich, gell?«, sagte Fanny und fuhr mit dem Finger die vier Wörter auf dem Zettel entlang. »Vielleicht sterben wir alle, vielleicht wachst du auf und alles ist, wie es vorher war …«

»Wer etwas beschwört, macht die Tür zu einer anderen Welt auf«, sagte Martin leise vor sich hin. »Was passiert, wenn man sie wieder schließt?«

»Gute Frage«, sagte Fanny nachdenklich.

Martin sah sie an.

»Wer bist du, Fanny?«, fragte er.

»Ich glaub … ich bin du«, flüsterte Fanny und löste sich in nichts auf.

Einen kurzen Moment blieb Martin noch liegen, dann rappelte er sich auf. Er stellte sich zu den Zwillingen an die Feuerstelle. Zu seiner Linken stand Maike, zur Rechten Paul. Sie schienen ihn nicht zu bemerken. Ihre Leiber zuckten wild, heiser schrien sie die elf Verse heraus, machten eine kurze Pause und begannen von vorne. Diese Performance hätte Lukas Moretti gefallen, dachte Martin. Auch wenn die Verse ihn umgebracht hatten.

»Mitläufer, Dilettant, Semmelknödel, Verssager«, las er von seinem Zettel ab.

Maike und Paul begannen das Gedicht von Neuem. Martin wartete auf seinen Einsatz.

»Lukas nach Haus',
Anfang sprich aus!
Wer Formel kann,
Zündet was an.

Fisch in der Zucht,
Tot auf der Flucht.
Vorort getrennt,
Zwillingspaar rennt.

Fanny, sie weiß:
Feuer so heiß!
Enden wird's erst …«

Die Zwillinge schwiegen. Immer nur die erste Silbe, dachte Martin. Und in der leisen Hoffnung, alles wiedergutmachen zu können, vollzog er das Ritual:

»Mit diesem Vers.«

© der deutschen Ausgabe: Verlag Antje Kunstmann GmbH,
München 2022
Umschlaggestaltung: Leo Riegel
Typografie und Satz: frese-werkstatt.de
Druck und Bindung: CPI – Clausen und Bosse, Leck
ISBN: 978-3-95614-509-4

FSC
www.fsc.org
MIX
Papier | Fördert gute Waldnutzung
FSC® C083411

24,–

12,–

2312 264